Matteo Strukul es novelista y dramaturgo. Vive entre Padua, Berlín y Transilvania. Es licenciado en Derecho y doctor e investigador en Derecho Europeo. Ha publicado varias novelas históricas y thrillers en Italia, Estados Unidos, Gran Bretaña y Alemania.

Dirige los festivales literarios Sugarpulp y Chronicae (Festival Internacional de Novela Histórica).

Es docente en la Universidad de Roma y escribe en las páginas culturales de *Venerdì di Repubblica*.

Los Médici II
Un hombre al poder

Matteo Strukul

Traducción de Natalia Fernández

El papel utilizado para la impresión de este libro ha sido fabricado a partir de madera
procedente de bosques y plantaciones gestionadas con los más altos estándares ambientales,
garantizando una explotación de los recursos sostenible con el medio ambiente y beneficiosa para las personas.

Los Medici II
Un hombre al poder

Título original: I Medici. *Un uomo al potere*

Primera edición en España: mayo de 2019
Primera edición en México: agosto de 2023

D. R. © 2016, Newton Compton Editori, s.r.l.
Publicado por acuerdo con Baror International, Inc.

D. R. © 2018, 2019, Penguin Random House Grupo Editorial, S. A. U.
Travessera de Gràcia, 47-49, 08021, Barcelona

D. R. © 2023, derechos de edición mundiales en lengua castellana:
Penguin Random House Grupo Editorial, S. A. de C. V.
Blvd. Miguel de Cervantes Saavedra núm. 301, 1er piso,
colonia Granada, alcaldía Miguel Hidalgo, C. P. 11520,
Ciudad de México

penguinlibros.com

D. R. © 2018, Natalia Fernández, por la traducción
Adaptación de la cubierta original de Goldmann Taschenbuch / Penguin Random House Grupo Editorial
Fotografía de la cubierta: Finepic

ISBN: 978-607-383-386-8

Impreso en México – *Printed in Mexico*

A Silvia
A Leonardo

FEBRERO DE 1469

1

El torneo

El aire era frío. Lorenzo inspiró profundamente. Montado en *Folgore* sentía crecer la tensión. Su querido corcel, de lomos color carbón, lustroso y brillante, traicionaba su nerviosismo golpeando con los cascos el pavimento de la plaza. Giraba sobre sí mismo y Lorenzo lo contenía con esfuerzo.

Un murmullo se elevó como una plegaria desde las gradas y desde los palcos de madera. Los suspiros llovían desde las galerías y los balcones, desde las ventanas y los porches. Los ojos de Lorenzo buscaron los de Lucrecia. Ese día, la noble Donati llevaba un atuendo magnífico: el sobreveste era de color añil y parecía difuminarse en sus iris de obsidiana. La gamurra de color gris perla estaba salpicada de gemas e insinuaba con vehemencia la curva del pecho. Envuelta en una estola de piel de zorro blanca que le rodeaba los hermosos hombros claros, Lucrecia lucía en un peinado bellísimo la masa rebelde de cabellos negros que parecían olas de un mar nocturno.

Lorenzo se preguntó si ese día lograría rendirle honores.

Se llevó la mano al echarpe que le rodeaba el cuello. Lucrecia lo había bordado para él con sus propias manos. Inspiró el perfume de aciano y le pareció un abrazo celestial.

Por un momento, su mente corrió hacia los instantes anteriores: la llegada al torneo; su hermano Giuliano, espléndido con su jubón verde, y por último su compañía de doscientos hombres, vestidos con los colores de la primavera como si quisieran apaciguar el ánimo guerrero de una ciudad que hasta el día anterior estaba anegada de sangre y corrupción. Una ciudad que Piero de Médici, su padre, aunque con la salud socavada y devorado por la gota, había logrado, con esfuerzo y admirable compromiso, salvar de las familias rebeldes, aquellas que conspiraban en la sombra contra los Médici y que, en varias ocasiones, habían tendido trampas y emboscadas. Había entregado a Lorenzo una república cansada, agotada, al borde del colapso, que luchaba por encontrarse a sí misma.

Pero ese día, suspendida entre la sangre y el tormento, había llegado la fiesta de la justa, el torneo celebrado en honor a los esponsales de Braccio Martelli, buen amigo de Lorenzo; un evento que había costado la fortuna de diez mil florines, que lavarían temores y resentimientos al menos por algún tiempo.

Lorenzo miró ante sí: vio la barrera de madera que corría hasta el lado opuesto de la plaza. Y al fondo, encerrado en su armadura de placas metálicas, Pier Soderini. La estrecha celada pareció aún más amenazante con la visera ya caída. El brazo se inclinó para sostener la larga lanza de madera de fresno.

La multitud rugía ahora; las voces sonaban ensordecedoras en el embudo de la plaza Santa Croce.

Lorenzo comprobó una última vez su escudo. Vio, reflejados en un charco, los colores de los Médici que adornaban la gualdrapa de su corcel: los cinco roeles rojos, y un sexto en lo alto con el lirio, concesión del rey de Francia como símbolo de nobleza. Campaban amenazadores como un estandarte infernal.

Toda aquella responsabilidad y aquella espera lo estaban haciendo enloquecer.

Se encajó la visera mientras el mundo frente a él se transformaba en una línea gélida. Puso lanza en ristre y picó espuelas.

Sin dilación, su caballo partió más veloz que un vendaval y se arrojó como una marea palpitante y viva contra Pier Soderini.

Lorenzo sentía los poderosos músculos del caballo agitarse, la gualdrapa salpicada de barro sacudiéndose en el aire. Apuntó con la lanza. Soderini apenas acababa de salir cuando él ya había recorrido casi la mitad de la distancia. Levantó el escudo para protegerse mejor y cruzó la larga lanza de madera de fresno esperando dar en el blanco.

La multitud contenía el aliento.

Desde el palco de madera, Lucrecia clavaba sus ojos en Lorenzo. No tenía miedo; solo quería grabar en su mente ese momento. Sabía cuánto se había preparado su amado para aquel torneo y conocía su extraordinario valor. Lo había demostrado ya. Y aunque se había prometido a Clarice Orsini, la noble dama romana que su madre había elegido para él, aquel día no le importaba en absoluto. No se preocupaba tampoco de esconder su pasión por él.

Como tampoco se preocupaban ni Florencia ni su gente, que miraban a la pareja de amantes con indulgencia, si no con alegría, porque no podían soportar que el hombre designado para dirigir el señorío, con la complicidad de su madre hubiera elegido como esposa a una romana, aunque fuera de noble linaje.

Pero ese día no había tiempo para perderse en tales argumentos. Las fosas nasales de los caballos desprendían vapor azul en el aire helado, las placas de acero templado de las armaduras resplandecían, banderines y banderas se agitaban en un derroche de color.

Y, finalmente, llegó el impacto.

Fue un fragor de trueno, una embestida de madera y acero. La lanza de Lorenzo halló una fisura invisible en la guardia de Pier Soderini y lo golpeó en la placa pectoral de la coraza. La lanza de fresno se hizo pedazos y, por efecto del golpe, Soderini se vio lanzado hacia atrás y arrancado de la silla de montar.

Aterrizó con gran estruendo en la plaza mientras Lorenzo proseguía su carrera. *Folgore* galopó indómito para luego detenerse en el límite de su trayectoria, encabritándose y agitando las patas en una tempestad de bufidos.

Cuando Lorenzo llegó al final del recorrido, la gente estalló en un grito de estupor con un instante de retraso, como si *Folgore* les hubiera robado tiempo a todos gracias a su proverbial velocidad. Inmediatamente después, la multitud rugió de entusiasmo y lanzó gritos de júbilo. Los partidarios de Médici chillaron hasta partirse la garganta, los hombres le dedicaron un atronador aplauso y las mujeres se deshicieron en sonrisas y suspiros.

Lorenzo todavía no daba crédito. No se había dado cuenta de lo que había ocurrido, puesto que todo había sucedido con tal rapidez que los había tomado por sorpresa a todos, y a él el primero.

Asistentes y escuderos se estaban ya apresurando a prestar los primeros auxilios a Pier Soderini, quien, por otro lado, debía de hallarse aún entero, puesto que se estaba poniendo en pie. Se había quitado el casco y, con el rostro colorado, meneaba la cabeza, un poco por incomodidad y otro tanto por incredulidad.

¡Lo había golpeado de lleno!

Lucrecia se llevó al pecho la mano y su hermoso rostro se iluminó con una sonrisa resplandeciente.

Lorenzo se quitó el yelmo y los guantes de hierro. Tocó casi instintivamente el echarpe. Sintió el perfume de ella, embriagador y ligero, y, sin embargo, lleno de promesas.

Sentía hacia aquella mujer un amor ardiente, una pasión que intentaba expresar a través de torpes sonetos. Muchos juzgaban que aquellas composiciones eran magníficas, pero él sabía que ni todas las palabras del mundo serían capaces de hacer justicia a lo que albergaba su pecho.

Se sentía tan vivo... Cuando los ojos de Lucrecia se posaron en él, le pareció que lo bendecían aquellas largas pestañas de color ónice y aquellos iris que parecían querer atrapar la sombra. No había nada más hermoso. Nada de lo que él tuviera memoria.

La gente pareció captar aquel sutil juego de miradas y gestos y estalló en un segundo aplauso todavía más abrumador que el primero.

Florencia lo amaba. Y también Lucrecia. Ella no le dedicó más que un instante, pero Lorenzo se sumergió en aquel suspiro de infinito que era su mirada, y comprendió. Comprendió que la amaría solamente a ella y que, aunque su madre ya hubiera elegido para él a una esposa romana, una dama noble que garantizaría alianzas y acuerdos útiles para la familia, él guardaría su corazón para una sola mujer: Lucrecia.

Mientras estaba absorto en tales pensamientos, el heraldo comunicó el resultado de la batalla.

Con aquel éxito, obtenido de manera tan evidente, Lorenzo era proclamado vencedor del torneo. Nobles amigos y dignatarios parecían no esperar otra cosa. Braccio Martelli fue el primero en saltar del palco y felicitarlo. Corrió hasta el lugar en que los escuderos lo ayudaban a bajar del caballo y le retiraban el peto y los quijotes, preparándolo para recoger el aplauso que la multitud le otorgaba.

Braccio estaba tan contento que empezó a cantar su nombre.

La multitud respondió.

Giuliano, el menor de los dos Médici, sonreía desde la tribuna más alta. Era alto y elegante, de rasgos sutiles y refinados, bien diferentes de los de su hermano mayor, más fuertes y marcados.

Lucrecia dejó escapar un grito de admiración y, aún no satisfecha de haber causado suficiente escándalo, simuló un beso y lanzó a su campeón un pañuelito de lino finísimo.

Lorenzo lo tomó en sus manos. La esencia de aciano casi lo embargaba. La ciudad se cerró en un abrazo en torno a su hijo predilecto.

Sin embargo, en toda aquella animada multitud, una extraña figura se sacudía, oscilante como la antena de un insecto.

Tenía la figura y las facciones cambiantes de un joven, de hermoso aspecto por añadidura. Pero algo en la sonrisa que le curvaba los labios sutiles y rojos de sangre desentonaba de modo horrible.

Pronto, pensaba aquel espectador silencioso, toda aquella armonía terminaría hecha pedazos.

2

Riario

Su tío tenía toda la razón.

Y su tío pronto se convertiría en papa. No había duda alguna al respecto: era solo cuestión de tiempo.

Girolamo Riario miró al muchacho. Tenía unos profundos ojos azules y el pelo de color caoba. Dos labios sutiles dibujaban una sonrisa cruel en su rostro.

Intuía en él una pérfida crueldad, apenas oculta en rasgos atractivos, pero afilados hasta el punto de resultar cortantes.

Suspiró.

La sombra de un proyecto le consumía la mente: no estaba totalmente concebido y, en realidad, tenía mucho de hipótesis incierta, apenas anhelada y, con toda probabilidad, de difícil implementación. Aun así, no desesperaba.

La motivación era lo más importante que un hombre podría tener. Y el joven que estaba enfrente de él ya tenía bastante. Y de probada seriedad.

Girolamo se apartó un largo mechón de pelo. Sus ojos grises brillaron. Sabía que aquella pequeña serpiente poseía una inteligencia diabólica, y él no quería cometer ningún error por imprudencia excesiva.

—¿Estás seguro de todo lo que afirmas?

—No tengo ninguna duda, mi señor —respondió el muchacho.

—¿Y los has visto?

—Como ahora os veo a vos. Toda Florencia ha aplaudido aquellas miradas.

¡Ya! El amor de Lorenzo de Médici por Lucrecia Donati no era ciertamente un secreto. Y aunque pudiera resultar un inconveniente, no era tan reprobable. No abiertamente, en todo caso. Desde luego, a su tío no le agradaría. Y quizá tampoco al papa, pero eso no era una novedad, y una mirada era demasiado poco para una excomunión. Además, los matrimonios de conveniencia eran una costumbre, y el hecho de que Lorenzo alimentara un amor, fuera cortés o carnal, por la joven Donati no significaba nada. De hecho, su ciudad apoyaba abiertamente aquella infidelidad virtual.

«Malditos florentinos», pensó.

—¿Qué más has visto?

—Florencia, mi señor.

Girolamo enarcó una ceja.

—¿Florencia?

—La ciudad venera a ese hombre.

—¿Lo dices en serio?

—Me duele admitirlo, pero así es.

Riario suspiró. De nuevo. Tenía que hacer algo. Sí, pero ¿qué? ¿Estaba seguro de que la idea que acariciaba era tan ingeniosa?

—Habla con Giovanni de Diotisalvi Neroni.

—¿El arzobispo de Florencia, mi señor?

—¿Quién, si no?

—Naturalmente. Pero, si me lo permitís... ¿Con qué objetivo? —dijo amagando una sonrisa de las suyas.

La pregunta, por otro lado, era legítima. Girolamo se lo habría comido crudo. ¿Cómo osaba? Por otra parte, quedaba la curiosidad. ¿Qué hubiera podido responderle? Se devanó los sesos. Esa dichosa manía suya de hablar demasiado. ¿Por qué había nombrado a Giovanni de Diotisalvi Neroni? Había dicho esas palabras en espera de una inspiración, una sugerencia, un destello de genialidad.

Nada.

Sentía muchísima energía dentro de sí, pero era lo suficientemente inteligente para darse cuenta de que las ideas brillantes no eran lo suyo. No como le habría gustado. Las mejores eran aquellas que procedían, providentes y puntuales, de la mente diabólica de aquel muchacho. Ya lo había comprobado en el pasado.

De todas formas, Neroni podría tomarle el pulso a la situación. Sin duda, mejor que él, que se hallaba entre Savona y Treviso en espera de que su tío ascendiera al trono papal.

—Por lo menos conocer mejor los estados de ánimo de la nobleza y lograr entender las frustraciones de los enemigos de los Médici. —Un pensamiento lúcido, perfecto, nítido como el filo de un cuchillo.

—¿Me permitís una sugerencia? —prosiguió aquel infernal muchacho.

Riario asintió.

No sabía hasta dónde lo llevaría esa conversación, pero si llegara a idear un plan para quitarse de en medio a los Médici, un plan perfecto, impecable, entonces aquel sería un momento para recordar, ya que, para ser sinceros, era justamente todo lo que andaba buscando.

—Te escucho —alentó.

El joven pareció concentrarse.

—Bien, la idea de tantear el terreno es fascinante, mi señor... Brillante, me atrevería a decir...

—¡Al grano! —atajó Riario.

—De acuerdo. Ahora bien, si, como vos justamente sostenéis, Giovanni de Diotisalvi Neroni, arzobispo de Florencia, está en condiciones de identificar la familia más potente y contraria a los partidarios de los Médici, podría entonces ser aconsejable azuzarlos para que se esfuercen en planificar una conspiración contra Lorenzo; un proyecto criminal para conseguir su exilio y el de su hermano. La sangre no es nunca una buena idea, pero el confinamiento, el alejamiento, como ya ocurrió con su abuelo Cosimo, podría ser la solución ideal.

—¿Estás convencido? —preguntó Girolamo.

—Totalmente. Ved, mi señor: Lorenzo es, en cierto sentido, inseparable de su propia ciudad. Si se le arrebata, se le arrebata todo el poder posible. Y luego, digamos la verdad: su padre, Piero, es un cobarde y ha debilitado mucho su posición. Lorenzo podría darnos problemas, pero si actuamos ahora que es joven e inexperto, nos podría dar bastante juego, y ello abriría camino a una familia que pueda prestar más atención a vuestras pretensiones y a las de los vuestros.

—Ingenioso, mi joven amigo. Ingenioso pero vago, puesto que, me pregunto, ¿cuáles podrían ser las acusaciones que podrían llevar al confinamiento del que hablas?

—En verdad, mi señor, las acusaciones podrían ser muchas, pero solo una estaría en condiciones de desacreditarlo hasta el punto de legitimar la aplicación de la pena. —Aquel muchacho hablaba como un hábil político y causaba en Girolamo la desagradable sensación de que lo hubieran parido del vientre de una criatura demoníaca.

—¿Y cuál sería? —Su voz traicionó la más incrédula impaciencia.

—Alta traición —respondió sin titubeos el muchacho.

Girolamo Riario levantó una ceja.

—Veréis, mi señor. Hay en Florencia un artista que aún no es famoso, pero que con certeza está dotado de un temperamento extraordinario. A decir verdad, también es ingeniero e inventor. No existe en el mundo un hombre de tales inteligencia e ingenio. Es aún muy joven, naturalmente, pero muy pronto dará que hablar. Si pudiéramos demostrar o, mejor, si pudiera hacerlo una familia aliada nuestra, que Lorenzo y ese hombre colaboran con la idea de inventar un arma de tal potencia que resulte letal para cualquier estado y que se podría utilizar para agredir los reinos circundantes y, en consecuencia, pusiera a la ciudad de Florencia en una posición tal que todos la odien y la teman... Pues bien, llegados a ese punto, creo que no tendremos dificultad alguna en arruinar a los Médici y hacernos con la ciudad mediante una familia amiga. Podremos, con toda probabilidad, acusar a Lorenzo de alta traición e incluso de herejía, por su ciega confianza en la guerra y en la ciencia en una medida que va más allá de los límites impuestos por la Iglesia.

En ese punto el muchacho se detuvo.

Girolamo continuó mirándolo fijamente, con los ojos abiertos de par en par por el estupor.

Luego dijo:

—¡Magnífico; magnífico, muchacho! Se trata, naturalmente de un plan complejo y lleno de incógnitas, pero que precisamente por eso al menos hay que considerarlo. Vete, pues, y pon en marcha nuestro proyecto. No tengas prisa. Tenemos tiempo. Los míos aún tienen que llegar al poder. Entretanto, busquemos a esa familia. Luego uniremos los elementos que nos permitan inmovilizar a los Médici. Cuando estemos en la cima de nuestro poder, entonces atacaremos. Y lo haremos de tal modo que los Médici no podrán volver a levantarse. Dile a tu madre que he apreciado mucho las sugerencias de su hijo. Y para refrendar esta afirmación mía, te ruego que aceptes una muestra de mi estima imperecedera.

—Y, así diciendo, Girolamo Riario extrajo del cajón de una mesa de caoba una bolsita de terciopelo de color azul violáceo y se la lanzó al muchacho.

Ludovico Ricci la recogió al vuelo; un inconfundible tintineo sonó con claridad.

—Sois muy generoso, mi señor.

Dicho esto, giró sobre sus talones y se dirigió a la puerta.

—Una última cosa, Ludovico.

El muchacho se detuvo y se volvió hacia su señor.

—¿Cómo se llama el genio del que me hablaste?

—Leonardo da Vinci —respondió el joven Ricci.

3

Lucrecia y Lorenzo

—Tiene ojos grandes y carácter fuerte. Creo que te gustará y que sabrá secundarte en cada deseo tuyo, hijo mío. Y lo que es todavía más importante: podrá garantizarte alianzas y amistades que hasta hoy te estaban vedadas, y sabe Dios cuánta falta le hacen a nuestra familia esos ardides. —Lucrecia era un torrente de palabras; ponía por las nubes a Clarice, como si fuera el heraldo de una nueva vida en Florencia.

Pero Lorenzo no estaba convencido. Para nada. Es cierto que entendía la razón de Estado, no era tonto; pero, por otro lado, lo que se decía de su futura esposa no lo fascinaba en absoluto. Parecía una mujer piadosa, meticulosa, atenta: virtudes con seguridad nada despreciables, pero que no eran las que le interesaban a él. ¿Cómo iba a poder estar de acuerdo?

Trató de llevar, al menos en modesta medida, tales dudas al oído de su madre. Lo hizo con toda la diplomacia y cortesía de que era capaz.

—Madre... Lo que decís me hace feliz, naturalmente, y os estoy infinitamente agradecido por todo lo que habéis hecho. Por otro lado, me pregunto si creéis que Clarice posee también cualidades como la inteligencia o el atractivo propios de las jóvenes de su edad...

Al escuchar esas palabras, Lucrecia le dedicó una mirada gélida a su hijo. Era una mujer elegante, pero fría. Los rasgos de su rostro exhibían una dureza que sabía ser implacable cuando era necesario.

—Mi querido Lorenzo, prefiero hablar ahora y hacerlo una sola vez, para no tener que volver a tocar este tema. Conozco tu extraña obsesión por Lucrecia Donati. No digo que la muchacha no valga esas miradas, pero que quede claro: deben desaparecer. Y rápido. Sé de tu temperamento y, peor aún, conozco el suyo. Esa chica lleva el fuego dentro, pero eso no te aportará ningún bien, puedes creerme. Sin contar que, de hoy en adelante, ya no podrás concederte más evasiones. Clarice está viniendo desde Roma y es una Orsini: hablamos de una de las familias más antiguas y nobles, y ya solo eso la hace irresistible. Sé que Florencia necesitará tiempo para aceptarla, pero si eres tú el que comienza, el resto vendrá por añadidura. No quiero historias en ese sentido. A su debido tiempo podrás incluso pensar en concederte alguna distracción... Después de todo, yo misma sé algo de eso; he aceptado en nuestra familia a una hija de otra mujer y he perdonado a tu padre todo lo que ha hecho. Pero debes meterte una cosa en la cabeza. Tu padre tiene una salud frágil y sufre una enfermedad que ya no le permite ser más el hombre que era. Ahora ha llegado tu momento, y no puedes pensar en sustraerte al liderazgo de la República. Y el poder sobre Florencia pasa por el matrimonio con Clarice Orsini. Por lo tanto, cuanto antes lo vayas asimilando, mejor será para todos nosotros.

Lorenzo entendía de sobra las razones concluyentes de su madre y conocía también los mil problemas y los muchos peligros que había tenido que afrontar, en Roma primero y en Florencia después, para concretar el acuerdo entre los Médici y los Orsini, superar las barreras de clase y entrar en la gracia de la nobleza capitalina. A su vez, la sensualidad irrefrenable de Lucrecia Donati, las miradas, la figura, la manera de vestir y caminar..., todo en ella era pura fascinación, seducción, misterio y aventura. Pero sabía que su madre no quería ni oír hablar de eso.

—Mantendré la cabeza en su sitio y estaréis orgullosa de mí —dijo—. Tendré cuidado con los enemigos y tendré a gala las enseñanzas de mi padre, y de mi abuelo antes que él, y por lo tanto el sentido de la medida que es la materia prima con la que plasmar el decoro y el consenso. Pero nadie me podrá pedir nunca que olvide a Lucrecia Donati.

Su madre suspiró. Clavó su mirada una vez más en los ojos de su hijo.

—Mi único bien... Lo entiendo, y créeme cuando digo que lo único que quiero es tu felicidad. Estoy contenta de escucharte pronunciar esas palabras, y nadie dice que debas olvidar a tu Lucrecia. Pero prepárate a honrar a Clarice Orsini como esposa, porque el destino de Florencia está ligado a ella. Y todavía te digo más: esfuérzate para que la propia ciudad la acoja como se merece. No me cuesta nada imaginar que este aire de desconfianza y frío que sopla en su contra es fruto de tu comportamiento imprudente. Intenta, por lo tanto, templar y convencer a nuestra gente de que la celebren como a una reina. Será tu señora, y como tal deberás tratarla. Tienes que entender que una alianza entre Roma y Florencia es tanto más necesaria ahora, ya que si bien es verdad que el buen papa Pablo II está a nuestro favor, no sabemos si lo estará su sucesor. Y tenemos que estar preparados. Pero con la familia Orsini de nuestro lado, tal vez, y digo tal vez, tendremos más posibilidades incluso en el caso de que el nuevo nombramiento, cuando quiera que sea, no sea demasiado favorable para nosotros. ¿Me entiendes?

—Por descontado que te entiendo —respondió Lorenzo con tono molesto—. Sé perfectamente que Pío II estaba detrás del nombramiento de Filippo de Médici como arzobispo de Pisa y que ese resultado fue posible gracias a las presiones del abuelo Cosimo. Así como no tengo dudas de que el actual arzobispo de Florencia, en cambio, está en contra de nosotros... Los hechos lo han demostrado ampliamente. Soy yo, por lo demás, el que impedí que el atentado de la calle Careggi se llevara a cabo, ¿lo recordáis? —Lucrecia asintió—. Y el arzobispo de Florencia era el que estuvo en todo momento detrás de aquel acto atroz. Por ello resulta del todo claro que no espera más que un escándalo para poder crucificarme... —Lorenzo se interrumpió un instante. Luego prosiguió—: Escucha, madre. Quiero que una cosa quede clara: no tienes que temer por lo que respecta a mi conducta. Seré un marido ejemplar y un esposo atento, pero no me pidas que la ame. Eso no podré hacerlo. No de manera inmediata, al menos. Conozco mis deberes y no tengo ninguna duda sobre lo despiadados que son mis enemigos. Por otra parte, creo que tengo alguna influencia sobre la gente, gracias a mi carácter. El otro día, en el torneo en honor a Braccio Martelli, tuve la impresión de que el pueblo, e incluso una parte de la nobleza, estaban conmigo. No quiero renunciar a lo que soy, en definitiva. Hay en mí un fuego que, bien gobernado, puede ser de alguna utilidad para nuestra familia, esto al menos has de admitirlo.

—Abrázame —dijo Lucrecia al escuchar esas palabras—,

y no pienses siquiera por un instante que me has decepciona-do. Todo lo que te dije es por tu propio bien y porque siento un gran respeto hacia ti, hasta el punto de que creo que tú y solo tú, hijo mío, puedes conducir a los Médici a la gloria que merecen, continuando la obra de tu padre y, más aún, la de tu abuelo Cosimo, que tanto te quiso en vida.

—Y que tanta falta me hace —concluyó Lorenzo. Se acer-có a su madre, que se había levantado del sillón, y la abrazó con tal arrebato que casi le pareció hacerlo con una amante.

4

Leonardo

Leonardo inspiró el aire fresco de aquella mañana de febrero.

Con los largos cabellos rubios alborotados por el viento, miraba los campos de tierra marrón, incrustados de placas iridiscentes producto de la helada.

Había en la naturaleza un poder tan extraordinario que le cortaba la respiración cada vez que la contemplaba.

Se sentía muy pequeño, insignificante, hasta el punto de experimentar un sentimiento de prodigio y gratitud por todo aquello que cada día el mundo parecía regalarle.

Aun así, a los hombres todo aquello parecía no importarles.

Incluso él se encontraba trabajando para la guerra, para aquella cruel e insensata pelea que quería que los seres humanos se enfrentaran unos contra otros en nombre de un objetivo vergonzante: la conquista del poder y del territorio.

Porque solo aquello ya era la negación de la libertad de

los demás: una vergüenza. Por esa razón había decidido trabajar para Lorenzo de Médici, ya que, en él, hacía un tiempo, había descubierto la mirada de un hombre inteligente y tenaz, y no de un tirano o de un señor de la guerra. Desde el comienzo de su colaboración, Lorenzo le había pedido que trabajara para los Médici, perfeccionando sus propios conocimientos y sus experimentos, en la construcción de máquinas bélicas que se utilizarían solo con fines defensivos. Jamás, le había dicho, se usarían sus armas para agredir a otra ciudad. Siguiendo las enseñanzas de su abuelo y su padre, Lorenzo estaba convencido de que el futuro de Florencia residía en la paz y en la prosperidad, en el arte y en la literatura. No desde luego en el conflicto.

Por lo tanto, en esas condiciones, Leonardo había aceptado prestar sus servicios a beneficio de los Médici. Siguió estando en el taller de Andrea del Verrocchio porque tenía todavía mucho que aprender, especialmente en todo aquello que en ese momento representaba la mayor de sus pasiones: la pintura. Sin embargo, gracias a sus ideas de ingeniería bélica percibía cien florines mensuales y lograba vivir con mayor tranquilidad y también, a decir verdad, ir apartando algo para invertir y tener algún día un taller propio.

Aquella mañana, mientras estaba sumido en esos pensamientos, había visto llegar a Lorenzo con su cohorte de guardias. Los caballos galopaban por el camino de tierra y pronto alcanzaron la cima de la colina, justo donde se encontraba él, entre cipreses, mirando los campos arados y las invisibles corrientes del viento que soplaba frío y cortante.

En cuanto llegó, Lorenzo bajó del caballo. Llevaba puesto un magnífico jubón verde oscuro y una capa del mismo color. Sus rasgos marcados otorgaban a su mirada una determinación nada común, encendiéndole una luz tan intensa que cada acción suya parecía provista de una vitalidad más que única.

Le estrechó la mano con un vigor y una gratitud contagiosos. Leonardo sintió la habitual y vibrante amistad y una sinceridad casi desarmante. Haría bien en no decepcionar a un hombre como aquel, pensó. Sin embargo, se mostró confiado, porque ese día le tenía reservada una gran sorpresa.

—Amigo mío —dijo Lorenzo—, veros me proporciona desde siempre una gran alegría, ya que percibo con claridad la sensación de estar a punto de asistir a un milagro inminente.

—No se exceda, señor, que sois demasiado generoso; de todas maneras, veremos si lo que tengo reservado para vos estará en realidad en condiciones de sorprenderos.

—No tengo ninguna duda al respecto.

Mientras los hombres de Médici desmontaban del caballo, Leonardo comenzó a explicar su proyecto.

—Mi gran señor —empezó a hablar, volviéndose hacia Lorenzo—, como podéis ver, he confeccionado algunos espantapájaros en estos días pasados con el fin de optimizar el resultado de esta simulación.

Mientras hablaba señaló unos cuantos monigotes dispuestos a varios cientos de pasos del punto en que se encontraban.

—Ahora —continuó—, coincidiréis conmigo en que uno de los soldados fundamentales de todo ejército es el arquero. Todos recordamos cómo se ganó la batalla de Anghiari: sin los formidables arqueros genoveses que desde las laderas de las montañas se deslizaron hacia la vertiente del ejército de Astorre Manfredi, pulverizándolo, quizás hoy no estaríamos siquiera aquí conversando. —Dejó que las palabras hicieran su efecto. Era un hábil orador y no se le escapaba la importancia de las pausas. Estaba dotado de una teatralidad capaz de enfatizar al máximo un descubrimiento o un proyecto. La presentación se organizaba con el mismo cuidado que la propia obra. Tenía que suscitar curiosidad y atención, garantizando a la narración el ritmo propicio. Luego continuó—: En cualquier caso, como sabemos, la ballesta es un arma antigua y tiene como objetivo aumentar, cuando sea posible, el alcance y la potencia del arco, del cual representa, de hecho, una evolución. Su eficiencia, unida a la potencia y precisión, es la primera de sus virtudes.

Al decir aquello, Leonardo se había acercado a una mesa que había dispuesto en el claro en el que se hallaban. Con un gesto no exento de teatralidad, levantó una tela de lino grueso y dejó al descubierto unas ballestas de madera pulida.

—Hablamos, por lo tanto, de un arma sofisticada y absolutamente estratégica. Por otro lado, su eficiencia se está perdiendo gradualmente con la construcción de modelos cada vez más potentes, tanto que el procedimiento de recargar se está volviendo tan complejo que compromete la eficacia del arma. La introducción de los arcos de acero, de hecho, ha mejorado, sin duda, las prestaciones, pero ha comportado innegables problemas en el uso. Los arcos son tan difíciles de tensar que ya el arquero no es capaz de poner la cuerda en la posición de carga, ni siquiera con las dos manos, por lo que se ven obligados a recurrir a las palancas, los tornos y trinquetes. Una locura que implica una dramática pérdida de tiempo, y que expone, entre otras cosas, al arquero a un constante peligro para su propia vida.

—Sin contar —dijo Lorenzo— con que toda la dotación de dispositivos externos que el arquero ha de llevar consigo ralentiza su movilidad en el campo.

—Precisamente. Añado que no es por tanto posible perder un tiempo precioso en recargarla.

Leonardo hizo otra pausa, dejando a sus interlocutores en espera de explicaciones; luego fue directo al grano.

—Por ese motivo, hoy os muestro lo que yo he llamado la «ballesta veloz». Se trata, en esencia, de una ballesta cuyo sistema de carga es mucho más rápido. Como podéis ver, la cureña de la ballesta está dividida en dos partes. La inferior, unida a una fuerte bisagra, puede abrirse fácilmente... —Leonardo cogió una de las ballestas colocadas en la mesa y, con un movimiento desenvuelto, abrió literalmente en dos la cureña del arma—. Y a través de un sistema de palancas en su interior puede acercarse la tuerca de la cuerda en posición de reposo, para luego encajarla y volver a desplazarla en la posición correcta de carga.

En ese punto se oyó un resorte, y Lorenzo y los suyos vieron con gran asombro cómo la cuerda ya estaba perfectamente tensa y lista para lanzar un dardo.

Sin perder más tiempo, Leonardo colocó una flecha y apuntó el arma en dirección a uno de los monigotes sujetos a las ramas de los árboles frente a ellos.

Apretó el gatillo y el dardo se disparó. Silbó en el aire y fue a clavarse, con un chasquido siniestro y mortífero, en la cabeza del monigote, atravesándola de lado a lado.

Lorenzo no fue capaz de contener una ola de entusiasmo. Los guardias que estaban con él se quedaron boquiabiertos. Toda la operación de carga del dardo no había llevado más que unos pocos segundos y, mientras ellos mantenían la mirada absorta en el espantapájaros ensartado, Leonardo ya había vuelto a cargar el arma y disparado un segundo dardo.

Otro silbido y otra cabeza atravesada por la punta de hierro de la flecha.

—¡Alucinante! —comentó Lorenzo, extasiado, y sin poder ser capaz de resistirse a la fascinación de aquella increíble ballesta, cogió una de la mesa.

Abrió y cerró la cureña, cargando el arma sin tocar nunca la cuerda y sin usar ningún objeto externo: era sencillamente increíble.

—El proceso de carga es rapidísimo de esta manera, ¿no os parece, mi señor? —preguntó Leonardo.

Por toda respuesta, el dardo que disparó Lorenzo fue a plantarse a la altura del corazón del tercer monigote.

—¡Bien hecho, mi señor! —exclamó el comandante de los guardias que habían acompañado a Lorenzo en aquel paseo matutino.

—Maravilloso, Leonardo —exclamó el joven Médici—. ¡Vos sois un genio y el orgullo de nuestra ciudad! Este proyecto vuestro convierte la ballesta en un arma no solo potente y veloz, sino en una de las más eficientes y peligrosas.

—Perfecta para una defensa eficaz, en caso de ataque —subrayó Leonardo, y una sombra le tiñó de negro los ojos azules. Fue solo un instante, pero Lorenzo la vio claramente.

—Es verdad, amigo mío. Cada promesa mía es una deuda. La usaremos solamente para defendernos de eventuales ataques enemigos.

Leonardo asintió. Necesitaba oírselo decir.

Es cierto que las palabras eran aire, simples fórmulas, pero las palabras de un hombre como Lorenzo podían hacer temblar la tierra. Leonardo lo sabía bien, y sentía aún más gratitud hacia su amigo porque estaba seguro de que, a pesar de su juventud, no permitiría que el temperamento, que por cierto no le faltaba, o la vehemencia propia de su edad cedieran a la tentación de la violencia o la agresividad.

Sonrió, pensando que él no era ciertamente mucho mayor; de hecho, tenía incluso algunos años menos que Lorenzo, pero a él la guerra, el conflicto, el campo de batalla... nunca le habían interesado. Sabía defenderse cuando era preciso, pero pelear no entraba entre sus prioridades. Le parecía, también, que era algo tan estúpido e inútil que no era capaz siquiera de entender por qué no lo comprendían los señores de los estados vecinos.

Sin embargo, daba lo mismo: Florencia, Imola, Forlì, Ferrara, Milán, Módena, Roma, Nápoles, Venecia... Todos esos territorios veían en la guerra y en el enfrentamiento un modo ineludible de reafirmar su propia existencia. Parecía como si tuvieran una necesidad desesperada de conflicto para perpetuarse a sí mismos.

Sacudió la cabeza.

Bien, había vuelto a pasar; se había abismado en sus propios pensamientos.

Pero justo cuando volvía en sí, Lorenzo lo abrazaba, dándole las gracias.

—Leonardo —le decía—, vuestra amistad y colaboración me honran y celebran cada día la gloria de Florencia. Seréis recompensado por vuestros inmensos servicios. Ahora os invitaré a regresar a la ciudad conmigo. Mis hombres se ocuparán de traer de vuelta vuestras muestras, y si sois lo suficientemente generoso para conversar con mis ingenieros, os encargaré la fabricación de al menos doscientas de esas increíbles ballestas.

—Llevaos esta de mi parte —le respondió Leonardo, entregándole una—. Es la mejor y la más hermosa de todas las que he hecho hasta ahora.

—No podría haber nada mejor —exclamó Lorenzo, y su voz reveló todo el orgullo y la alegría por el regalo—. Ahora, de todas formas, volved conmigo a la ciudad; os debo hablar de algo que me toca muy de cerca y que creo que os puede gustar.

—¿De qué se trata?

—Os lo explicaré a su debido tiempo. Confiad en mí.

5

Lucrecia Donati

Lorenzo se perdió en aquel río de ónice oscuro que olía a menta y ortiga. Lucrecia era una mujer de una belleza tal que lograba anular cualquier otra cosa en el mundo.

Oyó las brasas chisporrotear en la chimenea, chispas purpúreas que se elevaban como rojas luciérnagas ardientes.

Lucrecia lo miró con sus ojos salvajes. Iris negros y brillantes lo espiaban hasta las profundidades, apretándole el corazón.

No podía quitarle la mirada de encima. No solo era hermosa, había algo: un hechizo no muy distinto del de la naturaleza, una fascinación ancestral, arcana, inextinguible, que lo tenía rendido.

Lucrecia echó la cabeza hacia atrás, enarcó la espalda, los pechos se alzaron grandes y rotundos bajo la luz débil de las velas. Sus caderas le imponían una oscilación sublime. Lorenzo se hundió cada vez más en aquella vorágine de placer hasta perder el sentido del espacio y del tiempo, hasta que nada tenía ya importancia.

Había en aquella pasión salvaje una fuerza capaz de consumir, en un instante, cada necesidad y deseo que no fuera el del placer puro.

Naufragó en el sexo de ella, se dejó cegar y arrollar.

Lucrecia suspiró de placer. Continuó cabalgándolo. El miembro de él ya estaba listo para inundarla de fluidos.

Al final, ella se abandonó en un grito y, empujando con los brazos en el pecho, arañándole los pezones, llegó con él a un orgasmo violento que pareció partirla en dos.

Lorenzo cayó desfallecido. Lucrecia, lentamente, se inclinó sobre él. Los senos contra su pecho, los brazos en los de Lorenzo: la habitación pareció girar por un instante mientras el carrusel de emociones abrumadoras le laceraba la mente.

Permanecieron en silencio y perdidos en aquel abrazo, como si quisieran quedarse para siempre encadenados y protegidos por aquel amor, lejos del ruido de un mundo que no quería hacer concesión alguna a su pasión.

Fue por ello por lo que Lucrecia lloró. Lágrimas que cayeron de sus ojos mojando el rostro de Lorenzo. Y él no debía ni siquiera preguntar por qué. A medida que, poco a poco, los contornos de los objetos y los límites de las paredes y del techo y las geometrías de la vida cotidiana volvían a emerger, se manifestaba abrumadora la injusticia de aquel sentimiento negado.

Y después de haber esperado, y tras haber callado, Lucrecia habló, porque quizá quería escuchar su propia voz; quizá necesitaba una seña intangible, el terreno de aquello que acababan de experimentar.

Como si una palabra pudiera ser el salvoconducto para

confirmar que, también en el mundo real, su sentimiento habría sobrevivido.

Lo exigía.

—Júrame que me querrás solo a mí —le dijo.

—Te lo juro.

Lorenzo no tenía necesidad de pensarlo. Con Lucrecia era todo así de simple y maravilloso. Ella sabía exactamente lo que él deseaba. No podía existir otra como ella. No lo creía posible. Sentía hacia ella esa misma admiración y gratitud que le encendían el corazón cuando por la noche lo cegaban las luces de los astros. Por supuesto, un amor tan obvio, casi descarado, le daba miedo. Pero ese miedo era un lujo que podía y quería concederse. Cuando llegara el momento, se comportaría en consecuencia. Protegería a Lucrecia, eso era seguro.

Era lo único que de verdad le importaba.

—¿Incluso cuando llegue Clarice? —preguntó ella.

—Te lo juro —repitió él.

—¿Y me querrás asimismo cuando sea anciana y tenga canas y la piel como pergamino?

—Incluso entonces, y hasta más aún.

—¿Y estarás preparado para defenderme si fuera necesario?

—Lo estaré.

—No te pido más, Lorenzo. Sin embargo, sé que eso no sucederá. Ahora juras y prometes, pero quién sabe cómo te cambiará el tiempo. Quién sabe en qué te convertirás. Ahora esta habitación te parece el paraíso, pero bien pronto será demasiado angosta y vacía, y yo no seré más que una de las muchas mujeres que has tenido. Lo sé bien.

Él le apretó el rostro entre las manos.

—¡No lo digas ni en broma!

Los labios de Lucrecia traicionaron una sonrisa llena de amargura.

—Estás destinado a ser el señor de Florencia, Lorenzo. Muy pronto tendrás la ciudad a tus pies. Más de lo que ya lo está. Deberás enfrentarte al poder, el de verdad, ese que es sucio y que genera dolor y muerte; deberás enfrentarte a enemigos despiadados y aceptar compromisos por el bien de tu gente y de tu tierra. Y ¿qué recordarás de mí cuando pese el corazón y tengas las manos ensangrentadas? ¿Cuando sea la guerra tu único pensamiento, ya que no encontrarás otro modo de defender aquello en lo que crees de los ataques cobardes de hombrecillos entregados a la codicia y al saqueo?

—Me quedará tu amor —respondió él. Lo dijo sin dudar, porque creía profundamente en la fuerza de aquel sentimiento; porque sabía que, de una manera u otra, no tendría nunca final—. Estamos demasiado ocupados escuchando la voz del día que nos reclama para olvidar aquello que hemos tenido. Y lo que hemos tenido no es poca cosa: demasiado a menudo permitimos al presente ofuscar el pasado y lo que nos ha empujado a querer ser mejores. Conservaré este amor tuyo en el cofre de mi alma. Y no consentiré a nadie que lo vea. Será solo mío y lo acunaré como a un niño, en los días de alegría y en los de dolor. Y este amor me dará fuerza y tormento, alegría y amargura, pero permanecerá vivo e inolvidable.

Ella levantó la cabeza. Las lágrimas cesaron.

—Qué hermosas son esas palabras —dijo—. Sería maravilloso si lo que has dicho pudiera ocurrir de verdad.

—Depende de nosotros, Lucrecia. Y de nadie más. A pesar de todo lo que vendrá, tenemos que mantenernos firmes en nuestros principios y en nuestro sentimiento. Si es así, nuestro amor vivirá. Si lo perdemos, será solamente nuestra culpa, pero al menos lo habremos tenido una vez. Y ya solo por eso siento gratitud hacia la vida.

Lucrecia lo miró largamente a los ojos. Eran oscuros, pero una luz los hacía resplandecer.

Luego lloró.

Porque sabía que todo lo que es demasiado hermoso no puede durar para siempre.

ABRIL DE 1469

6

La música

Las mesas estaban profusamente decoradas. Los mayordomos las presidían, atentos a comprobar que la pitanza fuera siempre abundante y oportunamente dispuesta: camareros, trinchadores, tajadores y escanciadores se afanaban en cortar las carnes rojas y blancas, en servir vinos y volver a llenar las copas, en servir en los platos imponentes porciones de empanadas y guisos, o tal vez solamente en mostrar, en un remolino de aromas y sabores, las muchas frutas que harían las delicias del paladar de los invitados. Dejaban sin palabras los dulces, los pasteles rellenos, la tempestad colorida de los confites, estos últimos encargados por Lorenzo expresamente para su madre a algunos de los mejores maestros pasteleros de Florencia.

Esa fiesta, una entre las tantas que Lorenzo organizaba en el Palacio de los Médici de la Via Larga durante el año, albergaba a algunas de las mejores mentes y de los más influyentes bolsillos de Florencia.

A las primeras pertenecía, sin duda alguna, Marsilio Ficino, que ese día, como sucedía a menudo, llevaba una túnica roja. No era demasiado alto. Delgado a pesar de su robustez, encarnaba la esencia misma de la lucidez del intelecto y el equilibrio del hombre consagrado al amor al conocimiento. Tenía muchos méritos de los que vanagloriarse, y no era el último de ellos haberse ocupado de traducciones como mínimo fundamentales para todo Occidente, entre las que se encontraban las obras de Hermes Trismegisto y Platón.

Entre los segundos, en cambio, no podía faltar Francesco de Pazzi, puesto que su familia era tal vez la que más estaba en ascenso en Florencia y no parecía conocer los contratiempos. Vestido de terciopelo negro, color que le gustaba más que ninguno, hacía gala de una determinación excesiva, siempre listo para responder a las provocaciones, incluso cuando no se hubieran producido. Era la suya una arrogancia dictada por la riqueza, unida a un carácter de notable temperamento. Sin embargo, sus modales arrogantes, exagerados, vulgares en ocasiones, manifestaban en violentas ráfagas, mucho mejores que mil discursos, el temporal que iba a tener lugar bajo el cielo florentino.

Lorenzo y Giuliano, por cierto, no temían a los Pazzi. Exponentes de una noble y rica familia, inteligentes por demás y asimismo afortunados, estaban siempre, de alguna manera, confinados en un trasfondo dorado que jamás les permitiría estar en primera fila.

Por otro lado, Francesco, aunque intentaba contener sus arrebatos y desplantes, no ocultaba su falta de simpatía por los anfitriones. Sus ojos sombríos, de un negro tan intenso que parecían de tinta, lanzaban dardos de un salón a otro, como si pudieran, con la sola mirada, captar informaciones útiles que pudiera usar contra Lorenzo y Giuliano.

Las salas del Palacio de los Médici estaban atestadas de damas y caballeros, todos dedicados a realzar su poder o su atractivo, dependiendo del caso. Sin embargo, a pesar de todo, todos los rostros, todos los atuendos, todas las luces parecieron apagarse de repente y perder su propia consistencia. Fue en el momento exacto en el que Lorenzo escuchó lo que escuchó.

Una música dulcísima le arrebató los sentidos.

Como una cascada envolvente de miel que susurraba y se lo llevaba consigo, despojándolo de la voluntad y de la atención. Por un instante se quedó sin aliento, abrumado por aquella avalancha de notas.

De repente era como estar flotando en una dimensión desconocida, como si todo lo que le rodeaba (la decoración, los salones, los invitados) hubiera sido borrado de golpe.

Lorenzo cerró los ojos y siguió escuchando. Al principio no se preguntaba quién era el autor de esa melodía magnífica. Escuchar música bien ejecutada era un placer que experimentaba con poca frecuencia y al que, al menos en aquella ocasión, no pensaba renunciar.

Demasiado a menudo había confiado a las palabras y a la voz lo que sentía, tratando de gobernar sus sentimientos, pero nunca lo había conseguido como habría deseado.

Era como intentar moldear el hielo en formas que surgieran de sus manos con líneas y bordes inciertos, que de alguna manera fueran capaces de reflejar lo que albergaba su alma. Por esa razón los sonetos que escribía le parecían corrompidos, una imagen deformada y falsa de lo que alimentaba su corazón.

De la misma manera, las palabras no serían suficientes para describir una música como aquella.

Detectó el perfume de aciano. Conocía bien ese aroma suave.

Sintió que las lágrimas le mojaban el rostro.

Era más fuerte que él, no tenía explicación para lo que estaba ocurriendo. Pero no le importaba en absoluto; era tan hermoso no tener que explicar..., no tener que entender...

Las notas subieron, luego volvieron a bajar. Era una alternancia que mecía y llevaba los sentimientos a zonas desconocidas.

La música continuó, primero apremiante, luego suave, casi sinuosa. Lorenzo advirtió la sensualidad irrefrenable, irresistible.

Las cuerdas del laúd eran acariciadas de un modo tan leve que se podía pensar que se tocaban solas.

La música pareció apagarse por un momento. Una pausa. Luego volvió a sonar, triste en esa ocasión, amarga, imbuida de una melancolía susurrada, discreta; una melancolía que revelaba algo de la que la interpretaba. Porque fue en ese momento cuando Lorenzo estuvo seguro de que se trataba de una mujer.

Degustó esos instantes, saboreándolos como gotas dulces y cordiales de un aroma irresistible, anticipó la alegría del descubrimiento.

Después, abrió los ojos de par en par.

Fue entonces cuando se le apareció lo que ya había comprendido, puesto que el corazón comprende bastante antes lo que la mirada ve a continuación.

Frente a él, fulgurante en su belleza, se hallaba Lucrecia.

Las manos delgadas y morenas tocaban apenas las cuerdas del laúd que sostenía en el regazo, apoyado en su brazo izquierdo.

Mantenía la cabeza ligeramente inclinada sobre el instrumento, no tanto porque tuviera que ver las cuerdas, sino más bien porque parecía tan perdida como él en aquella melodía.

Abandonada a la armonía de la música, su piel parecía arder a fuego lento, mezclando la púrpura con el color natural de su tez, que recordaba la canela, de pura sensualidad. Los ojos negros y soñadores estaban iluminados por la luz de un rayo, listo para refractarse en los espejos oscuros de los iris.

Lorenzo no estaba preparado para aquella visión; o, mejor dicho, no había jamás sabido, ni siquiera sospechado, del talento de Lucrecia.

Apasionada y hermosísima, en el centro de la sala, envuelta en una gamurra de terciopelo rojo, le hizo quedarse cegado mientras, una vez más, los ojos de su madre dejaban entrever toda la rabia y el temor por aquella enésima afrenta en su propia casa.

Además, a pesar de las promesas y los juramentos, Lorenzo no era capaz de poner freno a su emoción y a la admiración por lo que escuchaba. Y al igual que él, evidentemente, los invitados, que, en cuanto cesó la música, estallaron en un aplauso torrencial y sincero.

Por lo demás, aquel talento cristalino era tan innegable como incómodo: Lorenzo estaba a punto de contraer matrimonio, pero lo que había escuchado no podía borrarlo en modo alguno.

Al principio no fue capaz siquiera de aplaudir. Le parecía que no hacía justicia a lo que había escuchado. Se quedó mirándola fijamente. En silencio. Por un instante percibió claramente que su alma tocaba la de ella. Sintió que un pacto se sellaba entre los dos.

Ni siquiera en ese momento sintió la necesidad de pronunciar una palabra.

Compartió con ella su silencio, pese al entusiasmo de los presentes.

Se quedó allí, mirándola.

Entonces, de repente, sintió que algo rompía aquella armonía; la grieta invisible sobre una placa de vidrio que con el tiempo se agranda, se vuelve más profunda, hasta hacer pedazos la superficie.

Desplazó la mirada y se dio cuenta de que Francesco de Pazzi lo estaba observando fijamente.

Fue en ese momento cuando Lorenzo comprendió lo arriesgado que sería exponer a Lucrecia a semejante peligro.

La protegería, se dijo a sí mismo, incluso al precio de perderla.

Pero, en el fondo, temía que ya fuera demasiado tarde.

JUNIO DE 1469

7

Clarice

El sol brillaba alto en el cielo. Bañaba con su luz dorada los techos de las casas y la piedra silenciosa de las fachadas de los edificios y de las iglesias. Brillaba en las placas de las calles y las plazas de Florencia, hasta incendiar la Porta del Paradiso de Lorenzo Ghiberti y la roja cúpula de Santa Maria del Fiore.

Clarice había llegado a la ciudad, escoltada por cincuenta caballeros. Había entrado como una virgen guerrera a caballo, como enfatizando el linaje romano del que descendía, pero también para desafiar en su propia tierra a esa mujer de la que tanto le hablaban: Lucrecia Donati. Como para decir que se quedaría con Lorenzo, y no se beneficiaría únicamente de su abundante fortuna.

Entre las estatuas y tabernáculos, entre dinteles e inscripciones, iba serpenteando el murmullo del pueblo, expectante por ver cómo terminaría aquel desafío.

Giuliano la acompañaba, cabalgando a su lado. Toda la calle, saliendo desde Santa Maria del Fiore hasta el Palacio de los Médici en la Via Larga, era una sucesión de coloridas carrozas, de mesas bien dispuestas, de banderas y estandartes con el escudo de armas de los Médici: los roeles rojos ornamentados con las armas de Francia en campo de oro.

Aquel carnaval de colores y formas era una demostración de esplendor y fuerza. Una investidura de Lorenzo, que heredaba de ese modo la gloria de su abuelo Cosimo y de Piero, su padre, ya cansado y enfermo.

Cuando vio a Clarice no pudo dejar de notar lo atractiva que era: los largos cabellos tenían el color del oro viejo, los profundos ojos verdes hablaban de una seducción refinada pero firme, los labios parecían corales que brotaran entre olas de agua del mar. Llevaba un vestido ligero que dejaba los hombros al descubierto, como una Diana cazadora.

Lorenzo pensó que su madre había elegido bien.

Sin embargo, a pesar de la gracia de las formas y el ardor de la mirada, aquella mujer le parecía fría, lejana. Le pareció prisionera de su papel. Exactamente como él. Percibió en ella una tristeza profunda e incluso inevitable. Lo que tenía que ser era quizá lo que más lo angustiaba, exacerbando un conflicto interior que se alimentaba, día tras día, del constante contraste entre razón e instinto, convención y libertad.

La procesión llegó al patio del palacio. Los sirvientes se precipitaron a ayudarla a desmontar de la silla, pero Clarice, casi desdeñosa, se anticipó y descabalgó sola. Las filas formadas por nobles y huéspedes que participaban en la fiesta se dispusieron en torno a ella, y no pocos de los presentes abrieron los atónitos ojos al constatar el temperamento de aquella mujer.

Otras tantas fueron las miradas dirigidas hacia Lucrecia Donati, que llevaba una elegante gamurra de intenso color celeste, con un escote profundo y con mangas tejidas y adornadas con piedras preciosas que exaltaban su encanto moreno. La dama no pudo contener la furia de su mirada, y más de uno se divirtió al ser testigo de tal enfrentamiento.

Lorenzo se arrodilló ante Clarice, a quien Lucrecia Tornabuoni, su madre, ya había tomado de la mano y conducido hasta él.

Cuando la tuvo ante sus ojos, Lorenzo tomó sus manos entre las suyas.

—Os he esperado mucho tiempo, señora. Finalmente habéis llegado a mi lado. Me alegra comprobar que habéis hecho un buen viaje y que reveláis una belleza aún mayor de la que yo me había preparado para contemplar, que ya era extraordinaria. Por ello me siento doblemente agradecido a mi hermano por haber velado por vos de modo tan eficaz.

—Hizo un gesto hacia Giuliano. Le parecía estar recitando un papel, el breve monólogo escrito por un bufón de la corte que se divertía a su costa, escribiendo bromas bien estudiadas para molestarlo eternamente. Por otra parte recordó la mirada de Francesco de Pazzi, y todo arrepentimiento desapareció de golpe. Tenía que pensar en Lucrecia, estaba claro, pero ¿qué ayuda le podía proporcionar, exponiéndola siempre al peligro y a las negras tramas de sus enemigos?

No podía permitirlo.

Clarice lo invitó a incorporarse.

Mantuvo las manos entre las de él.

—Mi amado Lorenzo, al dejar Roma confieso que he tenido miedo de lo desconocido. Nunca había estado en Florencia, pero ahora soy testigo de la indescriptible belleza que de ella emana. Vuestra madre tenía razón una vez más. Giuliano ha estado magnífico y me siento feliz de estrechar mis manos fuertemente entre las vuestras. Este que tengo ante mí es un hombre influyente y ciertamente fascinante, y me da una alegría infinita ver que se unen nuestras familias.

Lorenzo le besó las manos. Por la gran escalinata bajaba su padre, con paso vacilante pero con la mirada vivaz y llena de sabia determinación.

Llevaba un jubón violáceo y unos pantalones bombachos del mismo color. Tenía el rostro cansado, pero los ojos activísimos se movían como los de un halcón, desplazándose por la aglomeración de invitados que llenaba el patio.

Clarice y Lorenzo aguardaron hasta que Piero llegó al pie de la escalera. En ese momento abrazó a su nuera. A más de uno se le escapó una sonrisa. Piero debía tener particular estima por esa doncella que aportaba seis mil florines de dote y remontaba de golpe las magras arcas de los Médici, que, a causa de él y su fragilidad, ahora sufrían, pese a que Cosimo las había dejado rebosantes de oro.

Y no solo eso, sino que ese matrimonio lo protegía asimismo de enemigos peligrosos, que parecían titubear en esos días únicamente por el hecho de que el papa Pablo II había estado siempre de su lado.

Pero ¿hasta cuándo podría beneficiarse de semejante apoyo? Varios eran los rumores que sostenían que el pontífice no gozaba de buena salud y que los adversarios de los Médici estaban ya afilando dientes y cuchillos para saltarles a la yugular en cuanto las condiciones fueran más favorables.

Ciertamente, no era amigo del arzobispo de Florencia, que tenía que poner buena cara en un juego sucio, ni lo eran los Pazzi y los Pitti, que, en efecto, contaban los días para poder asestar un golpe que los expulsara de la ciudad.

Pero aquella nueva alianza con los Orsini cerraba filas y permitía a Piero y a Lorenzo mirar el futuro con confianza. Lucrecia Tornabuoni había cumplido su misión gracias a su hermano, administrador del Banco de Roma y bien relacionado en los círculos de la nobleza.

En ello pensaban algunos de los invitados; pero mientras la abrazaba como a la más encantadora de las mujeres, Piero no pudo evitar una sonrisa y, al mismo tiempo, mandar un guiño de advertencia a su hijo.

Lucrecia Donati tenía que rendirse a los hechos.

Demasiadas cosas dependían de aquella unión.

Lorenzo vio la sombra que atravesó la mirada de su padre y comprendió.

Sus ojos fueron de manera espontánea hacia los de Lucrecia, que llameaban de resentimiento y rabia. Posó sus iris en los de ella un instante más, pero fue como si no la viera.

Se arrepintió de inmediato. Porque se acordó de las palabras de ella.

¿Tan poco había bastado para hacerle cambiar de idea? ¿Podía la razón de Estado plegarlo en pocos segundos?

¡No, desde luego!

Volvió a mirarla, pero ahora era ella la que rechazaba cruzarse con sus ojos.

«Paciencia», pensó. No podía culparla. Pero un día lo entendería. Lo que realmente importaba era que ella no se convirtiera en un objetivo.

Debía mantener eso en mente.

Volvió los ojos a Clarice y la tomó de la mano. Siguiendo a sus padres se encaminó hacia el jardín. Los invitados permanecieron detrás.

En los balcones alrededor del patio colmado de verde se habían dispuesto mesas cargadas de viandas refinadas y vinos deliciosos.

Laura se miró al espejo.

Los años habían pasado también para ella, y no habían sido clementes. Si bien seguía siendo una mujer hermosa, ya no tenía la piel tan lisa y suave como antes y sus largos y espléndidos cabellos negros estaban salpicados de blanco.

Sin embargo, su sed de venganza había permanecido igual; incluso, si tal cosa fuera posible, se había vuelto todavía más profunda. Por esa razón había educado a su hijo en el odio a los Médici.

Nunca había olvidado al único hombre que la había amado: Reinhardt Schwartz. Los Médici lo habían matado, arrebatándole también aquello. Jamás los había perdonado. Había conocido a un caballero y se había transformado en su favorita. Él le había dado un hijo: Ludovico.

Y en ese momento estaba delante de ella.

Había regresado de una de sus peregrinaciones destinadas a tejer relaciones y alianzas con el objetivo de formar una conspiración letal contra la familia más poderosa de Florencia y contra su cabeza visible: Lorenzo.

Con el paso de los años, Laura había sido capaz, gracias al afecto de Filippo Maria Visconti, de ganarse un título y un pequeño feudo y, algún tiempo antes, se había convertido en la señora de Norcia y vivía en esas tierras como dueña del lugar.

—Amor mío —dijo mirando a Ludovico—, ¿qué piensas entonces de Girolamo Riario?

—A fe mía, madre, creo que ese hombre odia a los Médici más que vos, si ello resultara posible. Los sentimientos que nutre parecen proceder de la envidia y de la voluntad de afirmación personal. No sabría decir si es un hombre de astucia extraordinaria. Tendería a descartarlo, sus actos son a veces vulgares y torpes, pero ciertamente está listo para recibir sugerencias y sellar alianzas.

—Lo imaginaba, hijo mío. Girolamo es un hombre poderoso y, sobre todo, el sobrino de un cardenal a quien muchos ven como el próximo papa. Por esa razón deberás convertirte en uno de sus seguidores, ya que, de ese modo, estarás en su séquito. Tarde o temprano se habrá de convertir en el máximo adversario de los Médici. Si sabes aconsejarle bien, no te negará su gratitud y te facilitará alcanzar el lugar que te espera en el mundo. Por lo demás, tampoco tienes otra elección. Créeme cuando te digo que ser hijo de pequeños nobles es casi peor que proceder del pueblo llano, puesto que, en cierto sentido, se nos permite ver desde lejos el resplandor del poder, pero no logramos jamás llegar a tocarlo. Bajo el ala de Riario, en cambio, podrás eludir las barreras de clase y establecerte en la cumbre de la pirámide social. Estoy segura. He conocido la miseria y las privaciones hace mucho tiempo, de una manera que ni siquiera puedes imaginar, y no hay nada más horrible. No es eso lo que quiero para mi hijo.

—Madre, vos sois mi luz, mi antorcha en la noche. Vuestro amor me conforta y me sostiene, y no dudaré ni un instante en seguir vuestros consejos. Como sabéis, Girolamo me pidió hace unos meses que tantee al arzobispo de Florencia, Giovanni de Diotisalvi Neroni, ya que si hay alguien dispuesto a pelear contra los Médici es justamente él.

Laura elevó una ceja, impaciente por conocer los detalles de aquel encuentro.

—¿Y bien?

—Bueno; es evidente: después de que los Neroni y los Pitti hayan fracasado, parece que ahora son los Pazzi los que quieren con todas sus fuerzas el final de los Médici. Francesco es, sin duda, el representante más apropiado, de temperamento fogoso e inclinado a la ira. Tiene todas las cualidades para llevar las riendas de una conspiración, aunque el momento parece todavía prematuro: por un lado, según el arzobispo, las sospechas despertadas por la conspiración de Soderini y Neroni contra Piero de Médici no parecen haberse disipado aún, y, por lo tanto, esa estirpe del demonio está en guardia permanente con cada mínimo movimiento; por otro lado, los Pazzi no parecen aún tan poderosos como para poder causar preocupación a los señores de Florencia.

—Pero es una lástima, porque ahora son vulnerables: a Piero lo devora la gota y Lorenzo no es más que un muchacho de apetitos intensos. Este sería el momento oportuno.

—Me limito a informaros de lo que cree el arzobispo de Florencia. Es verdad que los Médici, justamente por estar en dificultades, se han encerrado en ese palacio similar a una fortaleza. Lorenzo anda rodeado de guardias, y cuando se mueve lo hace con cautela. La madre, Lucrecia Tornabuoni, ha favorecido la alianza con los Orsini gracias al matrimonio de Lorenzo con Clarice.

—¡Maldita víbora! —Al decir aquello, un relámpago de ira encendió el rostro aún hermoso de Laura.

—Os amo como jamás amaré a mujer alguna. ¡Sois espléndida! —dijo Ludovico, como si aquella rabia prendiera en él una pasión poco propia de un hijo.

—No digas tonterías. Tendrías que haberme visto hace años —admitió ella con amargura—, cuando estaba al servicio de Rinaldo degli Albizzi o cuando, más tarde, fui la echadora de cartas de Filippo Maria Visconti, duque de Milán. Entonces era realmente hermosa.

—Yo os encuentro de un atractivo extraordinario, irresistible —insistió Ludovico, y mientras hablaba sus ojos brillaban anegados de una admiración que dejaba entrever algo oscuro y sensual. Ludovico adoraba a su madre, estaba completamente subyugado. Algo en ella le turbaba los sentidos y moldeaba su voluntad hasta el punto de que la protegería, defendería y vengaría si fuera necesario: no había límites en su devoción por ella.

Laura lo sabía y, ante la adoración de su hijo, no era capaz de ocultar un afecto licencioso. Le acarició la mejilla. Luego le tomó las manos entre las suyas y se las llevó a los labios, besándolas de una forma que tenía poco de maternal.

—Tú eres mi campeón, Ludovico. No me decepciones nunca. ¡Júramelo!

—Haré lo que sea por vos, madre mía. Ordenádmelo y os obedeceré, cualquiera que sea la misión que tenga que cumplir.

—Entonces dale un beso a tu madre.

Ludovico se le acercó.

Puso sus labios en los labios rojos de ella. Luego la lengua de Laura se movió lasciva, uniéndose a la suya.

Él sintió sus uñas en el pecho. La lengua suave en los pezones y luego aún más abajo.

El pene se le puso duro hasta dolerle.

—Hazme tuya ya —le susurró al oído—. Te quiero dentro de mí.

8

El retrato

Ya hacía un tiempo que se sentía abandonada. De hecho, lo esperaba: era precisamente lo que le había predicho a su incrédulo amante, pero la llegada de Clarice había reducido sus encuentros con Lorenzo de una manera que no había imaginado.

Por ello, cuando Lorenzo quiso encargarle a Leonardo que la retratara, Lucrecia había recibido favorablemente aquella cortesía.

Ella sabía lo amigo que era Lorenzo de aquel joven artista.

Y había llegado el día.

Leonardo había llegado a su casa. Era un joven de belleza especial y de mirada viva e inteligente; los largos cabellos rubios y la barba rala enmarcaban un rostro de rasgos elegantes, aunque delicados, casi femeninos o, mejor dicho, de un refinamiento angelical.

Sin embargo, hablaba de manera fascinante, y Lucrecia

no era capaz de evitar sentirse hipnotizada por sus ojos: ejercían sobre el interlocutor una suerte de magia implícita. Aquello, unido a una voz suave, parecía suspenderla de un hilo infinito.

—Con ropa azul —le había dicho Lorenzo, sabiendo que a Leonardo le gustaba ese color y que, al mismo tiempo, resaltaba por contraste el atractivo cálido y salvaje de Lucrecia.

De modo que ella se había presentado con una gamurra color celeste, y los ojos de Leonardo parecieron brillar.

El día era luminoso y claro. Él le había preguntado si se podía acercar a uno de los ventanales del salón más grande de la casa.

Se encontraban en un espacio medianamente amplio. Lucrecia era hija de la pequeña nobleza y, ciertamente, su morada no podía competir con las de las grandes familias florentinas; pero la sala estaba arreglada con buen gusto y, lo más importante, inundada de luz gracias a la hilera de ventanas.

Leonardo no había perdido el tiempo y había preparado todo lo necesario para pintar; luego, comenzó.

Lucrecia no sabía de qué modo la iba a retratar pero, incluso a una mirada poco atenta, no se le podía escapar su intención de captarla coronada de luz, casi como si el sol hiciera de diadema sobre su mata de pelo negro, de un negro total.

Desde hacía un rato, Leonardo hablaba poco. O más bien no hablaba en absoluto. Lucrecia intentaba mantener la mirada como él se lo había pedido. Tenía la frente alta, la expresión casi impúdica, en el intento de cristalizar una belleza altiva y deslumbrante, por citar sus palabras exactas. Lucrecia no era capaz de contener una sonrisa. No era una mujer dada a la autocomplacencia ante su propio atractivo, pero... ¿a qué dama no le hubiera causado placer recibir los cumplidos de un artista joven y ya consolidado como Leonardo?

Pero las palabras revestían para él un valor que nada tenía que ver con el cumplido. Sus comentarios eran secos, esenciales. Como sentencias.

Leonardo era un joven brillante, pero indefinible. Se escapaba a cualquier categoría, etéreo y celestial de alguna manera, feliz de observar la vida. A sus ojos, el deseo de afirmación personal no era más que una parodia, una comedia de mal gusto, capaz tan solo de ensuciar la perfección de lo que realmente merecía ser contemplado, nunca sometido a las extravagancias del hombre. Sin embargo, quizá precisamente por ello, lograba aquello que para los demás parecía prohibido. Más de una vez, Lorenzo había alabado sus éxitos en arquitectura y en ingeniería, las extraordinarias soluciones adoptadas en la construcción de sus primeros artefactos voladores (¿era, pues, el vuelo posible para el hombre?) o sus instrumentos de defensa.

Leonardo la miraba de soslayo. Era en verdad una mujer de rara belleza.

Pero no era solo eso lo que le chocaba.

Veía en ella un espíritu indómito, una majestuosidad que no podían otorgar los títulos o el linaje, sino solo la naturaleza, que en ella era orgullosa y salvaje. Justamente por eso, y también gracias al azul de aquella gamurra ligera y simple, tenía la intención de jugar con los contrastes, con el conflicto entre elementos tan contradictorios. La luz que inundaba el espacio le permitiría crear una armonía de opuestos entre razón y sentimiento.

Sonrió ante la idea.

Se sentía feliz ante lo que emergía del lienzo.

Siempre le había gustado trabajar con verdes y azules, pero adoraba también los colores oscuros y aquel rojo encendido, el tono cálido y acogedor.

Fuego y hielo, luz y sombra: iba a llevar al límite esa dualidad, no quería medias tintas. El pincel trabajaba sobre el lienzo en el intento de capturar el alma de aquella mujer y plasmarla de la manera más auténtica posible. Sentía que lo quería hacer porque había en ella algo especial: una furia particular que no cedía ante reglas o convenciones. Y él mismo era un hombre a quien le importaban bien poco las primeras y las segundas.

Entendió entonces lo agudo e inteligente que había sido Lorenzo, que había insistido en reunirlos. Se quedó maravillado, mientras aún la contemplaba, tan hermosa y altiva, de lo profunda que había sido aquella intuición, como si, después de todo, Lorenzo supiera mirar en el alma de las personas.

Pensaba que lo había infravalorado. Y que en el futuro tendría que darle más crédito. No es que no lo estimara; se lo debía todo: su fortuna y todos los encargos que estaba recibiendo eran únicamente fruto de la generosidad e inteligencia de Lorenzo. Pero se vio débil, tal vez por un exceso de confianza en sí mismo.

Sabía que no era una persona corriente, aunque intentaba a toda costa no resultar arrogante. La autosuficiencia, sin embargo, a veces lo traicionaba, induciéndolo a creer que las personas con las que se relacionaba estaban siempre comprometidas en valoraciones de tipo político. Lorenzo era ciertamente hábil, pero su fortuna venía de lejos, y en particular de la capacidad de captar profundamente la esencia del alma humana.

Se sentía feliz, pero mientras el retrato de Lucrecia empezaba a tomar forma, no lograba ocultarse un atisbo de inquietud.

¿Dónde podría llegar un hombre con un don semejante?

DICIEMBRE DE 1469

9

El legado de los Médici

Estaba llegando el invierno. Parecía como si el otoño hubiera renunciado a asomarse aquel año, tal era el frío cortante. Parecía que, al negar una estación más suave, también la naturaleza quería participar del dolor que laceraba a Lorenzo por la muerte de su padre, Piero.

El Palacio de los Médici estaba vacío, helado, y parecía que todo se hubiera hundido con la caída del patriarca; los colores de los cuadros eran menos brillantes, las luces no resplandecían ya, el jardín estaba desnudo y triste, la nieve había empezado a caer, cubriendo con una cortina helada el ánimo de todos.

Lorenzo estaba sentado frente a la chimenea. Las llamas ardían, pero la sala estaba fría. Llevaba días sin ser capaz de comer. El dolor había empujado a la familia a la desazón, tanto que cada uno había elegido vivir en soledad su propio sufrimiento.

Lucrecia, su madre, se había encerrado en sus aposentos

y no salía desde hacía por lo menos tres días, hasta el punto de que Lorenzo había instado a los sirvientes a vigilarla, pues temía que pudiera cometer alguna locura.

Giuliano se había refugiado en la lectura, y Clarice, en la plegaria.

Su abuela, Contessina, se había retirado a Careggi, donde daba largos paseos pensando en el hijo que había perdido.

El dolor los había dividido y cada uno de ellos estaba tratando de reunir los pedazos de su propia vida sin Piero.

Su padre había dejado un vacío inmenso. Había sido querido por todos, ya que era un hombre bueno e inteligente, cultivado y amante del arte, que no había dejado de financiar espléndidamente. En los años de su gobierno no todos se habían puesto de su parte, pero de todos modos fue capaz de mantener la hegemonía de los Médici en Florencia.

Ahora, sin embargo, el vacío de poder obligaba a Lorenzo a asumir responsabilidades.

Sabía que aquel día acabaría llegando, pero hasta ese momento se había beneficiado de la ventaja de ser considerado señor de Florencia sin realmente serlo. Se trataba de una promesa, un auspicio, algo que existía en un nivel puramente teórico, pero no de hechos.

Lo espantaba no solo el tener que tomar el cargo, sino también la necesidad de reaccionar de un modo coherente respecto a las expectativas que se iban creando.

¿Estaría a la altura de la misión que se estaba diseñando para él?

¿Cómo se las arreglaría sin la guía benévola de su padre, que tanto le había enseñado con indulgencia y presencia de ánimo? Lorenzo sentía lo extraordinario e irrepetible que había sido su ejemplo. Le debía todo lo que era. A él y a su madre, naturalmente; pero ahora Piero ya no estaba, y el mero hecho de no escuchar su voz firme, pero aún fresca y llena de entusiasmo, lo anonadaba.

Miró aquel fuego intenso, las llamas de sangre que no llegaban a caldear la sala. No bastaba. ¿Sería también él así? ¿Inadecuado? Y sobre todo, ¿era aquello lo que quería para sí mismo y para su futuro? ¿Convertirse en señor de Florencia y renunciar a todo lo demás? Amaba profundamente a Lucrecia Donati y sabía que en el fondo de su corazón lo que hubiera deseado de verdad era fugarse con ella, deshonrando de ese modo la memoria de su padre y la de toda su familia. Ese pensamiento era solo una locura, un juego estúpido al que se abandonaba porque, al menos en su mente, quería ilusionarse con que era un hombre libre.

Y, además, ¿no se había prometido proteger a Lucrecia? Y para hacerlo, ¿no se había jurado a sí mismo que trataría de no verla más, por lo que su ausencia lo destruía día tras día?

Los sirvientes anunciaron una visita, y fue entonces cuando comprendió que incluso ese último residuo de sueño se quebraría. Definitivamente.

Poco después aparecieron en la sala Gentile de Becchi y Antonio di Puccio Pucci. Ambos habían sido amigos fraternales de Piero y aliados incondicionales de los Médici. Gentile había sido preceptor de Lorenzo y lo había acompañado en sus decisiones más difíciles, mientras que Antonio era hijo de Puccio Pucci, que además había estado al lado de su abuelo Cosimo cuando, junto con su hermano Lorenzo, fue desterrado de Florencia y se exilió primero en Padua y luego en Venecia.

Gentile iba elegante como de costumbre: llevaba un jubón marrón tostado y una gran capa del mismo color, cerrada con un magnífico broche de diamantes. Se cubría la cabeza con una gorra de terciopelo verde. Antonio era más sobrio y primario, vestido completamente de color gris perla.

Gentile sabía cuánto sufría Lorenzo, y, por otro lado, no pretendía fallar en su tarea.

—Mi querido, amado Lorenzo —dijo—. Sé la pérdida que habéis sufrido en estos días y comprendo bien vuestro estado de ánimo, que veo triste y lleno de amargura.

—No sabéis cuánto —confirmó el joven Médici.

—Por otro lado —prosiguió Becchi—, no hay nadie que no vea la necesidad que Florencia tiene de vos, sobre todo en este momento. En ese sentido, de hecho, os traslado los ruegos de los más altos caballeros de Florencia, aliados vuestros y de vuestro padre, y del señor Cosimo antes que él, con el fin de que asumáis lo que os espera, que es nada más y nada menos que poneros al frente de los Médici y el gobierno de Florencia.

Sin pelos en la lengua, Gentile de Becchi había ido directamente al grano.

—Sí, mi señor, todos en Florencia esperan eso —se hizo eco Antonio Pucci—. Por más que parezca prematuro y poco delicado, estamos aquí hoy para pediros que aceptéis los honores que fueron de vuestro padre, y de vuestro abuelo antes que él, porque, lo queráis o no, vos sois Florencia.

Lorenzo se quedó en silencio. Mantenía las manos unidas y los ojos fijos en la chimenea.

Así que había llegado el momento. Se le pedía dejarlo todo y consagrarse a la ciudad, al poder, a la política.

En el fondo de su alma sabía que iba a terminar de esa manera; su madre se lo había anunciado bastante antes de los esponsales con Clarice y, en cierto sentido, él había crecido para esa tarea. Como si le hubieran encomendado una especie de misión desde hacía ya años, lo que no la hacía menos dura o difícil.

No estaba seguro de querer aceptar renunciando a toda libertad, ya que una vez emprendido ese camino sabía que no había vuelta atrás; una carrera como aquella lo cambiaría para siempre.

¿Estaba dispuesto a beber de ese cáliz?

No estaba seguro en absoluto.

Intentó expresar aquella duda lo mejor que pudo.

—Mis queridos amigos —dijo—, vosotros me habláis de guía y de gobierno, me llamáis señor, y yo busco en el espejo el rostro de mi padre. ¿No sois vosotros los más indicados para una tarea semejante? Más sabios, más expertos en la cosa pública de lo que lo soy yo con mis veinte años. Por supuesto que entiendo bien las razones que os traen aquí, pero ¿consideráis que mis objeciones son del todo peregrinas? Sed sinceros, os lo ruego.

Gentile de Becchi lo miró con benevolencia.

—Mi querido muchacho, comprendemos muy bien vuestras razones, que son válidas y sensibles. ¿Cómo no? Apenas ha faltado vuestro padre, y aquí estamos nosotros a pediros que os pongáis al frente del gobierno. ¿Qué hombres dignos de tal nombre serían tan cínicos e indiferentes a la suerte ajena como para hacer semejante propuesta en un momento así? Entendemos perfectamente vuestras dudas. Sin embargo, debemos recordaros que estamos en un momento dramático. Desde siempre, las familias más poderosas de la ciudad están enfrentadas entre ellas. Los Pitti, los Strozzi, los Pazzi, los Bardi, los Capponi y los Guidi, por solo citar algunas. Pero a pesar de esas rivalidades, desde hace tiempo solo una entre todas esas familias ha logrado sobresalir, ya que ha forjado con el arte y el buen gobierno una unidad que no se ha perdido: hablo de los Médici. Ellos y solamente ellos, hace ya más de treinta años, han conseguido lograr lo imposible. Es bien verdad que no digo que una obra así haya estado exenta de excepciones y de momentos difíciles, y, aun así, únicamente esta casa ha sido capaz de traer el orden a Florencia. Por lo tanto, por difícil que sea el paso que os pedimos dar, no hay nadie más en la ciudad a quien se lo podamos pedir.

Lorenzo suspiró.

—Habláis demasiado bien, Gentile; conozco vuestra oratoria y es tan fascinante como eficaz. Y, no obstante, me pregunto si no es pronto, si no sería posible esperar un tiempo.

Becchi lo miró con benevolencia. Su perseverancia y su confianza en Lorenzo eran inquebrantables. Precisamente por esa razón no iba a aflojar. Sus ojos bondadosos albergaban una obstinación férrea.

—Eso es justamente lo que no debe ocurrir —dijo—. No podemos permitir a los enemigos de la unidad que se aprovechen de este momento. De lo contrario, más valdría renunciar ahora a toda ambición. No es posible, mi querido muchacho. De hecho, es ahora cuando debemos mostrarnos fuertes. Vuestros adversarios son los nuestros, y tienen que tener bien claro que la desaparición de Piero no significará el final de los Médici y de su hegemonía. Pero para que sea así, es necesario que vos aceptéis esta tarea ahora, no dentro de una semana, un mes o un año. Cada día que pasa traerá consigo vacilación y titubeos. En una palabra: debilidad. Y puesto que el legado político de vuestro padre es importante, no puedo dejar de añadir que la situación no es tan favorable como lo fue en los tiempos de vuestro abuelo Cosimo.

Lorenzo reflexionó sobre ello.

Sabía que no podía escapar de un destino que ya estaba escrito. No tenía elección, aunque intentaba engañarse esperando lo contrario. Se puso en pie y cruzó el salón con grandes pasos. Las luces iluminaban ese espacio amplio y amueblado de manera magnífica: los hermosos sillones forrados de terciopelo; las sensacionales pinturas de Paolo Uccello representando la batalla de San Romano y de las que Lorenzo no se apartaba nunca, hasta el punto de que estaba considerando la posibilidad de que se las llevaran a su propia habitación; las mesas de maderas nobles, delicadamente talladas y decoradas.

Las luces de las velas resplandecían y se reflejaban en los grandes ventanales que daban a la Via Larga.

Gentile de Becchi y Antonio Pucci esperaban una señal; con paciencia, confianza y devoción.

Él mismo estaba profundamente impresionado. Era una sensación extraña, pero para nada desagradable, constatar con cuánta lealtad se comportaban esos hombres. Duró tan solo un instante, pero advirtió, netamente, la placentera seducción del poder. Sabía que aunque tardase un día entero, Becchi y Pucci se quedarían esperando su respuesta.

Se avergonzó de ese pensamiento mezquino, y, sin embargo, no le era del todo indiferente, como si hubiera algo en él que podía aceptar de buen grado el compromiso y las reglas de la política, basadas en el poder y el dinero.

Al final, volvió su mirada hacia ellos.

—De acuerdo —dijo—. Seré el hombre que queréis que sea, pero recordad que incluso ahora, si tengo que gobernaros, no aceptaré ser como mi padre ni como fue mi abuelo antes que él. Seré un líder, pero a mi manera: lo tomáis o lo dejáis.

Fue Antonio Pucci el que habló en esa ocasión.

—Era justamente eso lo que esperábamos oírte decir —enfatizó.

—Quizá sea así, amigo mío —respondió Lorenzo—, pero dejadme que os diga que tal vez un día os arrepentiréis.

Y mientras pronunciaba esas palabras, Lorenzo tuvo la sensación de haber firmado su propia condena.

ABRIL DE 1470

10

Los interrogantes del poder

Recordaba las palabras de su padre, y las de su abuelo antes que él. La pena de muerte no tenía como objetivo castigar a los culpables. La justicia tenía un doble cometido: por un lado, la sanción contenía el germen de la legitimación del poder incierto y controvertido; por otro, una eventual reducción de la pena reforzaría el consenso social.

El poder era un equilibrio entre instrumentos que había que utilizar con sumo cuidado, sin exagerar ni en lo uno ni en lo otro. El verdadero talento estaba en discernir los momentos exactos en que correspondía aplicar el castigo o la gracia, y un verdadero hombre de poder no se podía permitir titubeos.

La vacilación podría dar lugar a revueltas y conspiraciones, y Piero había comprendido demasiado bien la lección. Por ello, Lorenzo no debía concederse excepciones, a menos que quisiera perder su propio dominio sobre la ciudad antes incluso de comenzar.

Y Bernardo Nardi no podía merecer la gracia en modo alguno, ya que, tan solo unos días antes, había entrado en Prato a la cabeza de un grupo armado y se había instalado en el Palacio Municipal, ocupándolo a la fuerza y haciendo prisionero al alcalde Cesare Petrucci.

Esa acción era tanto más repugnante en tanto que se había llevado a cabo de manera mezquina, sin honor ni decencia, con el único objetivo de ser un escarnio para Florencia, ya que no era la primera vez que desafiaba a la ciudad enfrentándola a uno de sus pueblos vasallos.

Pero Bernardo no había previsto lo impredecible: que muchos florentinos exiliados en Prato, lejos de brindarle su apoyo, lucharían en su contra. Así, Giorgio Ginori se había puesto a la cabeza de un puñado de hombres de honor y los habían destruido a él y a sus matones, para luego poner a los rebeldes en las manos de Lorenzo y de Florencia.

No podía haber clemencia para un hombre como Bernardo Nardi.

Concederla sería como admitir la propia debilidad, permitiendo a cualquiera hacer lo que quisiera con la autoridad florentina.

Y eso no era posible.

Lorenzo no se alegraba de tener que ordenar una condena a muerte, pero se había dado cuenta de que era el pueblo mismo el que se lo había pedido durante días. Desde que a Bernardo lo habían llevado preso al palacio del alcalde.

Y ahora no podía zafarse.

Y tampoco podía perdérselo. Tenía que estar presente. Sin excusas. Y así lo había hecho.

En el centro del patio, rodeado de pórticos cuyos arcos parecían multiplicar el horror que estaba a punto de consumarse, se había erigido la horca. Seis sogas colgaban pesadamente de las vigas, y abajo, en el centro de la tarima, justo en medio de otros tantos taburetes, se había colocado un tronco de madera.

El verdugo contemplaba a la muchedumbre que atestaba el patio a su alrededor; llevaba una capucha negra y una chaqueta del mismo color, tachonada con clavos de acero. Botas marrones, salpicadas de fango, que le llegaban hasta la rodilla. Estaba apoyado en el largo mango de un hacha. El filo, largo y afilado, relucía al reflejar los pálidos rayos del sol que se filtraban débilmente entre la cortina de nubes.

Lorenzo miraba desde lo alto del balcón aquel infernal embudo. Esperaba, junto con los otros miembros de la corte criminal de los Ocho de Guardia, a que condujeran al lugar al prisionero.

La plebe, el pueblo llano y los nobles murmuraban expectantes, y su zumbido tenue parecía el amenazante hervor de una marmita roja de fuego y negra de carbón en la que el diablo hubiera empezado a preparar un guiso de carne putrefacta.

Era una visión horrible, y, sin embargo, honesta y verdadera, de lo que comportaba la administración del poder. Si no hubiera estado preparado para afrontar una prueba como aquella, ¿cómo podía pretender gobernar una ciudad como Florencia?

Sacudió la cabeza, como alejando aquellos pensamientos.

A decir verdad se sentía más tranquilo de lo que estaba dispuesto a admitir. Después de todo, Bernardo había sido el artífice de su propio destino. Solo podía culparse a sí mismo.

Y él tenía que aprovechar la ocasión para consolidar su propio poder. No tenía intención de convertir la República en algo distinto, no la iba a transformar abiertamente en un señorío, pero todos tenían que saber que solo había un hombre que podía decidir.

Por supuesto, había mantenido los órganos institucionales, justamente como habían hecho su abuelo y su padre; pero hubiera sido realmente hipócrita afirmar que las decisiones políticas no estaban influidas por sus hombres y por sus fieles partidarios.

Intentaba atenerse a aquel rol discreto, que llamaba poco la atención, y que tanto Cosimo como Piero habían adoptado en términos de conducta, pero tan solo en lo que respectaba al aspecto exterior, ya que dentro de sí sentía un fuego, una ambición que lo consumía y que, bien dirigidos, podrían ser precisamente el arma que le permitiría triunfar sobre sus enemigos.

No pretendía apagar aquel ardor: incluso lo alimentaría.

Por ello comprendió que aquella sensación inicial de confusión era fruto de la elección por la que estaba a punto de optar y del camino que, desde ese momento, había emprendido.

Se juró a sí mismo que nunca tendría miedo y que siempre asumiría sus responsabilidades, afrontando las misiones que la vida le había reservado, para aumentar el prestigio, el honor y la supremacía de su familia.

Así, resuelto en su línea de comportamiento, levantó un brazo e hizo una señal a los guardias para que condujeran allí a Bernardo.

11

Jerarquías

Clarice estaba furiosa. Desde que había llegado a aquella casa había tenido que sufrir todo tipo de insultos y humillaciones. Empezando por su marido, que quería a otra mujer, por la cual sentía una pasión abrasadora incluso antes de que ella llegara a Florencia.

Lorenzo no había hecho nada para mitigar ese sentimiento. No era que ello le impidiera cumplir sus deberes como esposo, sino que su forma de colmar de atenciones a Lucrecia le estaba resultando insoportable. Día tras día, aquel goteo la consumía.

Tanto más porque no sabía cómo enfrentarse a una pasión semejante.

Miró el espejo del tocador: lloró. Sintió las uñas arañar el estante de madera. La ira la llenaba, cual cáliz de veneno. Y cuanto más crecía la ira en ella, más sentía la amargura, dictada por la impotencia, hasta el punto de hundirla. Quería desgarrarse la túnica. O destrozarse la cara. Y no era la primera vez.

Se había hecho cortes en los brazos en un intento de calmar la frustración que la devoraba durante las horas del día. Tenía que expiar su ineptitud, la incapacidad de mantener a su propio marido a su lado. También había intentado, en su defecto, refugiarse en la plegaria.

Pero a pesar de todas las mentiras que se contaba a sí misma, con ninguna de aquellas ocupaciones había obtenido el resultado que esperaba.

Habría podido buscarse un amante, es verdad. Pero no había otros que le interesaran. Ella quería a Lorenzo, pero no lograba gustarle. No como habría deseado. No todo lo que le hubiera beneficiado.

En el periodo más reciente, en que él había renunciado a ver demasiado a menudo a Lucrecia, no había dejado de escribir pensando en ella. Maria, su dama preferida, había encontrado la manera de espiar y reunir información, alimentando en ella aquella rabia que le quitaba el sueño, el reposo, la vida.

Por ello había resuelto ir al encuentro de Lucrecia Tornabuoni, su suegra, porque quería ponerla cara a cara ante aquella situación y lo insostenible que resultaba. Ella era una Orsini y no podía tolerar una afrenta así. Si hubiera sido necesario usar su propio apellido, no lo habría ni dudado.

Después de todo, esos Médici que ostentaban tanto brillo y poder no eran más que unos ricos sobrevenidos, trabajadores de la lana de Mugello que habían hecho una fortuna con el banco, pero que ciertamente no podían vanagloriarse de un linaje viejo y noble.

Se puso en pie, salió de sus aposentos y fue a los aposentos de Lucrecia.

No se hizo anunciar. Así la pillaría desprevenida. O al menos la sorprendería.

Cuando su suegra la hizo entrar en el saloncito que hacía de antecámara, iluminada por llamas que esparcían una luz tenue y rojiza por las paredes, Clarice ya estaba preparada para derramar sobre ella todo el resentimiento y la rabia acumulada durante meses.

Y así lo hizo. Ni siquiera se sentó. Se quedó de pie, escupiendo las palabras, llevándose por delante lo que fuera, en su ánimo de desahogarse.

—Estoy cansada, señora mía. De sufrir. De ser tratada como una mujer privada de espíritu y de pasión. Yo no he pedido este matrimonio, y aunque mi opinión no valga nada, quiero que sepáis que no tengo intención alguna de soportar más la actitud de vuestro hijo, que me deshonra y humilla cada día y que casa mal, dejádmelo decir, con quien, sin duda, es el señor de Florencia.

A la débil luz de la lumbre, Clarice tuvo la clara sensación de que su suegra estaba sonriendo. Esperó equivocarse. Lucrecia se sentó. No abrió las cortinas para que se filtrara la tenue luz de la tarde, sino que se obstinó en seguir a la sombra y arreglárselas de alguna manera para que el pequeño fuego fuera lo que alumbrara su mirada ambigua.

Después de permanecer un rato largo en silencio, finalmente respondió:

—Querida mía, he escuchado vuestras palabras, os he prestado atención. ¿De qué forma, si es que lo puedo preguntar, os ha faltado el respeto Lorenzo? A pesar de las muchas habladurías, no me consta que os haya traicionado nunca. Si aludís a los rumores que circulan por Florencia, os aseguro que debéis hacer caso omiso, ya que no hay ninguna mujer en este momento que sea más envidiada que vos, os lo garantizo.

Pero esos modales amables y encaminados a minimizar

o, más bien, a negar la evidencia, no tuvieron otro efecto que hacer más cortante la voz de Clarice.

—Si pensáis que con vuestras palabras es suficiente para aplacar mi ira, quizá no tenéis idea de la persona que tenéis delante. ¿Habladurías, decís? Pero ¿no veis qué poesías, y cuántas, le dedica Lorenzo a esa puta que, además, ni siquiera es noble? ¡Mis damas me han informado de que ya antes de la boda Lorenzo no tenía ojos más que para Lucrecia Donati! ¡Incluso le dedicó a ella su victoria en el torneo que celebró para los esponsales de Braccio Martelli! Y se supone que debo soportarlo...

—Lo que mi hijo haya hecho antes de la boda no es asunto vuestro —le interrumpió bruscamente Lucrecia—. Os he pedido pruebas de su infidelidad y no me habéis traído ninguna. Y aun admitiendo que os faltara al respeto, hipótesis que ni siquiera tomo en consideración, os rogaría que tuvierais cuidado con las acusaciones que hacéis sobre mi hijo. Estáis en Florencia, Clarice. Sois amada y respetada. Quizá podríais contentaros con las miles de oportunidades que esta vida os ofrece en lugar de lamentaros por fantasmas y habladurías.

Clarice se quedó sin palabras. A pesar de todo lo que se había prometido decir, aquella indiferencia y dureza la habían vaciado, decepcionado, dejado de piedra.

¿Serían todo imaginaciones suyas?

¿No era más que una ingrata que deliraba?

Le pareció por un instante que desaparecía todo aquello en lo que creía. Y Lucrecia se aprovechó de aquella inseguridad suya sin demora.

—No querría tener que recordaros que en esta familia existe..., ¿cómo podría decirlo?, una suerte de jerarquía. Vuestro papel ha sido, precisamente, definido y acordado con vuestro padre hace ya mucho tiempo. Al entrar en nuestra familia, como mujer de Lorenzo, es evidente que os habéis convertido en una Médici. Ahora, no querría sonar desagradable, pero que hayáis venido hasta mis aposentos para hablarme de vuestras fantasías tiene algo de extraño. Peor aún: es una falta de respeto a Contessina, mi suegra. Porque con esa actitud corréis el peligro de relegar su posición, de manera del todo injustificada, a la de una mujer de poca importancia.

Todo estaba yendo de la peor forma posible. Era ella la persona a la que se faltaba el respeto, y si la urgencia se confundía con ignorancia, pues bien, no le permitiría que la malinterpretasen.

—Nunca, ni tan solo por un instante, he pretendido faltar el respeto a vuestra suegra. La vergüenza y la incapacidad de soportar más es lo que me trajo aquí. Si es necesario informar a Contessina de esto.

Pero, una vez más, Lucrecia Tornabuoni la interrumpió.

—He comprendido el motivo de vuestra visita. Lo que puedo deciros, mi dulce nuera, es que lo que he escuchado no es argumento para acusar a mi hijo, ni para molestar a Contessina, en esto os doy la razón. Lo que he dicho solo tenía como propósito haceros entender que existe una jerarquía precisa en esta familia. Cuanto antes comprendáis que sois el último eslabón de la cadena de las figuras femeninas, tanto mejor será para vos.

Clarice tuvo la esperanza de haber escuchado mal, pero se percató de que no era así.

Lucrecia continuó.

—Si no recuerdo mal, nuestro querido Gentile de Becchi os regaló, en su momento, aquel hermoso volumen de plegarias con cubierta oscura en plata y cristal, escrito íntegramente en letras de oro sobre fondo azul. ¿Lo recuerdo bien? —Naturalmente, Lucrecia no esperaba respuesta—. Lo que os aconsejo, mi dulcísima nuera, es que os concentréis en la plegaria y en la primera tarea que os hemos confiado: la de tener hijos. Y por ahora no me parece que Lorenzo deje de haceros visitas, y mucho menos que esté faltando a sus obligaciones, con lo que os sugiero que penséis en las vuestras, que consisten antes que nada en darle descendencia.

Clarice no podía creer lo que estaba oyendo. Pero ya no era capaz de responder. Había esperado tomar por sorpresa a Lucrecia Tornabuoni, y, en cambio, era ella la que la dejaba aturdida, hiriéndola sin vacilación y sin sensibilidad.

Una jerarquía, por lo tanto.

Y ella no era más que el último eslabón de la cadena. Entendió que a partir de ese momento no sería más que una mujer enterrada en vida. Llamada a dar hijos que aún no habían llegado. Igual que una perra o una yegua.

—Os ruego que ahora os vayáis —la despidió la suegra. Y sin más dilación se retiró a sus aposentos y cerró la puerta tras de sí.

Clarice se quedó donde estaba.

Las lágrimas comenzaron a caerle más amargas que antes.

12

Bernardo Nardi

Seis hombres colgaban de la horca como frutas podridas en un árbol.

Los rostros negros, rígidos tras los espasmos de la muerte. Las ropas harapientas, como el manto de un fantasma.

La muchedumbre rugía alrededor, transformando el patio en un escenario de griterío. La visión de los cadáveres cegaba al pueblo, que se desahogaba con aquel grito liberador puesto que, con aquella ejecución ejemplar, percibía netamente la fuerza de Florencia. Como si tales ejecuciones pudieran hacer callar a quien pusiera en peligro aquel delicado equilibrio en el que todos eran conscientes de vivir, como funambulistas.

Ya que del futuro, el verdadero, el de los proyectos, el de las esperanzas, el de las seguridades... De aquel futuro no tenían ninguna certeza.

Bernardo tenía los ojos abiertos de par en par. Una luz incrédula y fría los iluminaba, como si no creyera del todo lo que había acontecido.

Lorenzo no había vacilado. Tenía que acabar con aquellas aspiraciones malditas, destinadas a romper el orden, antes de que fuera demasiado tarde.

Miró a los seis ahorcados, que lo miraban con ojos apagados, como marionetas de una danza macabra.

Hizo un gesto con la cabeza, sin más dilación. Debajo de la capucha, el verdugo le devolvió la mirada. Bernardo tenía las manos atadas detrás de la espalda. El nudo le cortaba la piel en torno a las muñecas; tenía la cabeza sobre el tocón, como un trozo de madera listo para ser despedazado.

El verdugo levantó la gran hacha.

El filo lanzó un destello en la siniestra luz del día. El sol rasgó las nubes.

Realmente era un buen día para morir.

La muchedumbre empezó a rugir. Parecía que en su punto de ebullición existiera una necesidad total de alejar cualquier regurgitación de la conciencia. En aquel rugido sometido, cada uno encontraba el valor de sentirse hermano de los demás. Y como tal, pedía, de modo cada vez más amenazador, la sangre del hombre que había osado poner en peligro a toda la comunidad.

Era un rito, después de todo; una demostración, un espectáculo sanguinario pero que no se podían perder por su fuerte valor simbólico.

Los cuervos volaron sobre la viga de la que pendían los ahorcados, convirtiéndola en su percha. Comenzaron a graznar. Anunciaban con aquella letanía oblicua la llegada de la muerte.

Bernardo lloró.

Un instante más. Luego, el hacha cayó a plomo.

Silbó, cortando el aire, hasta hundirse en el cuello de Bernardo. Un sonido seco acompañó a la cabeza, que, despegada netamente del cuerpo, rodó hacia delante y rebotó dos veces en los tablones de madera antes de detenerse.

La sangre escarlata se derramaba como de una fuente mientras Lorenzo se ponía en pie y el pueblo le aplaudía.

Los otros magistrados lo imitaron.

El Palacio Municipal se llenó de gritos y de maldiciones dirigidas a Bernardo Nardi. Fue en ese momento cuando Lorenzo comprendió el poder del miedo y de la pena capital. Había elegido no conceder al traidor el honor de la decapitación con espada, ya que no había gloria alguna en el modo en que aquel enemigo de Florencia había intentado rebelarse.

Ahora que lo había visto, se dio cuenta de que había reaccionado correctamente, puesto que se lo había quitado todo, incluso aquellos jirones de dignidad que el arma de un caballero le habría dado. El hacha era una hoja bárbara, despiadada. No había nobleza alguna en ella, solo ira y violencia. Y Bernardo había muerto de la misma manera en que podía haber muerto un animal o un árbol.

El pueblo, allá abajo, lo había comprendido perfectamente.

Y ahora gritaba toda su aprobación.

Lorenzo miraba a los suyos desde lo alto del balcón. A pesar de que aquel gesto era necesario, algo en el rincón más recóndito de su alma empezaba a corromperse. Fue solo un instante, una sensación desazonadora, el atisbo de una emoción. No habría sabido describirlo con claridad, pero era como si la violencia y el ardor hubieran encendido una pequeña llama que si se alimentaba acabaría por devorarlo.

Y a pesar de que esa impresión se difuminaba con los gritos triunfantes del pueblo, lo cierto es que no le abandonó.

Lorenzo recondujo la minúscula lengua de fuego al ángulo desde el cual, por un momento, le pareció que se expandía y propagaba. Se convenció de que sería capaz de mantenerla a raya, de que nunca llegaría a sentir satisfacción o, peor aún, placer en aquel sentido de venganza que se había asomado por las rendijas de su alma.

Saludó a los hombres y mujeres congregados en el patio.

Los oyó expresar con fuerza su apoyo. «¡Roeles! ¡Roeles! ¡Roeles!», rugían, enfatizando que la decisión de castigar decididamente a Bernardo Nardi y su arrogancia hubiera dependido más de Lorenzo de Médici que de los Ocho de Guardia.

Nadie tenía duda alguna sobre el mérito. Los otros magistrados lo miraron con una mezcla de miedo y envidia. En más de uno, Lorenzo vio germinar la semilla del rencor y de la aspereza, por ahora bien ocultos, prudentemente, bajo un velo de oportunismo. Pero estaba preparado para captar aquellos matices que crecían como la mala hierba en los ojos de sus conciudadanos.

Lo dejó correr.

Aquello no era ciertamente una novedad. Y si hubiera tenido que ajusticiar a todos aquellos de los que sospechaba traición, probablemente se pasaría un año entero cortando cabezas.

Sintió que tenía que decir algo.

Por eso levantó las manos mientras el grito se elevaba hacia los Ocho, y habló al pueblo.

—Mis queridos conciudadanos —dijo—. Sé en qué medida esta ejecución de hoy ha liberado nuestro corazón del miedo. Hablando en nombre del Consejo de los Ocho de Guardia, os confirmo que cuanto habéis visto, a pesar de su brutalidad, ha sido un acto necesario. Aún más: obligatorio para restablecer aquella paz y concordia que Florencia está buscando, para garantizar una prosperidad que creemos merecer. Yo era, en primer lugar, el que habría querido evitar lo que ha ocurrido hoy. Por otro lado, no hubiera sido posible tolerar la rebelión de Prato. Si así hubiera acontecido, entonces el resto de los pueblos vasallos habrían podido hacer lo mismo, mientras que nosotros estamos convencidos de que es en la unión de Florencia y de sus ciudades hermanas donde la República puede de verdad encontrar su plena realización. Volved, pues, a casa con el corazón liviano, ya que os garantizo que con un solo acto de justicia hoy hemos evitado otras tantas guerras en el mañana.

Al escuchar esas palabras, el pueblo florentino estalló en un rugido. Fue la catarsis, capaz de alejar las últimas gotas de miedo en tanto que, una vez más, Lorenzo de Médici se identificaba como el gran defensor de la ciudad.

Y mientras el verdugo se disponía a recoger la cabeza de Bernardo Nardi para que la colocaran en la punta de una pica, y así sirviera de advertencia a todos aquellos que tuvieran intención siquiera de pensar en atentar contra la seguridad de los florentinos, Leonardo da Vinci, oculto debajo de una capucha negra, empezó a menear la cabeza.

Estaba tan angustiado por haber visto aquella primera metamorfosis que no lograba recomponerse. Era obvio que algo estaba cambiando en Lorenzo.

No se trataba solamente de su manera de reaccionar, sino también de la forma de hablar que, lejos de ser sincero como en otro tiempo, escondía más bien una especie de sutil ambigüedad.

Esperaba estar equivocado, pero sabía de qué modo todos los hombres, hasta incluso los mejores, estaban sujetos al cambio. Y habían sucedido muchas cosas desde la muerte de Piero de Médici.

Florencia le había pedido a Lorenzo que se convirtiera en el hombre que necesitaban.

Y él los estaba complaciendo.

MAYO DE 1471

13

La bola de oro

A lo largo de la noche, Leonardo había observado la bola perfecta de cobre, bañada en oro, que estaba en el centro del taller, debajo del alto techo.

Recordaba cómo Andrea, su maestro, la había realizado usando hojas de cobre a las que había ido dando forma, montando al final seis segmentos diferentes de metal y descartando el proceso de fusión que ya había demostrado no garantizar el resultado esperado.

El desafío es de los que hacen temblar, ya que quien lo había antecedido había fracasado también, empezando por Giovanni di Bartolomeo y por Bartolomeo di Fruosino, que habían fabricado un maravilloso botón de cobre que constituía la base en la que apoyar la bola. Justamente ellos tuvieron que renunciar a la creación de aquella esfera, experimentando en primera persona la ineficacia de la fusión.

Una vez unidos los seis diferentes segmentos, Andrea había procedido a cubrir la bola con una lluvia de pan de oro.

Leonardo había tenido dificultades para ayudar a su maestro. Él y Lorenzo di Credi, su buen amigo, habían sudado para construir algunas piezas de los tornos que se necesitaban para izarla sobre el botón en lo alto de la linterna de Santa Maria del Fiore.

Y no solo eso. Habían verificado asimismo la robustez de las cuerdas, habían contribuido a fabricar misteriosas herramientas y máquinas extrañas para mover y levantar pesos.

Había sido magnífico y muy gratificante.

Leonardo se divertía aprendiendo los secretos de la ingeniería casi más que triturando los polvos de colores para preparar los óleos, mezclando los componentes y trazando las caras en tiza.

Para él, el taller de Andrea del Verrocchio era un reino de maravillas: la gran sala de la forja y también el fuelle y el yunque para trabajar el hierro y el bronce. Los gigantescos andamios de madera, trípodes y caballetes que servían para esculpir estatuas de medidas colosales, bastante más grandes que las dimensiones naturales de los modelos. Le gustaba aquel lugar. En el techo se abría un enorme lucernario que, de día, se traducía en un torrente de luz.

Y además de guardar aquella especie de laboratorio increíble, allí comenzaba el laberinto oscuro en el que se accedía a las otras habitaciones más pequeñas, dedicadas a los frescos y ornamentos, y llenas de elementos de carpintería. Además había depósitos de ceras y de yeso, ese polvo blanco y suave que mezclado con agua tibia se hacía maleable como la arcilla, pero una vez seco era más duro que la mismísima piedra.

Sentía el corazón latirle en el pecho.

Mientras la noche fluía para dejar sitio al cielo blanco de la aurora, Leonardo había completado alguno de sus dibujos a mano en hojas de papel de pergamino que representaban las grandes poleas que mandó fabricar Andrea del Verrocchio para poder levantar la bola. Su maestro las había estudiado y luego las había hecho construir a partir de modelos de Filippo Brunelleschi, el extraordinario arquitecto que había concebido la cúpula de Santa Maria del Fiore.

Leonardo también había anotado los cálculos y las descripciones.

En el transcurso de esos días, no pocos de sus compañeros, incluso los discípulos de Andrea, lo habían observado con curiosidad y algo de envidia por aquel extraño modo suyo de escribir, utilizando un alfabeto que iba de derecha a izquierda y que contenía bastantes anagramas.

Leonardo quería dejar su puesto de aprendiz a otros y pretendía hacerlo lo más rápidamente posible, aunque parecía claro, desde hacía tiempo, que ya no lo era.

La estima que Lorenzo de Médici le mostraba no había pasado inadvertida, y si bien sus compañeros y su maestro no estaban al corriente de que el señor de Florencia le había hecho, además, un encargo generosamente retribuido, a todos les resultaba evidente el nivel de sus cualidades.

En todo caso, y con independencia de los éxitos recientes, Leonardo se aplicaba con toda su energía para absorber y retener la mayor cantidad de lecciones posibles, procesándolas en infinitas operaciones que veía formarse en el mapa azul del aire, exactamente frente a sus propios ojos. No tenía más que anotarlas, poniendo cuidado en hacerlas suyas, manteniendo aquel secretismo que yacía en la base de todo éxito en el arte, así como en la ingeniería y en la arquitectura.

Se divertía viendo cómo Lorenzo di Credi, pero también sus compañeros mayores, se quedaban con la boca abierta al ser testigos de aquella especie de magia que había inventado. Es verdad, escribir al revés e intrincar algunas palabras era un hallazgo, uno de esos que no dejaba de irritar incluso a los discípulos más prometedores y expertos, como Perugino y Botticelli.

Le dio por reír.

Luego volvió los ojos a la inmensa bola.

La ocasión era muy importante; las expectativas, muy altas: Leonardo esperaba que todo fuera del mejor modo. Andrea lo merecía, sin duda, ya que su labor había sido extraordinaria.

Así, cuando por la mañana temprano había seguido al maestro junto a los otros discípulos hasta la plaza, llevando el carro en el que transportaban la bola de oro, sintió en el corazón una punzada debido a la emoción.

Una multitud se había reunido allí en espera de asistir al milagro.

Andrea parecía muy seguro. Había hecho mil veces los cálculos necesarios para izar perfectamente la bola sobre el soporte. Había previsto cadenas de hierro para sujetar, días más tarde, la cruz que culminaría la bola.

Una vez llegado al lugar, Leonardo bajó del carro y se puso aparte. Había llevado consigo varias hojas de papel de pergamino.

Y se había puesto a mirar.

—¿Crees que me voy a quedar callada mientras esa mujer intenta alejarte de mí? —Clarice estaba furiosa.

Pero, precisamente por ese motivo, hermosísima.

Lorenzo tenía que admitirlo. Tenía las caderas estrechas, pero su figura era delgada y esbelta. Los pechos eran grandes y blancos, y los cabellos, rojizos, como una llamarada, que la dotaban de una agresividad irresistible.

Era una mujer muy orgullosa y no admitía ser una secundaria. No solo había reivindicado su papel en esos dos años, sino que no había dejado de hacerse valer incluso ante su madre, que no era, por cierto, una mujer carente de carácter.

Y ese temperamento fogoso suyo, casi autoritario, pero no abiertamente imprudente, no había dejado de complacerle.

En esos dos años, Clarice se había mostrado como una mujer capaz de encarnar de manera casi proverbial el concepto mismo de contradicción. Ora apasionada, ora tímida, demasiadas veces había alternado sus altibajos en una alquimia imposible de descifrar. Lorenzo había comprendido muy bien que sus vaivenes emocionales eran, en verdad, fruto de sus atenciones o de sus carencias. Clarice respondía a ese modo suyo singular de estimarla, ya que era verdad que su amor era para una sola mujer: Lucrecia Donati. Y no había dejado de ponerlo en su conocimiento.

En todos los sentidos.

Por otro lado, Lorenzo no había ignorado a Clarice. Por no mencionar que, al hacerlo así, esperaba ser capaz de proteger a Lucrecia de sí mismo, ya que era innegable que las muchas tareas que tenía que cumplir y las continuas amenazas que recibía casi a diario la habrían convertido en un blanco fácil. Y eso era lo último que deseaba.

Justamente porque la quería.

—Te amo solamente a ti, Clarice —se apresuró a confirmar, no sin un destello en sus ojos que traicionaba el tono de mofa.

—¿Te burlas de mí, Lorenzo?

—¡En absoluto!

—Tu mirada me dice lo contrario.

—Me apena escuchar esas palabras.

—No más de lo que te apenaría descubrir que para el almuerzo te sirven carne de pollo en lugar de jabalí. —Y al decirlo, Clarice hizo una mueca de disgusto.

—No es verdad. ¿Qué puedo hacer, de todas formas, para hacerme perdonar?

Clarice levantó una ceja.

—¿Lo dices en serio?

—Absolutamente. —Lorenzo asintió.

—Júrame que no la volverás a ver.

—Eso no puedo hacerlo.

—¡Ah, muy bien! ¿Lo ves? ¿Y qué es lo que tengo que pensar, según tú, después de haber escuchado una respuesta semejante?

Clarice lo provocaba cada vez con un ímpetu que a ratos rayaba la ira. Se dio cuenta de que no podía continuar de esa manera. Tenía que tranquilizarla.

—No me malinterpretes, esposa mía. —Y al decirlo se le acercó y le acarició el cuello dulcemente con el dorso de la mano. Los ojos claros de Clarice brillaron mientras se ponía rígida, casi convirtiendo su cuerpo en una fortaleza inexpugnable—. Lo que quiero decir es que Lucrecia Donati sigue siendo una dama noble de esta ciudad, y sería imposible mantener esa promesa. No invitarla a las fiestas sería un escándalo innecesario.

—No te librarás tan fácilmente; además, pertenece a la nobleza menor —añadió ella con voz gélida. Lorenzo bufó.

—Venga, no seas demasiado dura conmigo ahora. Te prometo que no la veré más, excepto durante los bailes o festejos. Y siempre manteniendo la debida distancia.

A Clarice se le escapó un suspiro.

—Mi querido marido, sabes lo mucho que me preocupo por ti. Sé que soy celosa y, al mismo tiempo, me resulta claro que no puedo exigir obediencia al señor de Florencia. ¿Quién soy yo para dar órdenes, después de todo? Pero es un hecho que sigo siendo una Orsini y que merezco el mismo respeto que te dispenso a ti. Recientemente he descubierto que, hace algún tiempo, no solo has encargado al joven Leonardo da Vinci un retrato de Lucrecia, sino que ahora lo guardas en tus aposentos. Es inútil explicar el gran dolor que me ha causado saberlo. Si crees que son suficientes algunas caricias para aplacar mi corazón, entonces en dos años de vida juntos no has acabado de entender quién soy.

Y sin decir más, Clarice salió de la habitación, dejando a Lorenzo solo con sus pensamientos.

DICIEMBRE DE 1471

14

Capitán general de la Iglesia

Las estrellas auguraban por fin un curso favorable de los acontecimientos.

Capitán general de la Iglesia: Girolamo Riario no podía pedir más. A la cabeza de las tropas del Estado Pontificio, finalmente tenía a su disposición un gran número de hombres armados, y desde el nombramiento, gracias a su tío Sixto IV, el papa, no se estaba refrenando en absoluto.

Olfateó el aroma de la muerte como lo habría hecho una alimaña. Estaba ebrio. De violencia y ambición.

Las casas chamuscadas por el incendio quedaron reducidas a ruinas negras, y los rescoldos punteaban de rojo el aire nocturno, saturado por el dulzón olor a sangre que llenaba las calles del pueblo.

Herejes.

Y Girolamo no había dudado, sometiendo a hierro y fuego aquel villorrio, depredando ganado y rebaños, ordenando violar a las mujeres y cortar el cuello a los hombres.

Sonrió.

Poder: he ahí lo que necesitaba. Y también rencor del que alimentarse. Para siempre. Se colmaría de ambos. Y con ello partiría en dos a los Médici.

Un pueblo tras otro, si se terciaba. Protegido por el anillo del pescador. ¿Qué más podía desear? A sus pies, las llamas iluminaban la noche de anaranjado. Lenguas de fuego envolvían en una pira lo que quedaba del Castel Dell'Orso. Vio a unos hombres que corrían hacia él mientras trataban de ponerse a salvo.

Picó espuelas en los flancos del caballo y se arrojó sobre ellos como una fiera sobre su presa. En cuanto les dio alcance, les rebanó la cabeza. Estas, separadas del tronco, rodaron por los callejones empedrados donde acabarían devoradas por los perros.

—¡Que Dios se apiade de vosotros, malditos cabrones! —gritó presa de una irrefrenable exaltación—. ¡No perdonéis nada ni a nadie, hombres! ¡Que esta raza de bestias pruebe el hierro de la cruz y la ira de Dios, puesto que han deshonrado a la Iglesia! —volvió a tronar.

—¡Señor! —gritó una voz a sus espaldas.

El capitán general de la Iglesia hizo girar sobre sus cascos a su corcel. Girolamo montaba un ruano magnífico, regalo del papa.

Ante él apareció, como escupido de ese infierno en la tierra, aquel joven que siempre lo acompañaba y que Girolamo había aprendido a apreciar por la fidelidad que le mostraba y que parecía no conocer límites.

—¡Dime, Ludovico!

—¿Hago correr la voz de entrar a saco en Castel Dell'Orso, mi señor?

—Escúchame bien, muchacho —le respondió Riario—.

No solamente quiero que entréis a saco en la ciudad, sino que exijo que no quede piedra sobre piedra en este escondrijo de chinches y violadores. La herejía ha de conocer la ira de nuestro Señor y de su emisario en la Tierra, que es el santo pontífice, no sea que la misericordia les infunda valor para levantar la cabeza. Por lo tanto, Ludovico, pasa la orden de que no quede nada en pie del Castel Dell'Orso, ¿me has entendido bien?

—A vuestras órdenes, mi señor. —De inmediato, Ludovico encaminó a su caballo hacia la entrada del pueblo y se lanzó al galope, volviendo a lo que quedaba de las casas y torres para asegurarse de que lo arrasaran todo.

Cuando estuvo seguro de que su joven amigo se había ido, llevándose consigo las perversas órdenes, Girolamo Riario volvió a concentrarse en sus ambiciones.

Quería que Lorenzo de Médici supiera de él y de su creciente poder. De ahí a dos años, se juró a sí mismo, el señor de Florencia tendría noticias suyas.

En esta vida o en la otra.

Roma tenía que ampliar finalmente sus dominios y él sería la punta de lanza. Mientras ese proyecto le henchía la mirada y el ánimo, observó la blanca nieve alrededor.

En el centro de aquella extensión blanca, humeante como una chimenea de los bajos fondos, asomaba agonizante Castel Dell'Orso.

—¡Este asunto del alumbre nos sobrepasará, estoy seguro! —estalló Giuliano, exasperado. Los sucios cabellos le caían sobre el rostro. Había vuelto de Volterra a toda prisa y ahora estaba tratando de poner en guardia a su hermano.

—¡Cálmate! —le ordenó Lorenzo—. Después de todo,

¿qué tenemos que temer? Florencia puede administrar Volterra, estoy seguro.

—¿En serio? —Giuliano no fue capaz de contener el sarcasmo—. Es fácil decirlo, pero hacerlo es otro cantar. ¡Tú no has visto cómo está reaccionando la gente en la ciudad!

—Y, en tu opinión, hermano mío, ¿por qué entonces te he enviado de misión? —Ahora Lorenzo estaba molesto; no había captado el tono de burla de Giuliano.

—Entonces quizá deberías fiarte más de lo que te digo, ya que has sido precisamente tú el que me mandó.

—¡Pues sea! Explícame entonces en función de qué hechos te lanzas a hacer tales afirmaciones.

Giuliano lo miró torvamente. Dio algunos pasos en dirección a la gran chimenea. Dejó caer sobre un sillón la pesada capa que lo había protegido del frío y alargó las manos para calentarlas cerca de las llamas. El fuego le iluminó el rostro. Sus ojos centellearon.

Calló, como si quisiera capturar sus pensamientos para exponerlos de la manera más lógica y ordenada.

Luego empezó a contar.

—Todo empezó cuando se descubrieron aquellas malditas canteras de alumbre —suspiró. Después prosiguió—: Sabemos perfectamente cómo fue la cosa: las familias de Volterra más potentes se enfrentaron entre ellas para apropiarse de esos nuevos y enormes yacimientos. El ayuntamiento delibera si el contrato para la explotación de las minas tiene que ser asignado a una sociedad cuyo titular es el mismo descubridor de las minas, Bennuccio di Cristoforo Capacci, de Siena. Pero justamente porque se trata de una sociedad, los explotadores de las minas de alumbre esperan saber quiénes son los otros miembros de la empresa; o sea, Gino di Neri Capponi y Bernardo di Cristoforo Buonagiusti, ciudadanos florentinos, así como Benedetto di Bernardo Riccobaldi y Paolo d'Antonio Inghirami, llamado Pecorino, de Volterra. Serán ellos quienes se enriquezcan y no los ciudadanos de Volterra. Que sea este el motivo del enfrentamiento que se ha desencadenado, o más bien la codicia de los hombres, poco importa, porque el caos se ha desencadenado ya. Y desde que, hermano mío, has decidido ponerte del lado de los Inghirami, la ira que resoplan los conspiradores ha conmocionado la ciudad.

—Esta parte de la historia ya la conozco. De todos modos, ¿qué otra cosa podía hacer? Son los de Volterra los que me imploraron que resolviera la cuestión actuando como árbitro —subrayó Lorenzo—. Hasta el ayuntamiento de Volterra ha estado de acuerdo con esa decisión.

—Me acuerdo perfectamente. Fue en Santa Maria del Fiore, en enero de este año. Pero no sabes cuánto han cambiado las cosas en este momento. Volterra llora la traición y lo hace pisoteando tu decisión y tu voluntad, ahora me doy cuenta.

—Esto ya lo había comprendido. Dime algo nuevo que todavía no sepa, algo por lo que haya tenido sentido ir hasta allí.

—Visto que me lo pides con tanta insistencia te lo diré, hermano mío. Paolo Inghirami, a quien has defendido de los ataques de sus propios conciudadanos, que intentaban anular el fatal contrato que los ha privado de la riqueza de las minas de alumbre, ha aparecido ahogado en la fuente del palacio del alcalde, tras haberse encerrado en la torre y haberse defendido valientemente. Valga decirlo: no llegó a la fuente por su voluntad. Alguien, antes, le hizo saltar por una ventana y tirarse hacia la fuente, en un vuelo de varios metros. Su cabeza quedó destrozada como la de un cerdo en la matanza. Y por si no fuera suficiente, yo mismo he visto a la gente de Volterra arrastrar el cadáver por las calles de la ciudad.

—¿Cómo han osado?

—Las cabezas que cortaron a sus hombres las clavaron en las picas y las expusieron en los muros de la ciudad para que todos las vieran.

Lorenzo sintió que lo inundaba la ira como nunca antes. Arrojó la copa de vino que sostenía en una mano contra la pared y la hizo pedazos. La voz le tembló a causa de la rabia que iba creciendo en su interior.

—Si es así, declararé la guerra a esos insolentes.

—No creo que sea una buena solución, hermano mío. —La voz de Giuliano intentaba calmar la cólera de Lorenzo.

—Ya he comprendido lo que me quieres decir, pero no soporto tener que estar a la merced de los caprichos de Volterra. ¡Si no han sido capaces de encontrar un acuerdo decente para la explotación de los yacimientos de alumbre, peor para ellos! Mandaré a los soldados: Federico da Montefeltro los volverá más misericordiosos.

—Sabes perfectamente que esto hará que una parte de la ciudad se nos muestre hostil.

—No me importa; no podemos quedarnos mirando. Titubear ahora significaría ofrecer la enésima excusa a vuestros adversarios políticos para que nos consideren débiles y vacilantes. Nuestro padre ha muerto hace ya un año. Volterra pide a gritos que la tomemos. Estoy cansado de esperar.

—Me temo que muchos lo percibirán como una excusa para atacar y silenciar una ciudad entera.

Los ojos de Giuliano eran sinceros: imploraban al hermano que apelara a sus mejores virtudes, que eran el equilibrio y la lucidez, aunque le daba miedo que se hubieran echado a perder en parte con los sucesos de Prato del año anterior. Después de la ejecución de Bernardo Nardi, Lorenzo no había vuelto a ser el mismo. No estaba dispuesto a admitirlo, por supuesto, pero Giuliano sentía que era realmente así.

Por otro lado, entendía perfectamente que hacer caso omiso de aquella afrenta lo haría parecer débil. Era un gran problema y, en cierto modo, no tenía muchas alternativas: esperar o atacar.

Pero la paciencia se le había colmado ya, y Lorenzo no podía permitirse el lujo de que lo vieran como un hombre que dejaba pasar las cosas. Volterra era una ciudad vasalla, como Prato. Si Florencia pasara por alto las decisiones de aquellos que eran sus súbditos, abrirían la puerta no a una, sino a cien revueltas.

Era una decisión dura y difícil.

—Me lo voy a pensar, pero me temo que no haya nada que hacer.

Ante esas palabras, hasta el aire pareció temblar. Algo se había roto en el momento exacto en que las había escuchado: Giuliano no habría sabido decir exactamente de qué se trataba, pero fue en ese instante cuando comprendió que nada sería como antes. Su hermano había atravesado un límite invisible y de allí ya no había regreso. Sabía que era bastante inteligente como para no perderse para siempre en los atractivos de la guerra, pero una luz roja había empezado a brillar en sus pupilas, encendiéndolas de un modo que no dejaba de asustarlo. Era como si Volterra estuviera amplificando aquella enfermedad que había contraído con la ejecución de Bernardo Nardi.

Suspiró, consciente de su propio fracaso, y de cuánto le habría costado aquella decisión a su hermano.

Lorenzo había elegido el poder, en esa ocasión de manera irreversible. Se había visto obligado, puesto que todos lo querían ahí, al mando de la ciudad: Piero de Médici en primer lugar, pero también su madre, Lucrecia, que había favorecido el matrimonio con Clarice Orsini, y también Gentile de Becchi, Antonio Pucci, Braccio Martelli y todos los demás.

Y él se había convertido en lo que todos esperaban.

Era el legado de los Médici, en cierto sentido. Y se trataba de un peso grande, infinito, que había que sobrellevar.

Lo tendría todo y lo perdería todo al mismo tiempo. No había otra posibilidad. Ser el señor de Florencia no dejaba otra opción.

Esperó que, al menos, aquella campaña contra Volterra, que ya se presagiaba como inevitable, pudiera terminar un día con una victoria gloriosa.

Pero lo dudaba.

15

Vientos de guerra

—Me parecía haber sido bastante claro sobre este asunto. No tengo intención de hablar más de ello.

La desilusión que había sentido era grande. Leonardo no podía entenderlo. Lorenzo estaba cometiendo un grave error. No parecía que el señor de Florencia siguiera compartiendo aquellos valores comunes sobre los que habían fundamentado su amistad. Sin embargo, había sido meridianamente nítido en ese punto. Desde siempre.

No había un motivo para él lo suficientemente válido para justificar aquella conducta, excepto aquel que parecía explicar la verdadera razón del cambio de su amigo: la seducción del poder, puesto que, dejando a un lado lo que Lorenzo se obstinaba en decirle, era del todo evidente que la sed de dominio dictaba sus acciones.

No sería su cómplice.

Y, sin embargo, Lorenzo continuaba insistiendo.

Estaban en medio de todos aquellos bocetos, instrumentos desconocidos y abstrusos, cálculos extraños grabados en las paredes de un laboratorio que se asemejaba más a la cripta de un demente.

Era un sótano, en Oltrarno, en el que el artista acumulaba trabajos e ideas. Aún no era como quería, pero al mismo tiempo se estaba acercando a sus intenciones. Por supuesto, habría necesitado dinero para adquirir, asimismo, los otros pisos del edificio; pero, con el tiempo, Leonardo estaba seguro de que lo conseguiría.

Sabía que en nombre de aquel pequeño reino suyo había aceptado los florines concedidos por Lorenzo por la consecución de los encargos que le había confiado.

Aquella conversación era, por eso mismo, todavía más difícil para el joven artista, que se daba cuenta perfectamente de que él tampoco estaba a salvo de contradicciones, incluso de culpas.

Pero no era un buen motivo para perseverar en el error.

—Leonardo, os lo ruego. Sé que es lo que nos habíamos prometido —prosiguió Lorenzo—, y os imploro que me creáis cuando digo que Florencia es la víctima y no el opresor. Tenéis que comprender que la actitud de Volterra es de abierto desafío contra mí. ¡Si ahora no respondo, mi vacilación se interpretará como debilidad!

—Y aunque así fuera, ¿cuál es el problema? ¿Creéis acaso que la fuerza se mide por el número de muertes que un hombre es capaz de ocasionar? —Las palabras le salían llenas de rabia. Escupió, como para demostrar todo el disgusto que aquella conversación le causaba.

Con una mano fue tirando imágenes y herramientas amontonadas en una mesa de madera. Todo terminó en el suelo, en una mezcla de tintineos de vidrio y quebrantos de arcilla y madera.

—¿No sería mejor, en cambio, mostrar magnanimidad y misericordia? ¿O es eso lo que os da miedo? Porque a juzgar por cómo os comportáis últimamente, no alcanzo a creer otra cosa. ¿Os ha bastado tan poco para perder la luz de la razón? ¿Y sostenéis que vuestra imprudencia y ansia de poder no os condenarán? ¡Os vi aquel día en la alcaldía! Delante del cuerpo decapitado de Bernardo Nardi. ¡He escuchado las palabras que habéis pronunciado! ¿Y ahora pensáis que podéis venir aquí a convencerme, adulando mis oídos?

Algo en aquellas palabras le sonó extraño a Lorenzo. Le recordó lo que había profetizado Lucrecia.

Resopló.

Estaba cansado.

Habría deseado que al menos las personas que lo apreciaban estuvieran de su lado en un momento como ese. Y, sin embargo, estaban todos tan empeñados en reprocharle sus errores que no se daban cuenta de lo difícil que era su posición.

—¡No lo entendéis, Leonardo! No hay espacio para sentimientos de piedad en un hombre con mis deberes. ¡No me puedo permitir ser un idealista! Vos y Lucrecia sois iguales, demonios. Vivís en un mundo de cuento. Como si yo pudiera elegir realmente lo que hay que hacer. ¡Pero no es así! ¡Tengo obligaciones! ¿Lo entendéis? ¡Responsabilidades! Para vosotros es fácil bramar contra la guerra y la violencia. Pero no sois vosotros los que tenéis que defender nuestra ciudad.

Leonardo sacudió la cabeza.

—¿Y de qué la tenéis que proteger? ¡Os escucho! Porque no acabo de comprender cómo Volterra puede significar un peligro para Florencia.

—¿Es posible que no lo entendáis? Volterra es solamente

el principio. Si dejo que esa ciudad haga lo que quiera, sin re-accionar, cualquiera puede pensar que se me puede atacar, a mí y a mi familia. Y tal cosa no puedo permitirla.

—No puedo estar con vos en esto, ¿os dais cuenta? No quiero. No tengo intención de ponerme de parte de quien hace algo que va contra mis principios. —Después suspiró porque le dolía el corazón, que irradiaba un dolor metálico que lo molestaba y lo debilitaba al mismo tiempo. La voz se le apagó—. Lo siento, Lorenzo, pero debo pediros, si de al-guna manera os importa nuestra amistad, que no utilicéis las ballestas que había preparado para vuestro ejército. ¿Recor-dáis? Hace ya algún tiempo que dijimos que solo las usaría-mos en caso de defensa, no para atacar.

—Lo recuerdo perfectamente. Entonces éramos amigos. ¿Y ahora?

—Ya no sé lo que somos —dijo con amargura Leonardo.

Y era cierto. Porque aquella conversación tan envenenada le revelaba una verdad del todo nueva y, en ciertos aspectos, inesperada. Le era muy difícil tener apego por alguien. Y, sin embargo, con Lorenzo aquel milagro había sucedido. O al menos creía que, por una vez, había sido posible. Qué de-silusión descubrir ahora que ya no podía ser así.

—¿Mè estáis chantajeando? —le instó.

—En absoluto, pero no puedo faltar a mi palabra.

—Tampoco yo.

—Eso me conforta, al menos en parte.

—No significa que no vaya a atacar, solo que no usaré vuestras ballestas.

—Lo había entendido a la perfección. —En la voz de Leo-nardo había un tono de derrota, como si a pesar de todo cuan-to había dicho aún esperara una respuesta diferente—. Enton-ces, ¿nuestros caminos se separan? —preguntó finalmente.

—No soy yo quien lo quiere así, pero no os puedo rogar. No más de lo que lo hice hasta ahora, al menos. Vos elegís.

—Como si al final fuera únicamente una cuestión de orgullo.

—¿Y no es así? —preguntó Lorenzo.

—En absoluto.

—Y entonces, ¿de qué se trata?

—De principios —respondió Leonardo.

—Ahora habláis mi lengua. De principios, ciertamente. Pero esos principios no valen para mí, ¿no es eso? No hay ningún principio en la aceptación del papel que se me ha asignado, en tratar de estar a la altura.

—No creo que ello signifique atacar una ciudad más débil.

—Me golpeáis con esas palabras duras como el hierro.

—Son las únicas que soy capaz de encontrar hoy. Os ruego que deis por extinguido el contrato que me vincula a vuestra familia.

—No digáis eso —insistió Lorenzo—. En cualquier caso, yo no lo considero así. Podéis acudir a mí cada vez que lo deseéis.

—Tomo buena nota. —Pero el rostro de Leonardo dejaba entrever una clara expresión de decepción.

Lorenzo lo sintió como la herida de un cuchillo.

—Me rindo, amigo mío. Solo que no acabo de entender por qué vos y Lucrecia no os esforzáis en entender que este es mi destino, y que no es algo que pueda elegir.

La mirada de Leonardo permaneció impasible.

—Entonces —dijo—, querrá decir que también será vuestro destino ser odiado por los amigos —concluyó. Luego se dio la vuelta y esperó a que Lorenzo se marchase.

16

Federico da Montefeltro

El jardín del Palacio de los Médici estaba blanco de nieve. El invierno no aflojaba su garra, y las heladas, que todo lo cubrían de un velo de escarcha transparente como cristal, parecían haber aprisionado el corazón de los hombres que desafiaban el rigor de aquel diciembre maldito conversando entre la vegetación.

Federico da Montefeltro lo miraba fríamente, justo como la nieve que cubría el jardín.

—Siete mil hombres marcharán a sus órdenes hasta los muros de Volterra —confirmó Lorenzo—. Esperaremos a que sea primavera para atacar, que quede claro, pero os conviene prepararos desde ahora. No quiero que la ciudad sufra más que un sitio y una derrota. No autorizaré ni saqueos ni violencia. Quiero que no haya dudas a partir de ahora: os pagaré bien, pero ojo con que la situación no se os vaya de la mano.

Federico asintió.

Era el señor de Urbino.

Y también hombre de armas y de pocas palabras.

—Así lo haré, mi señor.

—No experimento alegría alguna al planear este ataque, pero no lo puedo evitar, ¿entendéis? Por esa razón no pretendo secundar comportamientos salvajes. Os consideraré personalmente responsable de cualquier perversidad que perjudique a la gente de Volterra. ¡No se les puede tocar ni un pelo!

Federico da Montefeltro lo miró a los ojos.

Luego habló, a regañadientes.

Parecía como si pronunciar incluso pocas frases le produjera un dolor indecible.

—Mi señor: es mi intención obedecer vuestras órdenes. Tendré cuidado en poner freno a los hombres. Por otro lado, no puedo dejar de notar algo que os angustia. Será una guerra y, por más que la queráis disfrazar, no habrá modo de convertirla en algo mejor de lo que es. Será sucia y con mucha sangre, y nada o nadie podrá cambiar ese hecho. Tampoco vos. Por ello os pido: ¿qué es lo que os hace pronunciar esas palabras?

Lorenzo suspiró.

Federico tenía razón. Y él estaba equivocado. Pero le pesaba el corazón a causa de los amigos perdidos, aunque aún esperaba que no fuera de manera irremediable y definitiva.

—Ser señor de Florencia los está alejando a todos de mí. Como si fuera un apestado. No tengo amigos, Federico: tengo una familia, es verdad, pero ¿cuánto de lo que acontece en mi vida lo he elegido efectivamente?

—Sois un hombre de poder. Y como tal no tendréis ni facilidades ni favores. Tendréis, más bien, que guardaros de las infinitas insidias de aquellos que os envidian y desean, en el fondo de su oscura alma, arruinar vuestro dominio. Ahora bien, yo no soy hombre de muchas palabras, pero un consejo sí siento que os debo dar, y es el siguiente: no esperéis que vuestros enemigos vacilen. Golpead primero, Lorenzo, y cuando lo hagáis, golpead para matar. Y ahora, si me permitís, me despido.

Lorenzo asintió con la cabeza.

Las palabras de Montefeltro le retumbaban en los oídos.

Sin más dilación, Federico se encaminó hacia la salida. Sus pesados pasos resonaban en las piedras del patio, dejando en el aire un eco de plomo, mientras el ánimo de Lorenzo naufragaba en el frío de aquella mañana.

El cielo parecía esculpido en pizarra y los árboles desnudos sugerían presagios de muerte.

Había algo malo en toda aquella historia.

Tenía que hablar con él y llevarlo de vuelta al buen camino. Aquellas minas de alumbre, ¿eran tan valiosas como para renunciar a todo lo que tenía?

Lucrecia no lo creía en absoluto. Veía a Lorenzo alejarse cada vez más de ella. Y ahora también había rechazado escuchar a Leonardo.

Había hablado con él la noche anterior y lo que había escuchado no dejaba lugar a dudas. Y todo en nombre de una guerra que no conduciría a nada bueno.

Solamente dolor y muerte.

¡Qué lejanos parecían los tiempos en que ella y Lorenzo permanecían abrazados en la cama, fantaseando con su amor!

Tenía que hablar con él.

Atacar Volterra de esa manera era una pura y auténtica locura. Por descontado, comprendía la necesidad de no dejar que una ciudad vasalla se rebelara impunemente contra Florencia, pero aquella sed de sangre y hierro no aumentaría la fama de Lorenzo en la ciudad. Lo retratarían como un caballero despiadado, dispuesto a exterminar a quien se atravesara en su camino.

¿Era eso lo que quería? ¿Ser temido? Claro que era la forma más simple y directa de gobernar. Pero ¿también era la mejor? El Lorenzo que conocía no habría hecho nunca algo así. Habría buscado una solución distinta, más inclinada hacia el diálogo y la diplomacia.

¿Dónde había ido a parar, de repente, aquel joven juicioso?

Lucrecia ya no lo sabía.

Caminaba a buen paso en aquella tarde fría. Había salido al atardecer, y ahora habían caído sombras nocturnas en toda la ciudad. Las llamas parpadeaban, rojas, en la plaza de San Pulinari. Lucrecia llevaba una gran capa oscura, la capucha bien encajada en la cabeza, ocultándole el rostro. No quería atraer atenciones indeseadas. No había sido la mejor idea salir a aquella hora. Habría podido esperar a que Lorenzo le mandara una carroza, como hacía siempre que se iban a ver, pero en esa ocasión había preferido tomar ella la iniciativa.

De pronto, como una confirmación de sus temores, vio una figura recortada en la sombra. Duró solo un instante; le pareció detectarla huyendo, pero cuando se volvió, sus ojos se quedaron mirando tan solo el vacío.

Movió la cabeza con incredulidad, pensando una vez más que era una tonta fácilmente impresionable.

Así que apuró el paso.

Sabía dónde encontrar a Lorenzo. Conocía sus costumbres incluso demasiado bien.

En aquel momento estaría con toda seguridad en la iglesia que llevaba su nombre, allá donde todos los Médici habían recibido sepultura. Le gustaba pasar un rato cada vez que podía entre las almas de sus seres queridos. Hallaba inspiración, decía, para las decisiones que tenía que tomar. Por ello no tenía duda alguna de que lo encontraría allí.

No se estaba portando correctamente, lo sabía bien. Sorprenderlo de aquel modo tenía visos de emboscada. Pero tenía que hacer algo. No soportaba la idea de no poderlo ver y, menos aún, de ser testigo de cómo se estaba alejando de todos.

Ya casi había llegado a su destino cuando percibió algo deslizándose tras ella. Antes incluso de tener tiempo de descubrir de qué se trataba, sintió que una mano le tapaba la boca, y un filo, frío como el hielo, le apuntaba a la garganta.

—¿Qué hacéis, señora, fuera de casa a esta hora? ¿Andáis buscando problemas?

Al escuchar aquella voz áspera y estridente insinuarse en su oído, Lucrecia sintió un vahído. ¡Entonces era cierto! Alguien la había seguido, y ahora pagaba caro el precio de su imprudencia. Intentó reaccionar, pero el sonido se le ahogó en la garganta.

Sintió que el miedo la paralizaba.

—No habléis —prosiguió la voz—. No servirá para otra cosa, creedme, que para mataros.

Dicho esto, y sin más, el hombre que la sujetaba la arrastró con fuerza a un rincón aún más oscuro del callejón. Allí sería mucho más difícil que alguien reparara en ella. Solamente una antorcha lejana lanzaba a la calle una luz pálida. Con un poco de suerte, él podría hacerle todo lo que quisiera, sin que nadie lo importunara: robarle, violarla, matarla.

Vio los tacones de sus botas raspar el pavimento en su intento desesperado de oponer resistencia.

Pero a pesar de su voz casi adolescente, el hombre que la

había asaltado no era débil en absoluto, y parecía capaz de llevarla adonde quisiera sin ningún esfuerzo.

¡Tenía que reaccionar y hacer algo en ese momento! Si esperaba más, no tendría ya ocasión.

Sería demasiado tarde.

Por eso hizo lo único que se le ocurrió.

Mordió la mano que le tapaba la boca.

Con todas sus fuerzas.

17

La ballesta

Ese día había decidido salir de la iglesia antes de lo habitual. Había algo que lo atormentaba aunque no hubiera sabido decir el qué. La conversación que había mantenido con Federico da Montefeltro en primer lugar. La difícil decisión de atacar Volterra. Y también lo que había pasado con Leonardo.

Meditabundo y casi sin darse cuenta de lo que estaba haciendo, se había encontrado en un callejón, oscuro como el pecado y estrecho donde los haya. Solo una antorcha en una pared proyectaba una débil luz: no lo iluminaba del todo, pero al menos no lo dejaba en la más absoluta oscuridad. Y en aquel callejón había escuchado de pronto un grito, inquietante y cruel, como si fuera el lamento emitido por un hombre durante una pelea.

Y así, antes incluso de ser consciente de ello, había visto lo que nunca habría querido ver.

Justo enfrente de él, el callejón doblaba hacia la izquierda. Poco antes, adosadas al muro, se deslizaron ante él dos siluetas entrelazadas. Al principio no fue capaz de comprender, pero luego había visto a una de las figuras liberarse de la otra y correr, torpemente, hacia él.

Aun a la luz de la tenue luz de la antorcha, Lorenzo había reconocido el rostro de Lucrecia. Su larga cabellera ondulaba como tentáculos negros en el aire nocturno, y los ojos relucientes brillaban bajo la luz del terror. Vio que tenía sus hermosos labios sucios de algo oscuro.

No perdió tiempo.

Sacó la ballesta que llevaba sujeta a un costado, y en un instante la apuntó contra el agresor.

Al apretar el gatillo, un dardo partió sibilante, cortando el aire y yendo a clavarse en la palma de la mano del asaltante, que dejó escapar un segundo grito, todavía más terrible que el primero. Pero aunque la flecha sobresalía de su carne como el más monstruoso de los frutos, el hombre no se dio por vencido.

Apretaba algo en la mano, y a Lorenzo no le pasó inadvertido el resplandor de un filo que reflejaba la llama roja y amarilla de la antorcha. Se estaba preparando para atacar por la espalda a la mujer que había osado escapársele.

Mientras Lucrecia continuaba corriendo hacia él, Lorenzo extrajo de un pequeño carcaj que llevaba consigo una segunda flecha. Abrió la cureña, y la cuerda regresó a la posición de carga. Colocó el segundo dardo y apuntó mejor que la primera vez.

Un instante después, el agresor se llevó las manos al cuello cuando la flecha se lo perforó, y un rastro de sangre negra le estalló en medio de la garganta, arrojando ráfagas de un río oscuro.

El hombre cayó de rodillas.

Entonces, se desplomó de lado.

Un instante después, Lucrecia estaba en los brazos de Lorenzo y, abandonándose a él, se desmayó.

Cuando la vio sonreír, Lorenzo se le acercó. Lucrecia yacía en una cama, entre sábanas limpias y mantas cálidas y confortables.

Le había preparado una taza de caldo.

La tomó entre sus manos.

—Bebe, amor mío —le dijo—. Verás que después te sentirás mejor.

La ayudó a sorber el caldo caliente y aromático.

—No debiste cometer una imprudencia así. Sabes cuánto me importas. Si no hubiera sido por la ballesta de Leonardo, te habría podido pasar algo terrible.

Hablaba con urgencia febril, las palabras le salían rotas y sumergidas en una preocupación tan viva que casi le sorprendió. Sabía que la había abandonado y no se lo perdonaba. Si le hubiera pasado algo a Lucrecia, la culpa habría sido solamente suya.

—La ballesta de Leonardo —dijo ella con un hilo de voz—. Os habéis reunido un rato, ¿verdad?

Pero no había en absoluto reproche en sus palabras, truncadas en parte por el miedo y en parte por la emoción.

—Amor mío —añadió Lucrecia—, gracias por haberme salvado la vida. Había ido a buscarte porque no era capaz de estar lejos de ti.

Al escuchar lo que decía, Lorenzo sintió una tristeza infinita. Por un lado, habría querido gritar lo mucho que él también sufría ese vacío, lejos de ella; por otro lado, sabía bien que, alimentando un sentimiento así, expondría la vida de Lucrecia aún a mayores peligros de los que ya había corrido.

—Amor... —fue todo lo que le salió de los labios. Sin embargo, luego recobró fuerzas—. No puedes quedarte a mi lado, ya que todo lo que toco arde en un fuego maldito. No puedo permitir algo así. ¿No lo ves? También hoy, que has venido a buscarme, has corrido el riesgo de morir.

—No me importa —respondió Lucrecia—. No me importa la vida si no estoy entre tus brazos.

Era tan hermosa, pensó él.

Con el rostro sofocado de aquella gracia combativa, como si fuera una virgen guerrera en lo alto de una montaña.

Le retiró el cuenco de las manos y lo dejó en un pequeño mueble de madera oscura. Luego le tomó el rostro y la besó largamente.

Su amor por ella era tan profundo que no era capaz de resistirse. Aunque saliera perjudicado: si aquel era el precio que tenía que pagar por tal privilegio, estaba más que dispuesto a afrontarlo.

Sintió la lengua de ella entre los dientes y luego humedecerle los labios.

Lorenzo la abrazó.

Entonces Lucrecia se le ofreció.

Y en ese punto no pudo esperar más. La desnudó mientras ella le desabrochaba el chaleco.

Una vez desnuda, ella le tomó las manos y las condujo a sus senos grandes y plenos.

Poco a poco las acometidas de Lorenzo se hicieron más ardientes. Mientras él le presionaba los oscuros pezones, ella experimentó un éxtasis que no creía posible.

Todavía sentía su lengua al vuelo, lamiéndole los dientes, los labios, hasta buscar de nuevo la suya. Entonces Lucrecia sintió que se elevaba.

Se encontró a cuatro patas. La lengua de Lorenzo que la

exploraba justo en ese lugar, entre las piernas, saboreando su fruto más dulce y aturdiéndola con una sensación que la tenía atada y suspendida al mismo tiempo, en una incertidumbre irresistible. Lucrecia lo deseaba. Como si hubiera adivinado el instante exacto en que su excitación se había vuelto tan intensa como para hacerse intolerable, la penetró.

Lucrecia se sintió invadir. Lo acogió con toda ella.

Enarcó la espalda, ofreció sus caderas.

Y él la llenó con todo lo que tenía.

JUNIO DE 1472

18

El saqueo de Volterra

Todos los días, al alba, los cañones habían tronado sin descanso, destripando los muros, reduciendo a escombros las piedras, amputando las torres.

Después del martilleo, después del humo y el rugido del horror, se desplegaron los soldados. Un río de metal y cuchillas se había vertido contra Volterra en el asalto, sumando la avalancha de hombres al bombardeo de los objetivos.

El sol naciente había pintado de rosa pálido las armaduras de los soldados, mientras los perfiles irregulares de la colina en la cual se erigía la fortaleza parecían envueltos en una cortina clara que se desvanecía entre rocas afiladas.

Pero cuando los cañones, finalmente, se habían callado y los soldados se habían encontrado bajo los muros de la ciudad fortificada, los arqueros sobre las gradas no habían vacilado y descargaron sobre ellos un mar de hierro que había mermado las filas, dejando cadáveres que llenaron de sangre todo el valle a las puertas de Volterra.

Gritos de dolor, ruidos de espadas rotas, enrojecidas por la vida misma que fluía yéndose, yelmos que rodaban en el polvo, manos enguantadas de hierro que agarraban en un último aliento el aire que se iba al respirar: había sido una masacre entre las filas florentinas.

El cielo rosa de la mañana se había llenado de la agonía de los muertos y el negro de las vidas rotas lo había vuelto más sombrío que nunca.

El capitán Federico da Montefeltro había visto a sus hombres caer a tierra y ensangrentarla hasta que el polvo se había empapado y convertido en fango rojo.

El sudor le corría bajo la malla de hierro, tenía la vista ofuscada por la fatiga y la ansiedad; los cadáveres cubrían el espacio que desde el campo llegaba hasta Volterra en una única y muda extensión de muertos.

El ataque fue neutralizado rápidamente.

Los florentinos se habían retirado a su campamento, con el cuerpo herido y el alma extenuada.

Federico había pedido intensificar el ataque de los cañones.

Pasaron los días.

Pero Volterra no caía.

En la esperanza de tomar la ciudad de otro modo, el capitán había hecho construir a sus hombres un camino subterráneo. Los había puesto a llenarse de barro y limo como cerdos en el intento de excavar un túnel que conectase la campiña florentina con los muros de la ciudad.

Pero tampoco esa empresa fue coronada por el éxito.

Así, al cabo de un mes, los sitiadores no habían llegado a nada. Cansados, heridos y humillados, permanecían acampados a la expectativa de que ocurriera algo.

Y, finalmente, algo ocurrió de verdad.

Lo impensable.

Y ese hecho, en su vergonzante falta de humanidad, de repente se lo había quitado todo a Federico da Montefeltro, señor de Urbino: la victoria, el honor.

Había sucedido en la oscuridad de la noche, cuando el cielo tenía aún que prepararse para mostrar los colores marfileños del alba. El tiempo en el que los traidores son más capaces de consumar sus propias tretas, teñidas de infamia.

Protegidos por la oscuridad y el silencio, mercenarios de Siena y Venecia habían abierto la Puerta Diana. Una vez dentro, ocultos por la noche, moviéndose como espectros que se arrastraban, los soldados florentinos se diseminaron por la ciudad.

Y de esa forma, antes del alba estalló el infierno.

Federico había descubierto demasiado tarde lo que había ocurrido.

A pesar de que había impartido órdenes precisas desde el primer día, los hombres se habían abalanzado sobre Volterra como lobos contra un rebaño de ovejas.

Y ya era imposible detenerlos.

Deshonra y desgracia para él. Y para Florencia. Y para Lorenzo de Médici.

Mientras montaba a caballo y abandonaba el campo para llegar a las laderas de las colinas y a Puerta Diana, se había preguntado dónde había ido a parar la dignidad. ¿Dónde estaban el valor y el coraje?

El código de la guerra había perdido los últimos restos de principios y de piedad.

Él, y solo él, era el promotor de aquella masacre.

Y de la ignominia que lo perseguiría en los años venideros. Como una lluvia negra, dispuesta a hundirlo en el horror de no haber sido lo bastante fuerte para detener el exterminio.

Federico había buscado un trozo de azul explorando el cielo con ojos cansados. Pero las llamas y el humo parecían haber consumido todo vestigio celeste. Los altos muros de Volterra no habían caído, pero el engaño había abierto las puertas. No habían necesitado el caballo de madera, ni astucia alguna o una genial resolución estratégica. Habían sido suficientes la traición de unos pocos hombres viles y la ira de muchos: aquellos soldados suyos marchitándose en el campamento de invierno, primero, y luego puestos como monigotes de guerra delante de los muros durante treinta días. La culpa era de ellos, pero mucho más de aquellos jefes que no fueron capaces de contener a sus hordas.

Pero aquella brecha, abierta con el fraude y el engaño, había desatado a los sitiadores hasta aquel momento derrotados. Cegados por las pérdidas sufridas, por las privaciones, por los magros botines, se habían lanzado sobre la ciudad como si no hubieran esperado otra cosa durante largo tiempo.

Federico había gritado, amenazado, dado órdenes. Pero aquel afán suyo había topado contra un muro de indiferencia y, lo que era peor, había llegado tarde. Porque con las primeras luces del alba, cuando había quedado ya claro que sus soldados habían entrado en la ciudad, había llegado a Volterra para encontrarla reducida a un laberinto de dolor.

El humo envolvía las casas incendiadas, caídas a pedazos, reducidas a amasijos oscuros y humeantes. Las piedras grises parecían esculpidas en bloques de azufre, de lo devoradas que estaban por las llamas. Miró en silencio, con miedo de su propia voz. Temió que las víctimas de aquella matanza se dieran cuenta y lo reconocieran, maldiciéndolo así para siempre.

Nunca había encontrado nada similar ante sus ojos. Tampoco en sus peores pesadillas había asistido jamás a una violencia tan ciega.

Vio a niños con la cara manchada de mocos y hollín, con sus pequeñas manos abiertas llamando a sus padres con un grito mudo, dominado por el silencio de la muerte.

Vio a hombres atravesados por la hoja de una espada o que se deslizaban en una mezcla de sangre y lodo arrastrándose como áspides pisoteados por las calles inundadas de rojo.

Vio a mujeres a las que les habían sacado los ojos y a viejos crucificados a la entrada de las chozas.

Vio caballos abatidos por el suelo y tiendas saqueadas y vaciadas de todo después del expolio.

Ni siquiera las langostas hubieran podido arrancar la carne de una ciudad entera en menos tiempo.

Avanzó por aquel naufragio del alma. Vio a uno de sus hombres, semidesnudo, con la curva blanca de la espalda doblándose obscenamente sobre alguien. Debajo de él, un rostro hundido a la fuerza en el barro y unos largos cabellos castaños, sucios de sangre y sudor: la cabellera malhadada de una víctima de aquel apocalipsis.

No pudo soportar aquella visión.

Arrancó el espadín del pecho de un soldado moribundo y lo clavó de un golpe en la espalda del violador.

Sorprendido por detrás, el hombre se llevó las manos al punto en el que el hierro lo había lacerado, en un gesto inútil y desesperado. Se levantó, deslizándose fuera de ese cuerpo donde perdió el suyo. Dio un par de pasos, con la gigantesca punta de metal del espadín sobresaliéndole del pecho. Abrió los ojos de par en par al darse cuenta de que el que le había quitado la vida era su propio capitán.

Cayó de lado, abatido en medio de los ejes maltrechos de un carro que alguien había hecho pedazos.

Mientras cerraba los ojos, la mujer que había yacido debajo de él permaneció donde estaba. De rodillas, a cuatro patas, todo su cuerpo temblaba. El llanto, la sangre y los fluidos la cubrían en una única membrana de horror. Federico se aproximó a ella lentamente.

¿Qué podría hacer para remediarlo?

Se quitó la capa de los hombros. Envolvió a la mujer con ella y la ayudó a ponerse en pie. Ella continuaba temblando. No era capaz de parar. Quizá nunca sería capaz. Sollozaba sin cesar. Tenía los ojos anegados en llanto. El rostro, metido a la fuerza en el barro, estaba sucio.

Federico vio un cubo de agua, lleno hasta la mitad. Alguien parecía haberlo olvidado con las prisas. Allí se hallaba, a un lado de la calle principal, en medio del dolor y de la muerte, como un milagro.

Arrancó un trozo de la capa y lo mojó en el agua clara. Luego le lavó el rostro a la mujer. Después la tomó en sus brazos.

Ella guardaba silencio, con la espalda sacudida por sollozos que la hacían estremecerse bajo la capa como una marioneta.

Empezó a llover.

Federico da Montefeltro pensó que el cielo finalmente había tenido piedad de Volterra.

La lluvia lavaba aquel espectáculo obsceno. Al menos en parte. Cayó como una plegaria y un canto de la naturaleza. Cayó sin cesar y llenó el aire de miles de láminas líquidas que apagaban los incendios provocados por los soldados.

Las brasas crepitaron, azules.

El capitán adelantó primero un pie, luego el otro, llevando en brazos a aquella mujer.

La abrazaba como si de ella dependiera la salvación de su

alma, mientras las gotas de agua rebotaban en las placas de su armadura de hierro templado manchada de sangre y polvo, de barro y promesas traicionadas.

Volterra lloraba su propio dolor, con sus hijos convertidos en perros callejeros, obligados a vagar entre los escombros de un mundo que había sido destruido por el ejército de Florencia.

Nunca más se rebelarían contra Lorenzo de Médici.

Nunca más.

19

Las primeras acusaciones

—Volterra será el final de los Médici —bramó Francesco de Pazzi—, creedme lo que os digo. Y aunque en estos días se festeje la toma de la ciudad feudal que ha osado rebelarse contra su señora, creo que muy pronto ese viento a favor de Lorenzo acabará esfumándose.

Tenía el rostro rojo de ira. La frente perlada de sudor. Daba manotazos en el aire, como si con esos gestos pudiera reforzar el odio salvaje que ya albergaba hacia los Médici. Estaba tratando de incitar a los otros nueve miembros del Consejo de los Diez de Balia.

Pero no iba a ser fácil, ya que si bien era cierto que Luca Pitti y Pier Soderini estaban con seguridad de su parte, no podría decirse lo mismo de los otros, que, ya a sueldo de los Médici, se quedaban mirándolo con aburrimiento, como si lo suyo no fueran más que las fantasías de un loco.

—La masacre perpetrada en la ciudad ha sido tan tremenda que hasta Federico da Montefeltro ha rehusado los honores que le han dispensado al regreso de la guerra. El papa ha condenado esta acción como la más vil y vergonzosa de las matanzas. No veo que Lorenzo de Médici pueda librarse de la excomunión. Creo que solo es cuestión de tiempo. El propio arzobispo siente un profundo malestar por lo que ha ocurrido y no sabe de qué modo justificarlo.

—Venga, Francesco —terció Gentile de Becchi—, no exageréis. Además, os recuerdo que el arzobispo de Florencia está hoy confinado en Roma por haber atentado contra la vida de Lorenzo. Así que por el momento no lo citaría como ejemplo de moralidad inmaculada. Todos sabemos que vosotros, los Pazzi, albergáis cierta inquina hacia los Médici, porque entendéis que opacan vuestro prestigio y vuestra fortuna. Nadie os culpa de ello, ¡faltaría más! Cada uno es libre de creer lo que quiera. Pero no pidáis demasiado a vuestra buena estrella. El papa Sixto IV es, sin duda, más amigo que su predecesor y eso es bueno, nos alegra a todos, pero dudo de que el pontífice llegue a excomulgar a Lorenzo por haber puesto bajo el yugo florentino una ciudad rebelde. Y de eso se trata, a fin de cuentas. Lo habéis dicho incluso vos, por lo tanto no os torturéis con eso y hablemos de cosas serias.

—Pero todos nosotros sabemos que el verdadero motivo por el que Lorenzo ha hecho lo que ha hecho está ligado a la voluntad de apoderarse de los ricos yacimientos de alumbre descubiertos en Volterra —insistió Pazzi.

—¿Y qué? —interrumpió Becchi—. ¿Cuál sería el problema? Si Florencia se hace más rica y fuerte, todos saldremos beneficiados, ¿no os parece? ¿Desde cuándo la riqueza de nuestra ciudad sería un obstáculo? ¿Acaso el provecho y las ganancias personales se han convertido en regla, de modo que si alguien actúa en interés de la comunidad ya se ve estigmatizado?

Aquellas palabras no calmaron para nada los ánimos. De hecho, sonaron como una provocación pura y dura. Francesco de Pazzi abrió los ojos de par en par, y por un instante se le inyectaron de sangre.

Con un jubón tachonado de perlas y su larga barba oscura, Francesco causaba realmente impresión. Apretó los dientes como un animal salvaje y escupió toda su ira. No iba a dejar que lo insultaran delante de todo el mundo. Pertenecía a una de las familias más poderosas de Florencia y defendería su honor a toda costa. Sobre todo ante aquellas palabras saturadas de veneno proferidas por aquel intrigante de poca monta; si hubiera podido, lo habría estrangulado con sus propias manos allí mismo, encima del banco de madera de la sala.

—¿Cómo osáis, Becchi? ¿Qué demonios balbuceáis? ¡Tened cuidado con lo que decís! Os creéis muy fuerte por vuestra proverbial amistad con Lorenzo de Médici, pero eso no os convierte en intocable, ¿me explico?

—¿Ahora me amenazáis, Francesco? ¿Y creéis de verdad que yo os tengo miedo?

Pero al hablar de aquel modo, Gentile de Becchi no hacía más que avivar la controversia, y poco faltó para que Francesco de Pazzi, de temperamento iracundo y fácilmente inflamable, le saltara encima.

Fue Pier Soderini el que intentó aplacar los ánimos.

Tenía una forma elegante de actuar, y su voz, bien modulada y vibrante, parecía poder pacificar incluso los conflictos más enconados.

—Vamos, señores, no queremos que se nos vayan los días con esta cuestión. Lo que dice mi amigo Francesco es verdad: después de todo, Florencia no ha salido del todo bien parada al reducir a Volterra a la nada, masacrando a sus habitantes. Y en esto, por más que se empeñe nuestro querido

Gentile de Becchi, Lorenzo de Médici, y junto con él Federico da Montefeltro, tienen gran responsabilidad. Por otro lado, resulta asimismo innegable que Volterra, al rebelarse, habría podido representar un peligroso precedente, fomentando actitudes de revuelta en las ciudades vasallas. Lorenzo de Médici ha hecho bien en bloquear de raíz tales ambiciones y de ese modo reafirmar la posición de Florencia como República y su independencia de Roma y Milán. Ahora lo que esperamos todos es que la guerra se vaya aplacando y vuelva la paz, obtenida a través de una evidente demostración de fuerza que, sin embargo, y a pesar de todos sus defectos, servirá al menos para disuadir de otros posibles desórdenes.

Pier Soderini hizo una pausa, como si quisiera ver cuál era el efecto que producían sus palabras. Era un orador sutil y un hombre dotado de inteligencia vivaz. No le gustaban los Médici, pero entendía perfectamente cuándo era tiempo de acción y cuándo, tiempo de palabras.

Y en ese momento, criticar la obra de Lorenzo era una maniobra completamente equivocada puesto que, a fin de cuentas, Florencia había obtenido una victoria, aunque fuera con la ayuda de un puñado de mercenarios.

Pero de ello difícilmente se podía culpar a Lorenzo. Mucho mejor callar y conspirar en la sombra, cuando los otros no se lo esperasen ya. La venganza es un plato que se sirve frío, y solo Dios sabía qué deseo de revancha alimentaba Francesco de Pazzi y todos los suyos contra una familia que dominaba la ciudad, insistiendo a su vez en mantener una apariencia de imparcialidad y decoro.

Por lo tanto, era mejor jugar a estar con unos y con otros y esperar el curso de los acontecimientos.

Así, cuando vio que Gentile de Becchi y también Niccolò Martelli asentían, Pier Soderini comprendió que había hecho bien, y dio por finalizada su reflexión.

Puso su mano en la muñeca de Francesco de Pazzi, de modo que le cortó toda posibilidad de intervención, y concluyó:

—Francesco ha enfatizado, con una cierta efusividad, un dato incontrovertible. Sin embargo, todos nosotros creemos que una demostración de fuerza, aunque exagerada, es siempre bienvenida, en tanto sirva para aplacar los ánimos y reafirmar la supremacía. Ahora, si no os importa, sugeriría retomar la cuestión relacionada con los recursos que se van a emplear en la cruzada lanzada por el papa Sixto IV. Florencia no puede eximirse de desempeñar un papel principal en una misión semejante.

Al finalizar su discurso, Soderini miró de soslayo a Francesco de Pazzi, que por una vez captó las implicaciones y evitó encender los ánimos.

Tranquilizados por esas palabras, Gentile de Becchi, Niccolò Martelli y todos los demás consejeros de los Médici soltaron un suspiro de alivio, felices de llevar el debate a temas mucho más reconfortantes.

Ignoraban que los hombres sentados frente a ellos estaban muy lejos de dar la cuestión por zanjada.

20

El milano negro

Estaba entre la hierba alta. Soplaba una brisa sobre las hojas, y dejó que el viento lo meciera entre las caricias del sol de verano.

A él también le habían llegado rumores sobre la masacre de Volterra. Pensaba que ese suceso no ayudaría a Lorenzo. De ninguna manera. Habría querido echarle una mano. Por otro lado, algo se lo impedía. Se había prometido a sí mismo que no lo volvería a buscar. Quizás era solo su estúpido orgullo el que se lo imponía, pero no tenía intención alguna de renunciar a uno de sus mayores tesoros. No quería tener que tragarse sus propias palabras.

Aunque la soledad fuera aún más amarga.

Le parecía como si fuera incapaz de retener amistades o amores. Sin embargo, la misma Lucrecia le había confiado que Lorenzo la estaba alejando. Y, tal vez, esa distancia que se estaba creando entre ellos era precisamente lo que él quería. ¿No era acaso un modo de protegerlos? Al principio, Leonardo no había pensado en ese detalle. Lorenzo había insistido mucho en conservarlo como amigo, y él había percibido la sinceridad en su intención. Pero después, cuando cada uno de ellos había tomado su propia decisión, le había parecido que se quedaba más satisfecho así.

Aliviado: ese era el término exacto.

Como si aquel asedio de Volterra hubiera sido providencial, impidiendo que su amistad pudiera convertirse en una fuente de peligro para él y Lucrecia.

Sabía que, hacía algún tiempo, Lucrecia había ido a su encuentro y que él la había amado toda la noche. Sin embargo, tras haber comprendido el error que había cometido, la había alejado de él, a pesar de sus apasionados sentimientos hacia ella.

Era como si Lorenzo hubiera querido encerrarse en una soledad hecha de poder y fidelidad a su única ama y señora: Florencia.

Era bien cierto que todavía escribía poesías y cantos dedicados a Lucrecia, y a pesar de todos sus buenos propósitos nunca sería capaz de quitársela de sus pensamientos y de su alma.

No tenía ni idea de cómo eran las relaciones entre Lorenzo y Clarice. Sabía que su matrimonio no debía de ser un camino de rosas, pero no le cabía duda de que su amigo estaba tratando de hacerlo lo mejor posible.

En los últimos tiempos, Lorenzo parecía decidido a ser coherente y leal a la propia familia y a la propia ciudad. Y ese tipo de integridad es lo que él mismo también buscaba.

Es verdad que Leonardo no tenía una ciudad que defender o una mujer a la que amar, o una novia a la que honrar. No tenía nada, en cierto sentido, pero, a la vez, lo tenía todo.

La libertad y el amor por el conocimiento eran muy fuertes, y también eran los únicos sentimientos que trataba de proteger en su propia vida.

Volvió a pensar en la noche recién transcurrida.

Una vez más había soñado con el milano.

Se había imaginado que volvía a ser niño, meciéndose en una pequeña cuna, cuando un milano había llegado hasta él. Había virado en el cielo, planeando después dentro de su habitación, a la que había entrado por una ventana que estaba abierta.

Era un ave majestuosa, con plumas color de bronce. Se había posado en el borde de la cuna y, para su gran sorpresa, le había colocado plumas de su cola en la boca, batiéndolas y haciéndolas volar, hasta llenársela.

Era un sueño extraño y bizarro, no exento de cierta inquietud, pero Leonardo no había sentido miedo, ni en ese momento ni entonces.

Tal vez aquella visión tenía que ver con su tío Francesco, con el que se divertía desde niño yendo de paseo por los campos y los bosques. Había sido él quien le había hablado por vez primera sobre la cola bífida del milano y de cómo esa ave extraordinaria sabía surcar las corrientes de aire, dispuesto a llegar a increíble altura, aprovechando el viento cuando subía, pero atento a flotar en la brisa cuando bajaba. En ese punto comenzaba a planear y llegaba a la línea imaginaria bajo el Cassero, la torre del pueblo de Vinci.

Leonardo se quedaba observando el milano y su vuelo fascinante y, siguiendo su trayectoria, los ojos se le iban hacia los campos y a los prados de alrededor de la granja de Anchiano, y luego volvían a subir hasta topar con el bosque que empezaba, dulcemente, allí donde se encontraban las últimas casas del pueblo. Era ese tío suyo, loco e imprudente, el que le había inculcado el amor a la naturaleza y a todo lo creado.

Bajaban casi siempre juntos hasta el río, para luego volver a subir al bosque y allí observar las mil metamorfosis de los insectos y la composición de los terrones de tierra pardusca. Se maravillaba de cómo era posible que en los campos, con su costra helada del invierno, surgiera una tierna hoja de hierba con el primer tenue calor de la primavera, encontrando el camino para perforar la oscura corteza aún fría y perlada de escarcha.

Y entonces, un día, aquella vida simple y no obstante maravillosa se vio interrumpida. Su padre Piero había hablado con su abuelo y le había pedido que se lo llevara con él a Florencia.

Su abuelo Antonio, pues, se le había acercado y le había cogido las mejillas, levantándole el rostro hacia él.

—¡Vas a ver Florencia, muchacho! ¡Vas a ver el mundo! ¿Te das cuenta?

Leonardo había sonreído sin comprender qué pretendía su abuelo. Pero su padre e incluso su tío Francesco lo miraban con benevolencia; por ello, aunque de mala gana, lo hizo él también. Sentiría nostalgia de los días despreocupados transcurridos junto a su tío, ya lo sabía. Pero advertía asimismo que aquel tiempo había terminado. Y, para confirmar esa sensación, esa noche había soñado con el milano que planeaba sobre la cuna y, con la cola bífida, intentaba abrirle la boca.

A la mañana siguiente, Leonardo había marchado hacia Florencia, y después de un viaje que no habría calificado de corto, pero tampoco de largo, había llegado a aquella increíble ciudad.

Mientras evocaba esos recuerdos tan fuertemente impresos en su memoria, Leonardo levantó los ojos al cielo.

Con un chirrido se iba elevando el silbido vibrante de un milano negro.

21

Tramas

Girolamo Riario estaba esperando a su tío.

Tenía en mente un proyecto que, bien planificado, podría serle al final de alguna utilidad para expandir su hegemonía, debilitando Florencia y reforzando Roma.

Había hablado largamente con Ludovico Ricci y había llegado a la conclusión de que, en efecto, el plan no solo tenía posibilidades concretas de éxito, sino que sería también el primer movimiento de una trama más compleja que les permitiría a todos liberarse de Lorenzo de Médici.

Mientras esperaba, se concedió mirar alrededor.

Estaba en el tercer piso del Castel Sant'Angelo, en el estudio donde a su tío le gustaba retirarse para leer y para proyectar sus propios planes. Era una habitación de reducidas dimensiones, casi una cripta, a decir verdad, por la que se accedía mediante un pasaje secreto que se ponía en marcha gracias a un obra maestra de la ingeniería: la puertecita, mimetizada en la pared, quedaba visible solo después de que se pusiera en movimiento gracias a un cuadro colocado en la sala contigua, que era más vasta.

Vio el escritorio de caoba oscura, atestado de papeles y pergaminos, de tinteros y plumas. El sello papal y el lacre para sellar los sobres. El pequeño busto de mármol blanco que representaba la figura de su tío, obra de Mino da Fiesole. Los frescos en las paredes, que escenificaban el juicio final, pintados por Ghirlandaio; eran solo algunas de las obras maestras de menor importancia con las que el papa había empezado a celebrar su propia gloria y la de su familia, llegando a llenar Roma de muchas obras nuevas, entre las cuales habría que citar la más ambiciosa, o sea, el Ponte Sixto, en su honor.

Francesco della Rovere, por lo demás, no ocultaba su aspiración de ver resurgir Roma gracias a su mecenazgo, financiado, se entiende, con los impuestos y las prebendas que llenaban las arcas del tesoro pontificio. Se afanaba en justificar la ejecución del nuevo puente que llevaría su nombre, aduciendo la razón, casi incuestionable a decir verdad, de que estaba cansado de ver a los fieles hacinarse en el Ponte Sant'Angelo en el intento desesperado de acceder desde la orilla izquierda del Tíber a San Pedro.

Pero cualquiera que fuese el motivo de tal profusión de obras y monumentos, a Girolamo le interesaba poco, ya que en aquel momento se hallaba allí para obtener un beneficio muy preciso.

Como capitán del ejército papal había visto aumentar enormemente su propio poder, pero ahora quería más posesiones para sí, un señorío propio, por decirlo de algún modo, y deseaba que no fuera lejos de Florencia, para poder seguir teniendo bajo su mirada a Lorenzo de Médici, al que esperaba ver aniquilado muy pronto. Pero para lograrlo era absolutamente necesario obtener una investidura y una concesión de tierras por parte del papa.

Y fue mientras pensaba en ello cuando, al accionarse la cerradura, se abrió la puerta y dejó paso al pontífice en persona.

Francesco della Rovere era un hombre de altura notable, delgado y resistente como un junco, tenía un rostro de rasgos aristocráticos, los pómulos pronunciados y los ojos decididos e inteligentes, listos para captar los matices del alma. Había afinado sus ya sobresalientes dotes con una capacidad de estudio desaforada que lo había llevado a enseñar filosofía en algunas prestigiosas universidades, como las de Venecia o Padua. Conocía a su sobrino mejor que nadie. Sabía bien de sus ansias de poder y su inclinación a moverse de un modo que resultaba incluso demasiado escandaloso y poco inteligente.

Lo miró con los ojos interrogantes, pues sabía que Girolamo no daba puntada sin hilo. Eso lo convertía en alguien absolutamente previsible; de hecho, Sixto IV leía su comportamiento como lo hubiera podido hacer con cualquiera de sus monumentos.

—Mi querido sobrino —empezó a decir, mientras Girolamo se le acercaba, se arrodillaba y besaba el anillo del pescador—. Venga —objetó el pontífice—, eres mi sobrino. No hay que ser tan estricto con las formalidades, ¿o acaso me equivoco?

—Vos sois el papa, después de todo, y os debo la devoción del fiel, la obediencia del capitán del ejército pontificio y la gratitud del sobrino.

Francesco della Rovere asintió, porque aquella respuesta le había gustado. Su sobrino no era tal vez el más sutil de los estrategas o el más elocuente de los oradores, pero ciertamente sabía qué decir y cuándo hacerlo, y ya solo eso lo convertía en el más apreciado de sus familiares, a los que no dejó de conceder honores y títulos puesto que, de repente, había comprendido que el papado tendría que constituir el medio con el que hacer que su familia figurase entre las más poderosas de la historia.

—Entonces, querido sobrino —dijo con benevolencia el papa—, ¿qué buenas nuevas me traes? Espero que sean despreocupadas y ligeras, ya que me dispongo a enviar al cardenal Carafa hacia una de las cruzadas más imponentes que se hayan visto en Tierra Santa, y la moral está tan alta que no soportaría verlo hundirse a causa de alguna escaramuza entre nobles. De todas maneras, aquí estoy, y espero con interés conocer tus reflexiones.

Girolamo Riario se percató de la advertencia implícita en las palabras de su tío, y luego apartó un mechón díscolo de su largo pelo castaño, se alisó el bigote y explicó lo que tenía en mente desde hacía tiempo.

—Su Santidad, espero que estas palabras mías no os angustien, pero como pronto veréis, estoy aquí más dispuesto a encontrar la solución a un problema que a crearlo.

—Alabado sea el Señor —dijo Sixto IV con una sonrisa pícara. Ya había entendido hacia dónde iba aquel discurso y se dispuso a escuchar.

—Alabado sea siempre. Pues bien. Recordaréis con seguridad cómo Lorenzo de Médici ha sometido a Volterra: masacrando a sus habitantes por medio de Federico da Montefeltro.

—Una de las peores acciones de estos años oscuros, sobrino mío.

—Sí —confirmó Girolamo con una nota grave en su voz—, y todo por querer apoderarse de las minas de alumbre y así poder engordar sus ya abundantes arcas. Como quiera que sea, no es ese el asunto, ya que aquello de lo que os quiero hablar va más allá de ese hecho. La situación es candente; urge que lo antes posible alguien se vea dispuesto a controlar Florencia y el dominio de un hombre que, si se le deja a su libre albedrío, podría poner en dificultades el Ducado de Módena y la República de Siena, frustrando de manera quizás irreparable cualquier legítima aspiración que tenga el Estado Pontificio de ampliar sus propios confines.

—¿Es decir? —preguntó el papa, frunciendo el ceño.

—Es decir, Su Santidad, que Lorenzo de Médici representa un obstáculo para vuestro poder. Volterra era una ciudad vasalla, es verdad, pero ¿qué ocurriría si, a partir de ahora, Lorenzo no se conformara con sus confines actuales? Por esa razón he concebido un plan que podría, de un solo golpe, liberaros de este potencial enemigo. Por lo demás, creo poder afirmar que no siento particular estima por esa modesta estirpe de trabajadores de la lana que han creído durante años que pueden hacer lo que quieran.

—Exactamente. Y, sin embargo, no puedo ni siquiera animarte en tu odio hacia los Médici ya que, se mire como se mire, sigue en pie el hecho de que son poderosos y tienen buenas amistades.

En esa ocasión le tocó a Girolamo asentir.

—Naturalmente. Tenéis excelente visión, Santidad, y por ello me he apresurado a reflexionar antes de formular la propuesta que os voy a hacer: garantizar a Vuestra Gracia de disponer de un perro guardián a las puertas de vuestro Estado, de modo que, si el Médici por ventura se rindiera a la posibilidad de ampliar su propia área de influencia, pues bien: el perro se pondría a ladrar, desatando todas las alarmas, y batiéndose si es necesario. Y ese perro, Vuestra Gracia, soy yo:

vuestro humilde servidor, el capitán del ejército pontificio y vuestro sobrino. Los tres están delante de vos en este momento.

El papa ahogó una risilla. ¿Realmente su sobrino era tan devoto como para definirse como perro guardián de su Estado? Francesco se sentía decididamente admirado: la fidelidad no era una virtud que hubiera que menospreciar, tanto más con lo rara que era en tiempos como aquellos, en los que hasta los parientes y los vínculos de sangre parecían regulados por leyes mercenarias.

—¿Qué querrías para llevar a cabo una misión así, tan hermosa? —preguntó llegados a ese punto.

—Pido el señorío de Imola, Vuestra Gracia. Se trata de una pequeña fracción de tierra, estratégicamente situada en el límite septentrional de la República florentina. Desde sus castillos se puede vigilar de modo eficaz lo que pretende tramar Lorenzo de Médici, especialmente desde que uno de mis hombres de confianza me ha confirmado la intención, por parte de la familia Pazzi, de querer, tarde o temprano, poner fin a la hegemonía de Lorenzo.

«¿Y eso es todo? —pensó Francesco della Rovere—. ¿Tendría al más fiel de los perros guardianes vigilando a Lorenzo de Médici y solamente a cambio de una de las más pequeñas e inútiles señorías?»

Le pareció una expectativa incluso demasiado buena.

Ciertamente, concederle las tierras de Imola podría generar algunos descontentos, incluso críticas, pero, después de todo... ¿Era o no el papa? ¿Y quién osaría oponerse a una decisión como esa? ¿Francesco Maria Sforza, el duque de Milán? Por descontado que no, si se pagaba adecuadamente por el señorío: esa tierra le pertenecía, pero la cedería voluntariamente a un precio razonable. Era un hombre pragmático y su Ducado conllevaba infinitos gastos, por lo que un poco de liquidez le vendría muy bien, el papa estaba seguro de ello.

Más bien era la posición de los Pazzi lo que le daba que pensar. Intentó, por ello, entender mejor lo que iba a hacer su sobrino.

—Mi querido sobrino, no tengo problema alguno en concederte el señorío de Imola, es más, hiciste bien en pedírmelo, ya que me parece una muy magra recompensa por desempeñar el papel que habéis decidido asumir. Actuaré rápidamente en tal sentido, tienes mi palabra. Lo que no creo haber comprendido del todo es el papel que van a desempeñar los Pazzi en todo esto. Conozco a Francesco y confieso que no me fío de su temperamento demasiado fogoso. Dime que no tenéis en mente urdir alguna oscura trama, ya que, en ese caso, no podré defenderos de ninguna manera.

—Nada más lejos de mí incluso pensarlo —lo tranquilizó Girolamo—. Lo que pretendo hacer es formar una alianza con los Pazzi hasta que sea la propia Florencia la que aleje a Lorenzo y a su hermano Giuliano, como ocurrió ya antes con Cosimo y su hermano Lorenzo.

—Sabes cómo terminó todo en aquella ocasión, ¿no? —preguntó el papa.

—Sí. Pero esta vez será distinto.

—De acuerdo, entonces —dijo su tío, alargando los labios en una sonrisa—. Prepárate, pues, a cabalgar hacia Imola. Te prometo que pronto será tuya.

Francesco se inclinó.

—Os agradezco infinitamente no haberme negado ese privilegio.

—Tonterías —concluyó el pontífice—. Tienes razón cuando dices que no existe límite en la arrogancia de Lorenzo de Médici. Y saberte atento y vigilante para que no intente expandir sus posesiones en contra de nuestros intereses me resulta tranquilizador.

Y, al decirlo, el papa le ofreció la mano al sobrino, a modo de saludo. La conversación había terminado.

Francesco besó de nuevo el anillo.

Entonces, dándole las gracias una vez más a su tío, se despidió.

22

El germen de la duda

Las riendas de aquella ciudad se le estaban yendo de las manos.

Lorenzo sentía que en Volterra se había abierto una herida. Y si no se curaba, acabaría supurando y contagiando con sus fluidos infectados todo su mundo hasta trastornarlo. Sí, pero ¿cómo hacer?

Por un instante se percató de su propia imagen en una bandeja de plata.

Vio a un hombre cansado.

Solo.

Sin amigos.

Ni confidentes.

Su mujer se refugiaba hacía ya meses en la plegaria y lo evitaba siempre que podía. Su madre estaba gravemente enferma.

Hasta Giuliano se había alejado de él, después de todo lo sucedido en Volterra.

Miró el jardín de villa Careggi, inundado de sol.

Pensaba en su abuelo Cosimo, cuando lo esperaba al pie de la escalera para ir a jugar juntos entre los setos.

¡Cuánto lo extrañaba!

Volvió a pensar en lo ocurrido hacía unos días.

Había bramado contra Federico da Montefeltro, puesto que no había sido capaz de contener a sus perros de la guerra. Había permitido que masacraran Volterra a pesar de las órdenes que había recibido en el patio del Palacio de los Médici.

Federico lo había escuchado en silencio.

Después había murmurado únicamente cuatro palabras: «No tenéis ni idea.» Lorenzo había intentado, inútilmente, hacerle hablar. El capitán mercenario se había encerrado en un silencio impenetrable. Como si lo que había visto lo hubiera traumatizado al punto de quitarle el habla.

Cuando se fue, Lorenzo había comprendido que se había creado un nuevo enemigo.

De nada le servían las lecturas del *Corpus Hermeticum* de Hermes Trismegisto o de la *Theologia platonica de immortalitate animorum* que Marsilio Ficino había escrito, precisamente dedicada a él.

De hecho, aquellas páginas lo enfrentaban a su impotencia, ya que, en cierto sentido, en su desesperado intento de proteger Florencia y su propia familia, fallaba sobre todo como ser humano: se preocupaba incluso en exceso de aquel viaje terrenal que nada tenía que ver con el alma y la fuerza de las ideas. Sin embargo, ¿no eran las ideas y los principios los que sentaban la base de la paz y de la prosperidad? ¿No eran acaso las ideas y los conceptos los que presidían la unidad de un territorio y una igual redistribución de la riqueza?

¿Y qué quería él, en última instancia, sino un señorío seguro que pudiera fomentar el arte, la celebración de las humanidades en su máximo esplendor, entendidas como el amor del ser humano por el conocimiento más amplio y carente de oropeles?

Siempre había considerado el arte y el saber como instrumentos para ensanchar los horizontes. No solo los suyos, sino los de sus propios conciudadanos. El ejercicio de la riqueza personal había finalizado con el desarrollo de lo hermoso y lo útil en beneficio de la comunidad: esa era su máxima aspiración. Y lo era sobre la base de lo que ya habían hecho su padre, Piero, y su abuelo Cosimo, el primer financiador de la obra del duomo, para la ejecución de la suntuosa cúpula de Santa Maria del Fiore, o del concilio episcopal, que había puesto los cimientos para una reunificación de las Iglesias cristiana y griega.

¿Y por qué esa inspiración suya estaba siempre destinada a entrar en conflicto con revueltas y conspiraciones? ¿Por qué cada vez que intentaba construir algo, otros tan solo pensaban en destruir su visión?

Inhaló profundamente el perfume de la lavanda y de las glicinas. Se dejó arrullar por la belleza de lo que veía. Pero no le bastaba. Bajó la escalinata y paseó por el gran jardín. Esperaba que la contemplación de la naturaleza pudiera por un instante sacarle de esos pensamientos que, como una jauría, le arrancaban el sueño y la lucidez.

Confiaba en haber tenido una línea clara de conducta, pero empezaba ya a ponerlo en duda. Y, por otro lado, ¿era acaso posible que sus decisiones pudieran contentar a todos? Florencia lo quería, al menos de eso sí estaba seguro.

Y él quería a Florencia.

Con todo su ser.

A su vez, sentía que había perdido el afecto de personas

importantes. Las había alejado, bien es cierto. Quizá lo había hecho para protegerlas. Pero ¿era así realmente? ¿O era solo una fábula que se obstinaba en contarse a sí mismo en el vano intento de absolverse?

Echaba de menos a Leonardo.

Y echaba de menos a Lucrecia.

Y no había solución a ese tormento.

Clarice se miró al espejo.

Vio a una mujer de largos cabellos color de fuego. Los ojos azules, en un tiempo tan vivos, estaban ahora empañados, como si una niebla sutil los hubiera vuelto acuosos y desteñidos.

Se dio cuenta de que tenía el rostro aún más delgado y afilado que de costumbre. Ya no tenía apetito, y si bien no tenía ninguna intención de dejarse morir de hambre, lo cierto era que estaba perdiendo cualquier interés por todo lo que la vida pudiera darle.

La suya era la existencia de una prisionera.

Última de la escala jerárquica de la familia, había alejado a Lorenzo, que recientemente había dejado de hacerle visitas. Se había refugiado en la plegaria y en la lectura.

¡Qué lejana le parecía en ese momento la discusión que había tenido con él a propósito de Lucrecia! Clarice sabía que no había dejado de verla. Y que, más allá de las palabras de circunstancias, su marido no la quería en absoluto. Y también que cuando le había prometido hacer todo lo posible para mantenerse lejos de su amante, Clarice había advertido cierta inconsistencia en su discurso, como si aquello fuera para él un asunto ligero que se pudiera liquidar haciendo un gesto con la mano.

Y, a pesar de todo, aquel desinterés por parte de él la había marcado profundamente.

Desde entonces y para siempre.

Vio las ojeras profundas y violáceas que cubrían su piel blanca con una sombra oscura, una coloración lívida que le confería un aspecto enfermizo, como afectada por algún mal desconocido.

Y, sin embargo, no padecía dolor alguno en el cuerpo. Era el alma la que se le estaba pudriendo y lo que debería reparar.

Pero no había esperanza en todo aquello. No disponía de la aguja ni del hilo preciso que tan solo hubieran podido generar un corazón enamorado. Sentía su voluntad y las esperanzas tan debilitadas que no podía más que volver contra ella el mal que hubiera querido provocar. Y entonces, dado que aparte de la delgadez no sufría otras consecuencias visibles, había decidido marcar sobre su propia piel los signos de su vergüenza.

Mientras permanecía con los iris clavados en la oscuridad del espejo, alargó el brazo hacia el estante. Agarró con la derecha un estilete de hoja brillante y afilada. Era realmente magnífico: tenía una empuñadura de oro labrado con una cabeza de lobo.

Lo puso sobre su piel de alabastro, justo encima del pecho y, tras respirar profundamente, practicó una incisión en la carne blanca hasta que empezó a sangrar. Un arco carmesí se dibujó líquidamente dejando gotear algunas gemas de color rubí que fluyeron hasta empapar el camisón de batista blanco. Era un tajo lo suficientemente profundo como para sangrar en abundancia, rociando con profusión el fino encaje de la prenda.

Clarice se quedó mirando con arrobo la perfección de los dos colores, cegada por la tinta rubí que salía brillante por la herida recién abierta. Luego vio, como si fuera la primera vez, una telaraña de cicatrices que le atravesaba el pecho.

Pero ¿qué importaba? ¿Acaso se iba a dar cuenta alguien? Ya llevaba haciéndolo meses.

Se cubría el pecho eligiendo vestidos de color negro, atados con lazos que llegaban hasta la barbilla.

Incluso en verano.

Cuántas veces antes se había abandonado al placer de aquel dolor sutil que le recordaba, una vez más, su incapacidad para satisfacer a su marido y a la familia Médici.

Se había jurado a sí misma que no iba a ceder.

Jamás.

Que no tendría otros hombres.

Ni se rebelaría contra ese estado de las cosas.

Lo haría por su padre, que había querido ese matrimonio para establecer vínculos de parentesco con una de las familias más poderosas de su tiempo.

No quería decepcionarlo.

Y tampoco quería darles esa satisfacción a Lucrecia Tornabuoni o a Lorenzo. Lo soportaría, culpándose por no ser lo suficientemente fuerte como para matarlo, ya que, realmente, había momentos en los que habría querido quitarle la vida.

Por haber destruido la suya.

Fantaseó sobre esa posibilidad.

¡Qué ironía sería que el hombre al que muchos querían ver muerto apareciera con la garganta sajada precisamente a manos de la mujer que hubiera tenido que honrarle más que nadie!

Sonrió ante ese pensamiento.

Pero ¡cuánta amargura había en aquella sonrisa!

Dejó el estilete en una bandeja de plata. La hoja, al contacto con el metal, tintineó de manera siniestra. De un cajón sacó un pañuelo de tela de Cambrai y secó la sangre presionando con la mano. Le llevaba un buen tiempo hacerlo, pero no le desagradaba.

El recuerdo de que no estaba a la altura se acuñaría en ella con aún mayor eficacia.

Muy pronto sería la hora de las vísperas y se iría a la capilla. Sentiría el borde de madera dura contra las piernas y se mortificaría una vez más, dejándose acunar por la misericordia de Dios. Y en ella se ahogaría con alegría.

OCTUBRE DE 1473

23

Enemigos y aliados

Gentile de Becchi cabalgaba sin descanso. Los campos lavados por la lluvia y el camino mojado, blando y difícil a causa del barro, hacían más ingrato todavía su viaje. Pero no podía esperar. Tenía que advertir a Lorenzo y a Giuliano, que en esos días se habían retirado en Careggi tras los compromisos de las últimas semanas.

Lo cierto es que se habían quedado debatiendo de lo divino y de lo humano junto a Marsilio Ficino y otros intelectuales de la Academia Neoplatónica.

Y, sin embargo, Gentile se veía obligado a avisarles lo antes posible de la última y terrible novedad que ponía en peligro su hegemonía con la fuerza de un martillazo.

No hacía falta ser un bragado urdidor de tramas para entender lo que estaba aconteciendo.

Vislumbró la villa cuando estaba ya agotado, pasó la guardia de la entrada y confió su corcel a los sirvientes para que se ocuparan de él, poniéndolo a resguardo y proporcionándole un generoso cubo de avena.

Al entrar preguntó si Lorenzo y Giuliano lo podían recibir de inmediato, y así, tras una breve espera, se encontró delante de los dos Médici. El mayor vestía como siempre, de manera sobria y espartana, sin fijarse en costumbres ni en modas, mientras que Giuliano lucía un jubón magnífico de color índigo, con adornos de plata y oro, y un toque de terciopelo de exquisita factura.

Al ver a su amigo, Lorenzo lo abrazó en un impulso sincero, y lo mismo hizo su hermano.

Gentile sentía un vivo afecto por los dos y fue ese el motivo de que no pudiera esperar ni un segundo más. Habló como solía hacer: sin preámbulo alguno.

—Girolamo Riario es el nuevo señor de Imola —dijo—. Sabéis perfectamente lo que algo así significa.

—Que ahora ese caballerete nos va a causar unos cuantos quebraderos de cabeza —observó Lorenzo. Luego pareció tomarse unos momentos para reflexionar—. Lo que me pregunto es de dónde puede haber sacado el dinero. Por lo que me consta le faltaban no menos de treinta mil ducados para adquirir el señorío de Galeazzo Maria Sforza.

—¿No lo adivináis? —preguntó Gentile de Becchi, sibilinamente.

Lorenzo lo miró con atención. Su mirada era profunda e inteligente, y lograba conocer los pensamientos del interlocutor con una facilidad desarmante.

Luego suspiró.

—Por descontado. El papa, su tío.

Pero Gentile de Becchi no había acabado. Aquello era solo una parte de la verdad.

—Y los Pazzi.

Lorenzo se golpeó con una mano en la frente.

—¡Está claro, amigo mío! ¡Los Pazzi, que no pierden ocasión de buscarnos las cosquillas!

Gentile asintió.

—Pero ¿qué se puede hacer desde allí, quiero decir desde Imola? —preguntó Giuliano con cierto candor y un asomo de ansiedad mal disimulada.

—Es evidente que después de haber nombrado a Pietro Riario arzobispo de Florencia, ahora el pontífice intenta tener a alguien que le cubra las espaldas en la zona septentrional. ¿No es acaso Girolamo el capitán general de la Iglesia?

—Exactamente —confirmó Becchi.

—¿Encima eso? —preguntó incrédulo Giuliano.

—Sí, hermano mío; por ello, Sixto IV ahora nos vigila desde dentro y desde fuera de Florencia. Habéis hecho bien en venir, Gentile. Vuestra lealtad y vuestra amistad nos honran.

—Nunca hubiera pensado actuar de otro modo. Pero si me lo permitís, creo que este asunto no terminará aquí.

Lorenzo enarcó una ceja. Le hizo una seña con la mano a Becchi, invitándolo a continuar.

—Veréis, señores míos. Lo que me da miedo es que, habiendo recibido de los Pazzi el dinero para la compra del señorío, ahora la próxima jugada del papa sea la de expulsar a los Médici de la Cámara Apostólica.

—¿Qué intentáis decir? —Pareció por un momento que Giuliano no creía aquellas palabras—. Sabéis perfectamente que tal cosa no es posible. Ya hace cien años que los Médici tienen la misión de administrar las finanzas del papado. Seguro que no se atreverá a infringir una costumbre así.

—Lamentablemente, Giuliano, me temo que Gentile tiene razón —dijo Lorenzo—. Sixto IV es el papa. Y si considera que el actual banco que administra la Cámara Apostólica no opera de la mejor manera para el Estado Pontificio, tendrá toda la autoridad y el poder para decidir confiar la misión a otro. Y los Pazzi han actuado justo a tiempo y con gran astucia. Ahora veo todos los problemas que nos ocasionará un hecho así. —Lorenzo mostraba preocupación en el rostro—. ¿Qué aconsejáis hacer, Gentile? ¿Tenemos que temer a ese Riario hasta el punto de tener que ocuparnos de él? En otras palabras: ¿es razonable creer que después de Imola se disponga a expandir su propio territorio y amenazar otras ciudades por el lado septentrional?

Becchi no tenía respuestas definitivas a ese respecto. Solo podía hacer conjeturas.

—Mi señor, para seros sincero, no tengo ni idea. Varias fuentes sostienen que Riario es un loco y un sanguinario. Si por casualidad se aliara con algunos de nuestros enemigos podría acabar siendo un adversario terrible. Su prestigio va en aumento y no parece que existan límites en la ambición de ese hombre. Puede contar con el ejército papal. Y parece que pronto va a contraer nupcias con Caterina Sforza.

Lorenzo no fue capaz de contener un gesto de disgusto que, sin embargo, frenó de inmediato.

—¡Nada menos!

—Intentaré reunir toda la información posible sobre ello —continuó Becchi.

—Deberíamos hacer algo mejor que eso.

—¿Qué quieres decir, Lorenzo? —preguntó Giuliano, poniendo así voz a la pregunta que también le rondaba por la cabeza a Gentile de Becchi.

—No dejaremos a Sixto IV la iniciativa. Más bien nos ocuparemos de estrechar alianzas con estados que, por tradición, son amigos, de modo que en caso de ofensiva podamos contar inmediatamente con una intervención por parte de aquellos que no están de parte de Imola. Si nuestro buen Girolamo

Riario quiere causar daño a Florencia, se encontrará pronto atrapado entre dos fuegos.

—¿Os referís a Milán y a Venecia? —preguntó Becchi.

—Sobre Venecia hay pocas dudas. Pero ¿estás seguro de que Galeazzo Maria Sforza se pondrá en contra de su propio yerno? —preguntó Giuliano.

—Los matrimonios cuentan poco, nadie mejor que yo lo sabe —confesó no sin amargura Lorenzo—. Confío en Galeazzo Maria, la amistad entre nuestras familias tiene raíces profundas.

—Bien lo sé —apostilló Becchi—. Fue vuestro abuelo el que permitió a Francesco Sforza conquistar Milán. Sin Cosimo de Médici no hubiera sido más que un capitán mercenario.

—Trataremos de hallar la manera de recordárselo a Galeazzo Maria. Ahora no podemos demorarnos más. Hay que moverse rápido para estar preparados. Naturalmente, tendremos que hacerlo con sutileza y discreción. Y sobre ese particular hay algo que me inquieta profundamente —continuó Lorenzo.

—¿Y es? —Becchi se quedaba siempre sorprendido ante la agilidad con que Lorenzo tomaba las decisiones más oportunas y las contramedidas necesarias. Había en él un pragmatismo extraordinario, unido a un increíble sentido político y a un inescrupuloso uso del poder. Sin embargo, siempre era capaz de detenerse en el momento en que empezaba a dar la impresión de estar a punto de ir más allá de los límites.

—Desde varias fuentes me llegan rumores de que el pueblo de Florencia está arrugando la nariz por el modo en que he dado forma a la República. Se dice, en definitiva, que he vaciado de significado y poder las instituciones. Ahora bien, no tengo intención de afirmar, aquí y ahora, que no hice algunos cambios que nos perjudican, pero sería bueno, con los intrigantes a un lado y los hechos en otro, desmentir tales rumores.

—La verdad es que las fiestas y vuestra amistad con Botticelli no ayudan demasiado —observó Becchi.

—Ciertamente no es Botticelli el que molesta a la gente, que, más bien, lo adora. Puedo entender que a familias de costumbres rígidas y a la Iglesia ese hecho les parezca menos bien. Pero ya he perdido a Leonardo y no pretendo renunciar a la amistad de un pintor como Botticelli. Siempre será mi protegido. El asunto aquí, mi querido amigo, es otro, y es que tengo intención de abrir nuestro palacio no solamente a intelectuales y artistas, sino también a los pobres, a las personas sencillas. Trataré de darles consejo y protección. Y dinero, naturalmente. Mi abuelo Cosimo me decía siempre que con el pueblo y la plebe de nuestro lado no podemos perder nunca. Me lo decía justamente aquí, en el jardín de esta magnífica villa, cuando me acompañaba en mis juegos.

—Os recuerdo bien, cuando me obstinaba en enseñaros las primeras letras y a hacer sumas. Me parece veros aún ahora. —Y, al decirlo, el hombre que tiempo atrás había sido su preceptor tuvo que hacer un esfuerzo para contener la emoción.

—Y yo me siento infinitamente agradecido por esa útil obstinación vuestra, ya que habría perdido lo mejor de mí si no le hubiera dado audiencia. En cualquier caso, tenemos que poner en marcha esta nueva medida. El Palacio de los Médici tiene que mantener sus puertas abiertas no solo a intelectuales y artistas, sino también a la gente sencilla, de alma sincera, puesto que junto con ellos pondremos nuevos cimientos a nuestras fuerzas. Tenemos que consolidar el consenso, de manera que se haga más fuerte de lo que ya es.

—Vamos a establecer los días —le hizo eco Giuliano— en los que los hombres y las mujeres de cualquier extracto social pueden hacernos una visita y contarnos sus dificultades cotidianas. Y les ayudaremos a afrontarlas, aun cuando ello signifique dar dinero.

—Bien dicho, hermano mío —confirmó Lorenzo—. De esa forma, acogiendo en nuestra casa y financiando fiestas que puedan estar abiertas también al pueblo, podremos diluir el juicio incluso muy severo que algunas familias nos reservan, tomándonos por demasiado ricos y arrogantes, y nos facilitará poder influir en las decisiones del Consejo Mayor y del de los Cien por medio de nuestros hombres.

—Y de ese modo, consolidado el consenso y reforzadas las alianzas, a los Médici y a sus aliados no les pillará de sorpresa ningún movimiento del papado —sintetizó Becchi.

—No lo hubiera podido decir mejor. —Lorenzo esbozó una sonrisa.

No temía a Sixto IV y tenía toda la intención de hacerle ver hasta dónde era capaz de llegar. Si el papa era el guía espiritual, pues bien: él haría todo lo posible por ser su adversario laico, hijo del arte y de las razones del intelecto.

—Entonces está decidido —concluyó Lorenzo—: ha llegado el momento de ir al encuentro de Venecia y Milán. Estableceremos un acuerdo con el dux Nicolò Marcello y con Galeazzo Maria Sforza, pero tenemos que hacerlo pronto. Les escribiré mañana, a nuestro regreso a Florencia, para poder acordar plazos y formas. Imagino una liga antipapal que pueda protegernos de las injerencias del pontífice.

Era solo cuestión de tiempo. Lorenzo sabía que antes o después tendría que llevar a cabo arduas negociaciones y elevar el tono del conflicto, teniéndose que enfrentar, muy probablemente, al poder de Roma. Pero sentía que las oportunidades para él y para su hermano no faltaban, y que no sería imposible para ellos, con mesura e inteligencia, imponerse como una República con la que todos deberán contar.

El pueblo era la clave. Siempre lo había sido.

Y él era un Médici.

No iba a traicionar sus orígenes.

24

La cacería a caballo

Los perros gruñían, impacientes por lanzarse contra su presa. Habían percibido el olor del macho y no veían el momento de perseguirlo.

—¡Soltad a los perros! —gritó Girolamo. Mientras daba la orden se puso en pie en los estribos. La capa corta de color verde oscuro se sacudió por el frío viento, abriéndose.

Al oírlo, los cazadores que llevaban sujetos con correa al menos media docena de bracos de Auvernia y galgos húngaros cada uno, se apresuraron a liberarlos. Apenas se vieron sueltos, los perros salieron corriendo, ladrando como almas que lleva el diablo. Avanzaban rápidamente, tensando los músculos, las patas agitadas en una carrera elegante pero no por ello menos letal: encontrarían al jabalí y debilitarían su resistencia, obligándolo a huir al fin del mundo.

Sonó un cuerno.

Sin más dilación, Girolamo puso su caballo al galope. Detrás de él iban Francesco de Pazzi, Ludovico Ricci y los nobles de su séquito como el señor de Imola.

Los hombres se mantenían a duras penas detrás de Riario, puesto que Girolamo parecía presa de la locura. Había en él una pasión tal por la caza que jamás renunciaría al placer de la victoria. Tenía que ser el primero en encontrar el jabalí y clavarle un venablo en el pecho.

La reserva en torno a su propiedad consistía en una densa maraña de bosques, en gran medida pinos y abetos, que incluso en invierno conformaban una compacta masa verde, salpicada del color oro viejo de los alerces.

Girolamo sintió el olor del miedo. La bestia huía dando chillidos, mientras la jauría de bracos y galgos se iba acercando a él. Los aullidos de dolor acompañaban el estruendo de las pezuñas a la fuga. Muy pronto, Girolamo vio un braco con el vientre abierto en canal; las vísceras palpitantes manchaban las agujas verdes y doradas del bosque.

Tenía que tener cuidado: la bestia era traicionera y no se iba a dejar capturar tan fácilmente. Mejor, pensó. Así sería más divertido.

Se puso en marcha y picó espuelas para lanzar a su caballo en una carrera a través de las ramas y las muchas trampas de la vegetación.

Pidió un cambio con el aliento que le quedaba mientras se introducía como un rayo en la espesura del bosque. Los monteros soltaron una segunda tanda de bracos y galgos húngaros para que flanquearan y sustituyeran a los anteriores gracias a su reserva de energía intacta para la carrera.

Muy pronto, Girolamo ordenaría que dejaran a los mastines sin correa para que, echando espuma por la boca, debilitaran a la bestia con ataques feroces y bien calibrados, de modo que permitieran un golpe más suave con el venablo.

Por más que se esforzaban, montados en sus caballos,

Francesco de Pazzi y Ludovico Ricci apenas lograban mantenerse a la zaga de Riario. Ludovico, en concreto, estaba seguro de haberlo perdido y no dejaba de preocuparse, volviendo a pensar en todas las recomendaciones de su madre. En aquellos días, Girolamo la había invitado a su castillo de Imola, ya que anhelaba conocerla en persona. Había oído hablar de su legendaria belleza, y era cierto que, a pesar de no ser ya joven, aquella mujer conservaba aún una fascinación extraordinaria capaz de cautivar a cualquier hombre.

Sin embargo, ella le había pedido no sumarse a la batida, ya que los años no le consentían la desenvoltura al cabalgar que había gozado en su juventud, y ahora lo esperaba en el castillo.

No había dejado de enfatizarle a Ludovico lo importante que era aquella cacería a caballo, especialmente a la luz del entusiasmo con que de ello hablaba Girolamo Riario, evidenciando una pasión por aquella actividad que, como poco, resultaba ardiente: cuando se batía entre presas y venablos, sus ojos brillaban y revelaban un placer que parecía rayar el fanatismo.

Y, de hecho, a juzgar por cómo lo estaban perdiendo de vista, parecía ser efectivamente así. Bien era verdad que, cada poco, Girolamo hacía notar su presencia haciendo sonar el cuerno con una intensidad y una frecuencia que ni siquiera Orlando hubiera sido capaz de igualar cuando se vio acosado por una multitud en Gano di Maganza.

Sonrió, pensando en las debilidades de aquel hombre. Girolamo Riario deseaba ardientemente demostrar su propio valor y su astucia, aun con la amarga conciencia de no estar bien dotado ni para lo uno ni para la otra.

Pero había una obstinación en su no aceptación de sus carencias que, a menudo, hacía que se dejara la piel para sortear cualquier obstáculo. Aunque no era valiente, se le podría definir sin duda alguna de enérgico, y si bien nadie lo habría considerado exactamente astuto, todos podrían concordar, sin embargo, en que lograba mostrar malicia.

Además, en comparación con Francesco de Pazzi, resultaba un fino estratega. No porque ese último fuera tonto, todo lo contrario, pero era de temperamento violento. O peor aún, sanguinario, y parecía incapaz de controlarse.

Ludovico, ciertamente, no sentía miedo, pero seguro que no se fiaría de alguien como él. En sus ojos relucía una perversión y una alegría enfermiza que, para ser del todo francos, daban escalofríos y brindaban una certeza: una vez que comenzara a golpear, nadie sabría decir cuándo iba a parar.

Continuó espoleando a su caballo, poniendo cuidado en no golpearse con las ramas ni caerse del corcel.

Los ladridos de los perros se acercaban.

Escuchó un grito que nada tenía de humano, y un segundo más tarde, emergiendo de un claro, lo que se le cruzó ante sus ojos lo dejó por un instante sin aliento.

—¡Dadme un venablo! ¡Ahora mismo! —bramaba Girolamo Riario.

Estaba con su caballo frente al jabalí. La bestia mostraba su pelo erizado y corto. Las pezuñas parecían remar en líquido escarlata. A su lado, al menos cuatro perros estaban acurrucados cerca del animal, como si fueran de trapo, con el pecho desgarrado.

Un mastín había conseguido morder al jabalí a conciencia y este sangraba y gruñía de una manera que hacía helar la sangre en las venas. Sin embargo, era capaz de moverse y, con un golpe bien asestado de sus largos colmillos, pudo herir al mastín, que se puso a ladrar de manera estremecedora.

—¡Moveos, moveos! ¡Un venablo ahora mismo! —continuó gritando, hasta que un montero le pasó uno.

Erguido sobre su caballo, sopesando con atención la distancia, Girolamo pareció mirar por un momento a la bestia a los ojos, y luego atacó.

El jabalí recibió el impacto en pleno pecho.

Chilló una última vez antes de desplomarse.

Ni siquiera llegados a ese punto, el mastín herido, que mantenía sus fauces cerradas en el costado, soltó la presa.

Cuando vio que la bestia había caído abatida por el golpe, Girolamo bajó del caballo.

Se acercó al jabalí, sacó un largo cuchillo de caza y lo hundió en el vientre del animal. Luego, con la mano libre, acarició la cabeza del mastín.

—Muy bien, *Spingarda*, muy bien. No le has dado tregua, ¿verdad?

El perro gimió al escucharle, y cuando su amo empezó a acariciarle la cabeza, soltó la presa, liberando la carne del jabalí de la garra de sus colmillos mortales.

En cuanto intentó alejarse, todos se percataron de lo que había ocurrido.

Tenía el pecho lleno de sangre y su destino estaba marcado.

Al ver con cuánta lealtad le había servido, hasta el punto de morir por él, Girolamo no fue capaz de contener las lágrimas.

Y justamente en ese momento sucedió.

Los perros empezaron a gimotear, nerviosos.

¿Habrían olido algo?

Una criatura oscura fulguró entre los arbustos. Una masa imponente, cubierta por un pelaje corto y compacto.

El terrible rugido que la acompañaba no dejaba lugar a dudas.

El jabalí se precipitó fuera de los arbustos como un proyectil gigante y cargó directamente hacia Girolamo Riario.

El señor de Imola abrió los ojos como platos y tuvo la certeza de que aquel error resultaría ser fatal.

25

La presa

Cuando vio lo que iba a pasar, Ludovico no titubeó.

Espoleó a su caballo en dirección al montero más cercano y le arrebató un venablo de la mano.

No fue difícil, puesto que el hombre, presa del pánico por completo, enmudecido al ver lo que tenía lugar ante sus ojos, había prácticamente soltado el arma y se la dejó quitar con una facilidad casi sorprendente.

Ludovico agarró con firmeza el venablo y lo elevó por encima de su cabeza.

Girolamo Riario empuñaba el cuchillo de caza, después de haberlo desclavado de la bestia que había matado. Tenía los ojos desorbitados, los brazos aparentemente paralizados por el miedo.

El segundo jabalí embistió con la cabeza gacha, alcanzando una velocidad increíble para su tamaño.

Fue en ese punto cuando, con un grito, Ludovico alzó el venablo. Iba de pie en la silla, para ver mejor. La lanza cortó el aire con un silbido siniestro. La cuchilla relumbró por un instante. Luego la hundió profundamente en un costado del animal, que gruñó de manera insoportable, como si todo el dolor del mundo se estuviera vertiendo en su monstruosa garganta.

Y, sin embargo, el jabalí ralentizó la carrera, pero no se detuvo.

Prosiguió.

El golpe, no obstante, debía de haberlo amansado, ya que el ritmo de sus zancadas disminuyó hasta casi extinguirse, haciendo que el impacto contra las piernas de Girolamo fuera menos devastador. El animal más bien se fue a apoyar, con todo su inmenso peso, lo que hizo que Riario cayera al suelo bajo el ímpetu ahora más bien amortiguado de su propia ira, que ya se había vuelto agonía.

Entretanto, Francesco de Pazzi había desmontado, había desenfundado una daga de hoja reluciente y se había arrojado sobre el animal, cosiéndole el costado y el vientre a puñaladas.

Pero el jabalí ya estaba muerto.

El venablo que le clavó Ludovico lo penetró a fondo por un costado, y el golpe había sido letal.

Ayudado por los sirvientes, Girolamo Riario se volvió a incorporar. Lanzó una mirada llena de gratitud hacia su pupilo, que le había salvado la vida.

Después se acercó a Francesco de Pazzi, que ciego de rabia y furia se estaba ensañando enloquecidamente con el cadáver del animal.

Continuaba metiendo la hoja de su largo cuchillo, para luego sacarla, llena de sangre negra, y luego volverla a clavar en la carne destrozada. Tenía los ojos brillantes, presa de una ferocidad obtusa y absurda, las manos sucias, los largos cabellos negros manchados de fluidos y vísceras del jabalí muerto.

—Basta, amigo mío —susurró Girolamo como si estuviera hablando a un niño caprichoso o a un loco. Y quizá Francesco era las dos cosas—. Basta —repitió—, ¿no ves que ya está muerto? —Y al decirlo puso su mano sobre la de Francesco, que aún agarraba el mango del cuchillo con una obstinación del todo parecida a la del mastín de Riario.

Apenas sintió la mano del señor de Imola, Francesco se detuvo.

Miró a su alrededor, y su mirada enajenada, encendida por la locura, heló la sangre a los monteros, a los siervos y al mismo Riario. Solamente Ludovico mantuvo la calma.

Ahora había comprendido perfectamente con quién se estaba metiendo. Tendría que tenerlo presente. Francesco de Pazzi hacía honor a su nombre.*

La sala era magnífica y la mesa estaba preparada con delicadeza: bandejas de plata y porcelana napolitana.

Los altos techos artesonados, con frisos de oro, los fabulosos tapices de las paredes, los muebles finos y ricamente tallados; Girolamo Riario no había reparado en gastos para arreglar aquel castillo austero y bélico en las cercanías de Imola. Fortalecido por el apoyo de su tío, se había instalado allí como señor de aquellas tierras y no había esperado un segundo antes de someter a los ciudadanos y campesinos a impuestos y gravámenes de toda suerte, llenando así de efectivo sus propias arcas y ornamentando las salas de su oscura residencia con adornos y muebles de espléndida factura.

* Juego de palabras intraducible, ya que *pazzi*, literalmente, significa «locos». *(N. de la T.)*

Pero entre todo lo que podía brillar en aquel salón, y a pesar de su edad madura, era todavía Laura Ricci la luz más sorprendente.

Algo en el sufrimiento padecido a lo largo de su vida le había sido devuelto en forma de belleza. Y de belleza eterna, por decirlo así. Parecía como si el dolor hubiera conferido a su hermosura de juventud una gracia sensual casi animal, un hechizo que se volvía más profundo y lascivo con la imperfección de la madurez. Y cuanto más penetraba en ella el dolor y se resistía al tiempo, convirtiéndose en rencor y pesar y un sentimiento profundo como la hoja de un cuchillo olvidada entre las vísceras, más la envolvía en una fascinación inexplicable, incomprensible.

A pesar de que ya pasaba con mucho de los cincuenta, incluso estando cercana a la sesentena, su rostro no había perdido la luz salvaje de sus ojos. Ese hecho parecía dejar en segundo plano las arrugas profundas que le marcaban el bello rostro de piel oscura, que parecía estar fundida en ámbar.

Las franjas blancas entre los cabellos, que dejaba ostensiblemente que desfiguraran la cabellera negra, causaban al observador una inquietud desconcertante y, sin embargo, irresistible.

A ello se añadía la vestimenta oscura: el vestido negro y la gamurra del mismo color, los diamantes que lucían como placas de metal en el pecho, la plata más brillante que el mercurio incrustada en el tejido, los pechos todavía fuertes y seductores oprimiendo el escote.

De una manera u otra, ninguno de los comensales era capaz de quitarle el ojo de encima.

No había nada racional en aquel hecho, solo un magnetismo formidable, por un lado, y por otro, una incapacidad de rebelarse ante aquella voluntad que emanaba y que rendía ante ella las intenciones de los hombres reunidos en aquella mesa.

—Hoy vuestro hijo me ha salvado la vida, mi hermosísima señora de Norcia. —La voz de Riario dejaba traslucir la emoción, vinculada al modo rocambolesco en el que había escapado a la muerte y a aquel esplendor inquietante que parecía flotar, en forma de aura invisible, en torno a la cara y los pechos de Laura Ricci.

La mujer se calló, limitándose a asentir.

Riario parecía sorprendido.

—¿El asunto os deja indiferente? —preguntó con un deje de fastidio.

Laura esperó un instante antes de responder. Le divertía muchísimo ver lo poco capaz que era aquel hombre de manejar la espera.

Después habló.

—En absoluto, mi señor. Ya lo sabía —se limitó a decir de manera lacónica.

Pero ciertamente esas pocas palabras no le iban a bastar al señor de Imola.

—¿De verdad? —preguntó incrédulo, enarcando una ceja—. ¿Y de qué manera, si es que se puede preguntar?

—Lo he leído en las cartas.

—¿En las cartas? —intervino Francesco de Pazzi.

—En los triunfos del tarot —continuó Laura.

El asunto se iba tiñendo de misterio, ya que el noble florentino todavía tenía menos claro de qué estaba hablando. Para él, la palabra *triunfo* no podía tener más que un significado, y, por cierto, nada tenía que ver con juegos de cartas.

Como si le hubiera leído el pensamiento, Laura corrió en su auxilio con una explicación tan puntual como detallada.

—No se trata de un juego, mi señor, sino de cartas muy singulares que, si se estudian y se comprenden, pueden indicar algunos sucesos que ocurrirán en el futuro.

Francesco de Pazzi se sorprendió.

—¡Ah! —dijo, fingiendo haber comprendido.

Laura sonrió con benevolencia, sin detenerse más en aquella explicación.

—Entonces sois una adivina, mi querida señora —sentenció Girolamo Riario con cierto desdén.

—En absoluto —prosiguió Laura—. Soy una lectora del tarot. No predigo ningún futuro, me limito a leer las señales que las cartas contienen y las coloco en la vida de la persona a las que se refieren. No soy una charlatana ni trato de engañar a nadie. Me limito a observar y a contar lo que leo. Le toca decidir a quien me escucha si se lo cree o no. Pero es cierto que el ataque de la segunda bestia esta mañana y que casi os mata lo he leído en las cartas, precisamente hoy.

—Si es realmente así, tendríais que haberme advertido —le respondió Riario—. Al menos me habríais ahorrado un buen susto.

—Ya os habíais ido. Y por lo demás, así nadie podrá decir que mi hijo no os ha salvado la vida, ¿no es verdad?

—En eso sí tenéis toda la razón —convino el señor de Imola—. Si no llega a ser por su valor, aquel jabalí primero me habría destrozado las piernas y luego abierto en canal. Era enorme. Y estaba muy furioso. Lo debo todo a vuestro hijo y no podré negaros ningún favor. Me podéis pedir cualquier cosa.

Y según lo decía, Girolamo se bebió el vino tinto que le llenaba la copa hasta la mitad. El mayordomo se apresuró a volvérsela a llenar de inmediato.

—A decir verdad —intervino Ludovico, que había permanecido en silencio todo ese tiempo—, la única cosa que os pido, y que realmente me daría satisfacción, es serviros, mi señor.

—¡Qué maravillosa respuesta, muchacho! Confieso que veo en ti al hijo que nunca tuve. Y, después de haber conocido a tu madre, mi entusiasmo ha aumentado, si tal cosa fuera posible.

Laura concedió una sonrisa.

Entretanto, desconcertado por ese intercambio de cumplidos y cortesías, Francesco de Pazzi estaba perdiendo la luz de la razón. Por ello, después de que le pusieran de beber y haberle hincado el diente al pastel frío de pichón, le pareció oportuno hacer sentir su voz.

Intentó formular su propuesta de la manera más sutil posible, a pesar de que sus finuras estaban lejos de los modales elegantes de aquella mesa.

Se aclaró la garganta, como si ese hecho pudiera reconducir la conversación al tema principal de su encuentro.

—Mi señor. Señora Laura. Joven Ludovico. He apreciado mucho esa cacería de esta mañana y también la rica cena de esta noche. Pero ya voy a la razón de este encuentro. Espero no ser considerado demasiado contundente. Sabemos que nuestra intención es, por razones diversas, eliminar, por decirlo de algún modo, a los Médici de Florencia, y así liberar a la ciudad de una familia de sanguijuelas que succionan todos los recursos en nombre de su propio prestigio y ansia de poder. Justamente para clarificar mis intenciones reales, digo desde ya que por mi parte estoy más que dispuesto a cortarle la cabeza a Lorenzo y a su hermano, de modo que nos liberemos de una vez por todas de ese par de serpientes.

Girolamo Riario estalló en una carcajada incontenible, hasta el punto de derramarse por encima parte del vino, que le empapó la barba. Aun así, el señor de Imola no fue capaz de controlar su risa estruendosa. Cuando se percató de que Francesco de Pazzi no solo no entendía, sino que incluso estaba a punto de sentirse ofendido y, muy probablemente, de armar un follón, tuvo el buen gusto de explicarle.

—Dios mío, mi noble amigo, eso sí que es hablar claro. ¿No es cierto? Confieso que vuestra idea me atrae, y no poco, pero tengo que admitir, junto con mis asesores, a los que he acudido varias veces, que esta no sería la vía a seguir en términos políticos. Un asesinato a sangre fría podría provocar una guerra. Y sería deseable que eso no sucediera en absoluto. Si vamos a reducir Florencia a cenizas, ¿para qué, me pregunto, tendríamos que urdir una conspiración?

—Entonces ¿qué sugerís? —replicó el florentino, molesto. Aquella conversación estaba durando demasiado para su gusto.

—El confinamiento —terció Laura.

Girolamo Riario asintió.

—¿Y cómo sabéis que el exilio es la mejor solución para los Médici? —le preguntó Francesco de Pazzi.

Los ojos de Laura centellearon.

—Esa es una buena pregunta, señor de Pazzi. Pero dejadme deciros que he visto cosas que no podríais imaginar, mi buen señor. Cuando Cosimo y Lorenzo de Médici se exiliaron fuera de la ciudad de Florencia a causa de las acusaciones de alta traición, yo estaba allí. En esos tiempos yo estaba bajo la protección de Rinaldo degli Albizzi.

—Pues entonces —observó Francesco—, recordaréis perfectamente cómo acabó la cosa.

—Sé lo que queréis decir: que el confinamiento fue una opción equivocada, porque los Médici volvieron más fuertes que antes y se libraron de Rinaldo.

—Exactamente.

—Y eso es verdad. Pero el exilio no trajo los frutos esperados porque bajo el dominio de Rinaldo la ciudad solo sufrió hambre y explotación. Florencia no quería a Rinaldo, más bien lo odiaba y le tenía miedo. No se puede gobernar Florencia de esa manera. A esa ciudad no hay que domarla: hay que seducirla.

—Confieso que no entiendo: ¿qué debería ser diferente, en esta ocasión, para aconsejar un camino que se ha visto ya que es equivocado?

Laura conducía aquella conversación con impresionante desenvoltura. Girolamo estaba absolutamente entregado, después de quedarse prendado de sus labios. Ya sabía a quién se parecía el joven Ludovico. A su madre. ¿A quién, si no?

—Voy a proceder paso a paso. ¿Creéis que vuestra familia puede asumir la responsabilidad de liderar una alianza con los adversarios de los Médici de manera que, mediante alguna distracción, puedan todos a una atacar a Lorenzo? En otras palabras: ¿consideráis que los Pazzi, y en particular vuestro tío Jacopo, y vos mismo, naturalmente, pueden estar de nuestra parte? —preguntó Laura.

—Vos deberíais saber cuánto dinero pagamos al papa, Sixto IV, para garantizar...

Francesco se detuvo a tiempo. No hubiera sido elegante recordar que precisamente su familia había pagado al papa treinta mil ducados para permitir a Girolamo Riario comprar el señorío de Imola. Por otra parte, dejando aquella frase en suspenso había hecho entender, por un lado, lo profundos que eran los lazos entre su familia y el papado, y, por otro, había sido capaz de no ofender abiertamente a Riario.

A fin de cuentas, la observación era acertada. Ni siquiera habiéndola pensado hubiera logrado hacerlo mejor.

—Todos nosotros sabemos a qué os referís y agradecemos vuestra... elegancia. Por lo demás, ha sido el propio papa el que os confió la administración de las finanzas pontificias, por lo que imagino que elegancia y gratitud son virtudes obligadas. El motivo por el que he pedido lo que he pedido está relacionado con el hecho de que fueron las divisiones las que condenaron a la familia y a los partidarios de los Albizzi a la derrota. Lo abandonaron. Y eso es un error que no nos podemos permitir cometer. Y, pensando en la eventualidad de que Guglielmo de Pazzi y Bianca de Médici son marido y mujer, pues bien... Me concederéis que la duda resulte legítima, ¿no creéis?

Francesco asintió. Y también lo hizo Girolamo, agradecido a aquella mujer extraordinaria por haberle ahorrado un ataque de ira. Ludovico miraba a su madre con admiración. Era una mujer increíble.

—La pregunta es pertinente, lo admito —dijo Francesco—. Sin embargo, respondo sin titubeos que nuestra familia está muy unida y que tiene un solo enemigo.

—Esto era todo lo que quería oíros decir. Muy bien. Ahora, cada uno de nosotros tiene un buen motivo para desear la ruina de los Médici. Pero quisiera estar segura de que las motivaciones de cada cual sean fuertes y no vacilen frente a las adversidades del destino. Podemos imponernos a los Médici solo si logramos atacar a Lorenzo, y a su hermano, desde dentro y fuera de la ciudad. Por esa razón creo que una posible excomunión sería de gran ayuda en este momento.

Después, Laura volvió la mirada hacia Girolamo Riario.

—Mi buen señor —señaló—, ¿no os viene a la cabeza alguien que posee ese poder?

26

Extrañas pinturas

—Señor Leonardo, ¿me haríais el favor de mirarme a los ojos cuando os hablo?

Lucrecia estaba furiosa con él y consigo misma. Sentía que Lorenzo los necesitaba, pero no tenía ninguna posibilidad de salir del oscuro agujero en el que el ejercicio del poder parecía haberlo confinado.

Había ido al estudio de Leonardo, pero apenas él le había abierto la puerta, aquel sitio le había dado escalofríos.

Y entendió que el pintor que había llegado a conocer había desaparecido. En su lugar, ahora tan solo había un loco con los cabellos sucios y la barba larga de meses, que se lavaba rara vez, y cuya persona parecía haberse perdido en un torbellino de dibujos obscenos e incomprensibles.

A través de los verdes y azules, los signos aéreos y concisos parecían extraviarse en un pasado que Leonardo casi pretendía negar de todas las maneras. En aquella gran habitación, similar a una gruta, tenuemente iluminada, donde el joven parecía querer consumir sus ojos, cuerpos masculinos asaltaban la mirada en una gran variedad de posiciones. Hombres de figura completa, pero también brazos, manos y piernas tapizaban las paredes como si fueran las incisiones de un artista demente.

Laura lo interrogó con la mirada fija.

Quería respuestas.

—¿Por qué? —dijo él con un hilo de voz, como si se hallara en otro mundo, diferente, por descontado incomprensible para ella y cualquier otro ser humano sobre la faz de la Tierra.

—¡Así tal vez seríais capaz de escucharme en vez de hundiros en este océano de papeles y dibujos indescriptibles!

Leonardo se rio débilmente, como si no creyera lo que había escuchado.

—¿Y qué tendrían de indescriptible según vos, señora?

—Dejémoslo correr —prosiguió Lucrecia, que todavía no daba crédito a sus propios oídos—. No he venido aquí para hablar de hombres desnudos y obscenidades semejantes.

Leonardo la fulminó con la mirada. En ese punto sí que había conseguido atraer su atención y, quizá también, su disgusto.

Luego sacudió la cabeza.

Habló con tono dulce, el que Lucrecia recordaba del día que le hizo el retrato.

—Lucrecia —dijo—, antes de que me habléis de Lorenzo, permitidme que os diga una cosa, incluso dos. La primera, de menor importancia, tiene que ver con la naturaleza de estos dibujos. —Leonardo señaló algunos: representaban hombres desnudos, con los músculos bien pronunciados. Entre ellos, al menos dos mostraban un modelo masculino al que parecía que le hubieran arrancado la piel como a una cebolla. Los papeles evidenciaban anotaciones y números. Lucrecia no entendía, pero Leonardo parecía dispuesto a dar una explicación a aquella insensatez—. Representan el cuerpo humano, Lucrecia. El modo en que cada uno de nosotros está hecho. Estoy estudiando intensamente la máquina irrepetible que es cada hombre y cada mujer, ya que los dos constituyen la forma armónica perfecta. Y, en cierto sentido, inexplicable. ¿Cómo puedo pintar un hombre o una mujer sin conocer las proporciones del cuerpo? Sería como si un soldado no tuviera nociones de armas blancas o como si un cardador no supiera nada de lana. Lo hago, también, porque creo que conociendo los órganos y las formas que rigen el funcionamiento de nuestro cuerpo se podrá ser capaz, con el tiempo, de superar sus límites. Lo mío no es amor por la obscenidad, sino por el conocimiento. Estoy obligado a encerrarme en los cementerios y en los hospitales para estudiar cadáveres, ya que nadie parece entender la importancia de tal análisis, y, sin embargo, esa ha de ser la base de todo lo demás, ya que es el hombre, y la mujer, por supuesto, lo que hay que mirar si queremos dar un sentido a nuestro tiempo.

Lucrecia lo miraba sin acabar de entender totalmente lo que pretendía decir. Habría querido hacerle preguntas, pero estaba asustada. Observaba aquellos ojos claros, enajenados. Parecía poseído. Los cabellos largos, sucios, como cuerdas desiguales, parecían mástiles de un barco abandonado hacía mucho tiempo; su estado era lamentable.

Leonardo, sin embargo, no se dejó distraer. Su pensamiento estaba concentrado en asuntos que ella sería incapaz de imaginar. Leonardo parecía estar en un campanario imaginario y dominar el mundo desde lo alto, con su mirada soñadora, capaz de aprehender lo imponderable en los matices más íntimos de la vida.

—El segundo punto se refiere a Lorenzo. Sé perfectamente cuánto lo amáis y cuánto os ama él a vos. Es justamente por eso por lo que tenéis que manteneros alejados. En esto él es mucho más sabio que yo. Sospecho, de hecho, que nuestro conflicto, tan imprevisto, tan violento, ha sido urdido arteramente por él con el único objetivo de alejarme para, de ese modo, poder protegerme. Lo que él no entendía entonces, y quizá bastante menos ahora, es que yo no necesito protección. En cambio, vos sí.

Lucrecia hizo un gesto de disgusto.

Su bello rostro se había inflamado de ira.

—¡Vosotros los hombres sois tan tontos! ¿Qué significa protección? ¿Tenéis idea de lo que puede llegar a hacer una mujer enamorada? ¡No, Leonardo! Porque vos del amor estáis excluido, como Lorenzo. Estáis convencidos, por miserables que seáis, de poder bastaros a vosotros mismos. Pero todas vuestras conquistas, los tesoros de vuestros conocimientos, son muy poca cosa si no tenéis a alguien con quien compartir las emociones que os producen. Además, ¡estoy cansada de escuchar decir lo que es mejor para mí! ¡Yo sé lo que es mejor para mí! Y creedme si digo que en modo alguno ese «mejor» coincide con la soledad o el pesar por un amor perdido.

Leonardo la miró con amargura.

—Cuánta sabiduría hay en vos, ahora me doy cuenta. No comparto lo que decís, no del todo al menos, pero no puedo más que decir que es lógico. Y es verdad, en un punto tenéis toda la razón, Lucrecia: solamente vos sabéis lo que es mejor para vos misma, debo concederlo.

Luego se calló. Parecía querer esperar, como si pretendiera realmente encontrar las palabras adecuadas.

—Os pido disculpas por mi arrogancia —dijo—. Os ruego que me creáis cuando afirmo que no quería ofenderos en modo alguno. Además, pienso que, a su manera, Lorenzo considera que, al actuar así, os está amando más. Naturalmente, no intento que estéis de acuerdo. Pero si lo que me habéis dicho es fiel a la verdad, entonces quizá sería más prudente ocultarlo en los pliegues más profundos de vuestro corazón, Lucrecia. Lorenzo es una persona querida, pero las filas de sus enemigos son infinitas y van en aumento. ¿Queréis de verdad robarle la fuerza, distrayéndolo con vuestro amor, de tal suerte que por pensar en vos se exponga y ofrezca sus puntos débiles a los adversarios que, desde siempre, buscan la manera de destrozarle el alma?

Al oír esas palabras, Lucrecia percibió, netamente, un dolor afilado que se abría paso en ella. La herida resultó más profunda por lo inesperada y repentina. No creía que Leonardo pudiera hablarle de ese modo.

Parecía como si no solamente no le importara nada de ella, sino más bien que no sentía ningún interés por el ser humano. ¡Qué cruel había sido diciéndole una cosa así, sabiendo bien lo que sentía por aquel que, durante un tiempo, había sido su amigo!

Por otro lado, se percataba de que a pesar de lo dementes, violentas y despiadadas que habían sido sus palabras, en ellas había oculto un fondo de verdad. Y esa verdad le dio de lleno y le hizo daño; tanto daño que nunca habría creído que pudiera ser tan humillada y señalada, de golpe, en sus carencias.

¿Y si intentando, como hacía, ser amada y poder encontrarse con Lorenzo, el único resultado fuera el de quitarle la lucidez para ver el filo llamado a arrebatarle la vida?

¿Quién lo habría dicho?

Por supuesto, Lorenzo se preocupaba por ella y trataba

de protegerla, impidiendo que se convirtiera en blanco de sus enemigos. Pero ¿qué hacía ella por él, aparte de verlo? Como una niña caprichosa. Como una amante, incapaz de bastarse a sí misma.

Estalló en llanto. Pensaba que su egoísmo había sido mucho más mezquino que las palabras de Leonardo. Y cuanto más lloraba, más sentía lo amargo que era el sabor de la verdad. Y al beber a su pesar de ese cáliz, una solución empezó a hacerse nítida, y le conquistó el alma.

Al verla tan atribulada, Leonardo la abrazó. Le pareció que estaba estrechando contra sí un pajarito indefenso, como si temiera despeinarle las plumas. Lucrecia era muy hermosa. Claro: lo eran su rostro y su cuerpo, pero también, y sobre todo, su alma. Era aquella gracia que Leonardo percibía intensa, emotiva y maravillosa. Era la misma que había advertido ya cuando había intentado captar de ella tan solo algunos leves indicios, cuando hizo su retrato, como si fueran las chispas cambiantes de un cometa o de una estrella moribunda.

Sintió su corazón latir enloquecido, como si se le fuera a salir del pecho de un momento a otro.

La besó en la cara, en las mejillas ardientes y en los pómulos, en la garganta al descubierto y en las largas pestañas negras, le secó las lágrimas sobre los labios.

Lucrecia respondió a aquellos besos, pero antes de que el afecto se tornara pasión, Leonardo se detuvo.

—No puedo hacerlo —dijo.

—¿Por qué? —preguntó ella con un deje de incredulidad.

—Porque vos no me queréis a mí en este momento. Vos deseáis a Lorenzo. Y yo no soy él. Y aunque yo os deseara, no podría faltarle el respeto a un amigo.

Lucrecia sacudió la cabeza con amargura. Los rizos negros se balanceaban. Seguía con los ojos llenos de lágrimas.

—¡No es verdad! Vos me gustáis, Leonardo. Hay en vos una dulzura y una sensibilidad que ningún hombre tendrá jamás. Pero, quizá, ¿soy yo la que no os gusto? —preguntó Lucrecia, vacilante.

—No es eso. —Las palabras de Leonardo traslucían una rabia extraña—. Ahora marchad. Habría sido mejor que no hubierais venido para nada.

—Pero ¿por qué? —Lucrecia no lograba entender.

—¡Marchaos! ¿No me habéis escuchado? —Y en esa ocasión, Leonardo gritó.

Esa cólera repentina la dejó paralizada.

Lucrecia sintió cómo las lágrimas le caían con mayor intensidad.

—Tal vez tengáis razón —dijo—. No tendría que haber venido nunca.

FEBRERO DE 1474

27

Contra el papa

Galeazzo Maria Sforza era un hombre alto y robusto, y su notable envergadura tan solo era superada por la energía extraordinaria que su persona revelaba en cada acción: la forma de caminar y el apretón de manos, y también la risa, e incluso la conversación. Cualquiera habría percibido en él una fuerza increíble, como si por sus venas corriera fuego en vez de sangre.

Su cabellera larga y oscura, sus ojos castaños, el rostro regular iluminado por una mirada firme: era un hombre seguro de sí mismo que había luchado al lado de Luis XI de Francia contra Carlos el Temerario, duque de Borgoña, y había resistido durante semanas a los hombres de Amadeo IX de Saboya, atrincherado en la abadía de Novalesa, cerca de Susa, hasta que su madre, Bianca Maria Visconti, convenció al señor del Piamonte de que desistiera bajo la amenaza de sufrir represalias por parte del soberano francés. En ese punto, Amadeo había renunciado, y a su regreso a Milán, a Galeazzo Maria lo recibieron como a un héroe.

Lorenzo lo saludó con gran respeto. Sabía lo temido y respetado que era, eso sin entrar a considerar lo que representaba el Ducado de Milán, un aliado valioso que resultaba irrenunciable en su lucha cada vez más enconada contra el papa.

El dux Nicolò Marcello procedía de un molde muy distinto. Alto y delgado, ya no estaba en la flor de la vida, como mostraban sus blancos cabellos bajo el *corno*, el sombrero acabado en punta típico de su estatus, sujeto por una tira bordada de oro con incrustaciones de piedras preciosas grandes como avellanas. Tenía ojos cansados, con ojeras negras, y la nariz afilada. Sus rasgos dejaban claro que se trataba de un hombre que ya había vivido mucho y que se había encontrado gobernando Venecia cuando quizá ya no era esa su intención.

De cualquier forma, su hospitalidad había sido exquisita, y Lorenzo todavía se hacía cruces frente al esplendor del Palacio Ducal, superior incluso a las maravillas del Palacio de la Señoría de Florencia.

Los magníficos estantes de libros, que llegaban hasta el techo, de madera finamente labrada y decorados con pan de oro; la gran chimenea en la que ardía un fuego exuberante, rica en frisos y ornamentada con querubines a caballo de delfines; el imponente blasón con el gran león de San Marcos, la multitud de manuscritos y volúmenes que atestaban los estantes; las hipnóticas pinturas de Giovanni Bellini y los escritorios de caoba: Lorenzo no sabía dónde mirar. Los apartamentos del dux eran un auténtico placer. La sala de la biblioteca, en la que se hallaba en ese momento, lo dejó extasiado.

Después de haber cursado la petición al dux, Lorenzo había recibido la invitación de las autoridades supremas de la República de Venecia con el fin de ponerse de acuerdo con Milán y Venecia en un pacto que les permitiera obtener protección mutua frente a las ambiciones entonces incontrolables del papa Sixto IV.

Así que ahora se hallaba ante los dos en un intento de sellar el pacto que quizá podría eliminar el dominio papal.

Nicolò Marcello fue el primero en hablar. Se sentó como sus interlocutores en un banco de madera finamente tallado y con incrustaciones de oro. Mantenía los brazos en el reposabrazos, mientras que la túnica roja, de cuello blanco armiño, brillaba reflejando la luz debido a sus abundantes bordados de oro.

—Huéspedes míos: sed bienvenidos —dijo—. Os agradezco haber aceptado mi invitación y haber acudido con tanta solicitud y cortesía. La razón por la que decidimos reunirnos la sabemos muy bien: el papa, debido a una manera equivocada de entender el poder, está usando su influencia para asignar señoríos y cargos a parientes y amigos. Y no solo eso: cuando se le señala algún tipo de nepotismo intolerable, reacciona negando y amenazando con guerras de todo tipo. Mientras estamos aquí, él está proponiendo a su sobrina en matrimonio con Fernando, rey de Nápoles, con la esperanza de obtener su apoyo.

Lorenzo no pudo dejar de apreciar el pragmatismo y la lúcida exposición de los hechos por parte de Nicolò Marcello. Asintió con la cabeza y continuó, a su vez, el razonamiento.

—Excelencia, es un honor estar aquí. No solo estoy de acuerdo con lo que acabáis de decir, sino que observo que, precisamente en este último periodo, Sixto IV está tratando de ampliar su área de influencia y, en este sentido, le ha asignado a su sobrino Girolamo Riario el señorío de Imola, lo que lo convierte en su perro guardián a las puertas de Florencia. Parece muy claro que una medida así está encaminada a tomar el control de la Romaña, en la esperanza, totalmente peregrina, de conseguir aislar Florencia y con el tiempo someterla bajo su control, tal vez otorgando el Gobierno de la República precisamente a su amado sobrino. Es bastante obvio que esta maniobra no es más que el preludio de un intento de expansión que, si se lleva a cabo, podría llegar hasta la provincia de Venecia. Ahora bien, sé que mi pequeña República es poca cosa en comparación con vuestras principales posesiones, y, sin embargo, creo que su integridad e independencia tienen para vos una gran utilidad.

Fue Nicolò Marcello el que asintió en esa ocasión.

—Vuestra humildad os honra, mi querido amigo, pero tanto yo como el duque de Milán sabemos perfectamente que sois vos justamente el punto de equilibrio en el panorama político actual. Y totalmente merecido, debo añadir. Vuestro papel es insustituible, ya que constituís la primera fuerza, por razones asimismo geográficas, capaz de absorber el impacto de una eventual expansión papal. Así que no juguéis a la modestia, porque no es realmente el caso.

Galeazzo Maria tosió. Los había escuchado a ambos y ahora quería que se oyera la voz de Milán.

Nicolò Marcello se dio cuenta y con un gesto de la mano le indicó que hablara.

—Excelentes y magníficos señores, lo que decís es tan verdad que yo mismo he tenido que prometer a mi hija Caterina Sforza precisamente a Girolamo Riario; de otro modo, ni él, ni mucho menos su tío, me habrían dado tregua. Lo que quiero deciros de inmediato es que un acto así no significa en modo alguno que yo apruebe o apoye la conducta del papa.

—En tal caso, no estaríais aquí —enfatizó el dux.

—Naturalmente. Y, de hecho, creo asimismo que ha llegado el momento de ratificar un acuerdo que garantice a cada uno de nosotros apoyo recíproco, de una manera tal que cada vez que una de nuestras ciudades se vea injustamente atacada, las otras dos puedan intervenir con prontitud. Si reflexionamos un momento, nos daremos pronto cuenta de que Milán, Venecia y Florencia están ubicadas estratégicamente, ya que son capaces de dominar el noroeste, el noreste y el sur. Por lo tanto, una alianza no solo resulta lógica, sino también potencialmente preñada de éxitos y posible preludio de una consolidación que podría poner bajo nuestro manto también Ferrara, Siena, Génova y otras tantas ciudades. Al mismo tiempo, estamos perfectamente preparados para enfrentarnos a las pretensiones expansionistas del papa Sixto IV y de sus rapaces sobrinos.

—Por lo tanto, si lo entiendo bien, ¿Milán y Venecia estarían dispuestas a apoyar a Florencia en caso de ataque? —Lorenzo fue directo al grano. Necesitaba esa respuesta, especialmente a la luz de lo que estaba sucediendo en Roma.

—Ciertamente —respondió el dux—, también porque Florencia haría lo mismo por nosotros. Ahora, lo que me urge preguntaros, amigos míos, es lo que sigue: ¿hasta qué punto Sixto IV está brindando apoyo a vuestros enemigos internos? Puesto que, perdonadme mi falta de tacto, me parece un hecho probado que él se está aproximando a los Pazzi en Florencia mientras, por otro lado, Nicola Capponi clama desde hace mucho tiempo desde su cátedra de Latín de la Universidad de Milán, incitando a sus estudiantes a matar al duque de Milán, empapándoles de cultura tiranicida... Y de ahí que lo que os pregunto es si me equivoco y acaso me han informado mal.

—Excelencia —dijo Galeazzo Maria Sforza—, sabemos lo eficiente que es vuestra red de espías y que, también en esta ocasión, estáis perfectamente informado. Os puedo garantizar, sin embargo, que lo que decís es tan cierto que en breve daré las órdenes oportunas para que se investigue y encarcele a Nicola Capponi, acusado de alta traición al Ducado, así eliminaremos el problema de raíz.

—Cuanto antes lo hagáis, mejor será para vos, creedme. Aquí en Venecia, los Diez, nuestro tribunal penal, tienen la misión específica de quitar de en medio a todos los que por razones diversas pongan en peligro el orden constituido de la Serenísima República. Naturalmente, si alguna vez mencionáis estas palabras mías, sabed que las negaré categóricamente —dijo el dux con tono burlón.

—Nunca me permitiría hacer algo semejante —respondió Galeazzo Maria.

—¿Y vos, magnífico Lorenzo? ¿Qué me decís de los Pazzi?

—Excelencia, vuestra pregunta es legítima y pertinente a la luz de la alianza que estamos a punto de sellar. ¿Qué puedo decir? —Se encogió de hombros—. Creo que es evidente que el papa Sixto IV está apoyando a la familia Pazzi después de que esta le prestara el año pasado dinero para que comprara el señorío de Imola al duque de Milán.

Galeazzo Maria enarcó una ceja a la par que levantó las manos.

—No era mi intención perjudicaros —dijo, como sofocando con antelación posibles críticas.

—No os estoy acusando en modo alguno —continuó Lorenzo—, y sé perfectamente que en la compraventa no había ninguna intención de causar molestias a mi ciudad. Por lo demás, el problema es solamente Riario. Su fidelidad a su tío, el pontífice, es impresionante, aunque previsible, desde el momento en que el que está detrás de su fortuna es él. Pero estoy divagando. El asunto es que los Pazzi están, ciertamente, reforzando su posición pero, excelencia —continuó Lorenzo volviéndose hacia Nicolò Marcello—, no es posible separar las amenazas internas de las externas, ya que están indisolublemente ligadas.

—Lo veo claro —confirmó el dux, que no se sentía exactamente satisfecho con la respuesta del Magnífico.

—Y por otra parte —prosiguió Lorenzo—, no creo que los Pazzi se atrevan jamás a ejecutar una acción dentro de la ciudad. Sus propios intereses los llevan más allá.

—A Roma —observó Galeazzo Maria.

—Exactamente —confirmó Lorenzo—. Francesco, en concreto, pasa más tiempo en la ciudad eterna que en Florencia desde que los Pazzi se han convertido en los administradores de la Cámara Apostólica.

—El tesoro del pontífice, que es de proporciones inmensas —comentó el dux, con un tono de preocupación—. Su administración comporta la gestión de las minas de alumbre de Tolfa, que es como decir una de las más impresionantes fuentes de riqueza del ser humano. ¿No teméis a adversarios así? Parece del todo evidente lo peligrosos que son hoy los Pazzi. No hay soldado, cardenal o político que no pueda ser comprado cuando se dispone de medios como esos. —Nicolò Marcello no parecía haberse tranquilizado aún con las palabras del Médici.

—Nadie dice lo contrario —reanudó Lorenzo—. Sin embargo, repito, no creo que la amenaza a Florencia pueda venir desde dentro en sentido estricto. Si Jacopo de Pazzi, tío de Francesco, tratara por ventura de incitar al pueblo contra nosotros, se encontraría al final con las manos vacías. Desde hace ya tiempo tengo la buena costumbre de acoger a la gente, a la plebe, en mi palacio, concediendo audiencia y comprometiéndome, junto con mi hermano Giuliano, en la solución de sus problemas y la consecución del bien común. En el último periodo, hemos duplicado esta actividad. Las relaciones con la nobleza son buenas, y si bien es verdad que no todos son amigos, es asimismo cierto que contamos con aliados poderosos, por no mencionar el compromiso histórico con la familia romana de los Orsini.

—Muy bien, señores, os agradezco vuestra franqueza. Como sabéis, Venecia vive actualmente días de relativa calma.

—Bueno, me parece que la situación en las tierras de Albania no es exactamente idílica —observó el duque de Milán.

—Tenemos muchos enemigos, y no niego que nuestros almirantes estén afrontando no pocas dificultades en aquellos mares —confirmó el dux sin perder la compostura—. Pero la situación interna es, por muchas razones, mucho menos intrincada que la vuestra. A la luz de cuanto hemos dicho, creo que se dan los elementos para firmar un documento de compromiso, con la condición, no obstante, de que saneéis de la mejor manera vuestra situación interna. Digamos, pues, que Venecia os concede su confianza, con la convicción de que sabréis poner remedio a la parte que os compete, que es la de vuestro territorio. En lo que respecta a posibles agresiones externas, estamos de acuerdo. Si lo consideráis oportuno, de hecho, podría pedir la escritura del compromiso a mis juristas de confianza, de acuerdo con los vuestros, claro está. No estoy pensando en algo excesivamente formal o pedante, solo unas pocas cláusulas, algunas señales para trazar las líneas de esta alianza. Entretanto, estaré encantado de hospedaros en Venecia. Estoy seguro de que la encontraréis fascinante.

—¡Por Baco, estoy seguro! —dijo Galeazzo Maria Sforza levantándose del banco donde había permanecido sentado, no sin incomodidad, todo el rato—. Me estremece el pensamiento de poder admirar la laguna desde la plaza de San Marcos. ¿Sentís vos lo mismo? —preguntó a Lorenzo.

El Magnífico asintió. Por descontado, se iba a conceder unos días para admirar Venecia; pero al mismo tiempo haría que sus juristas estuvieran atentos a la escritura del documento. Se fiaba de sus nuevos aliados, pero no quería cometer la imprudencia de subestimar su inteligencia. La de los venecianos era legendaria.

Mientras estaba inmerso en tales pensamientos, también el dux se puso en pie y se despidió de ellos.

Después de los saludos de rigor, Lorenzo salió del Palacio Ducal razonablemente seguro de haber sellado una buena alianza para Florencia.

ABRIL DE 1476

28

La acusación

Habían ido a llevárselo una fría noche de lluvia.

Lo habían encontrado en el taller de Andrea del Verrocchio. Le pusieron grilletes en las muñecas y en los tobillos y lo condujeron hasta el Palacio del Podestà. Leonardo iba con la cabeza gacha, caminando en silencio y siguiendo a la patrulla de guardia.

No comía desde hacía días. Desde ya hacía meses que experimentaba un sentimiento de desilusión profunda.

Por un lado, no podía abordar la pintura con la precisión y el rigor requeridos; por otro, aquella obsesión suya por las proporciones y la armonía del cuerpo humano lo devoraba, y se descubrió viviendo como un espectro de la noche, asistiendo a las oscuras y crepusculares salas de los hospitales, observando los cadáveres cuando podía, y volviéndose loco de alegría cada vez que podía poner sus manos sobre el cuerpo de un hombre muerto. Ocurría muy raramente, en realidad. Hasta el punto de que, para conseguir uno en buen estado, no dudó en buscar en los campos de batalla. Como un buitre, empezó a rebuscar entre los cadáveres.

Y había tenido miedo.

Porque una sed lo consumía; cada vez que se veía explorando los tesoros escondidos, los órganos rojos y violáceos bien guardados en el vientre y en el pecho de aquella coraza de carne, sentía una felicidad indecible.

Tomaba nota escrupulosamente de medidas y características y llenaba, ya de manera cotidiana, hojas enteras de cálculos y reflexiones, inventariándolas en su escritura inversa, de modo que nadie pudiera apropiarse de sus descubrimientos.

Naturalmente, muy a menudo estaba obligado a contentarse con esqueletos de cerdos y ranas. No era en absoluto lo mismo, pero de alguna manera tenía que arreglarse.

También tenía un par de ayudantes que por unas pocas monedas aceptaban posar desnudos para él, dejándose escrutar y retratar.

El exterior del cuerpo humano era tan importante como el interior.

Había momentos en los que sentía que lo que hacía podría herir la sensibilidad de cualquier persona que lo hubiera visto cometer tales actos, considerados como obscenos y, los más, inconfesables.

Y, sin embargo, la necesidad de descubrir y entender borraba de inmediato esas dudas, y Leonardo acababa esperando, con espasmódica impaciencia, el momento en que cayera en sus manos de nuevo el cuerpo de un hombre o el cadáver de un animal.

No lo sorprendía en absoluto, pues, que los guardias hubieran ido a detenerlo. No tenía la menor idea de la acusación por la cual lo llevaban al Palacio del Podestà pero, lo sabía bien, había mucho donde elegir.

El capitán de la guardia lo entregó a los carceleros, que lo condujeron encadenado hasta una celda estrecha y fría. Lo metieron dentro a patadas. Uno de ellos le escupió, tratándolo de asqueroso sodomita.

Terminó cuan largo era sobre la fría piedra, mientras, con estruendo, se cerraba la puerta a sus espaldas.

Ludovico Ricci se frotaba las manos. Finalmente, tras haberse devanado los sesos para planear una estrategia, Girolamo Riario y Francesco de Pazzi habían decidido ponerse en movimiento.

Habían razonado sobre el hecho de que, en primer lugar, tendrían que poner a Lorenzo en una mala situación. Golpear a la gente a quien quería era una primera tentativa de ponerlo al descubierto.

Ludovico sabía que, más allá de las apariencias, el señor de Florencia tenía una gran estima y un profundo afecto por Leonardo, el joven artista de Vinci. Se sabía que los dos, de alguna manera, habían decidido seguir caminos separados, pero que la amistad no se había resentido. Así que si Leonardo estuviera en peligro, Lorenzo haría cualquier cosa para ayudarlo.

Mientras estaba absorto en tales pensamientos, entró en la posada del Colombo Rosso. Casi inmediatamente descubrió a Francesco de Pazzi sentado a una mesa. Estaba dándose un atracón: su barba color carbón estaba manchada de salsa y tenía el rostro vuelto hacia un lacón colosal. Cuando lo vio apartar la boca de la comida, con sus dientes amarillos, dispuestos a masticar la carne compacta y roja, Ludovico sintió arcadas. Aquel hombre era desagradable; en ciertos aspectos era lo más parecido a una bestia que hubiera conocido jamás. No era un ignorante o un tonto, en absoluto, pero cultivaba apetitos y vicios de un modo tan descarado que nadie podía soportar verlo cuando estaba inmerso en semejantes actividades.

Era como si lo hiciera expresamente.

Con una cierta aprensión, se sentó frente a él.

Francesco de Pazzi eructó.

Se pasó el dorso de la mano, y luego parte de la manga del magnífico jubón de terciopelo, por la barba grasienta y los labios manchados de restos de comida. Después cogió una jarra de barro y se sirvió un vaso de vino tinto.

Saludó a Ludovico con gesto distraído.

La posadera se acercó a la mesa.

—¿Os puedo traer algo, mi señor?

Ludovico se quedó pensando un momento. No tenía hambre exactamente, pero con gusto le hincaría el diente a una pieza de fruta.

—¿Podríais traerme fruta fresca?

La posadera asintió y desapareció.

Francesco de Pazzi lo miró como quien mira a un demente.

—¿Y eso sería todo? —preguntó—. ¿Fruta y nada más? Hijo mío, vais a acabar transparente. Estáis ya más flaco que un esqueleto. ¡Dios! ¡Tomad algo más nutritivo!

Ludovico desestimó a su interlocutor encogiéndose de hombros y añadiendo:

—Os dejo a vos tal empresa. Para mí la fruta será suficiente.

Francesco de Pazzi sacudió la cabeza.

—Haced lo que os parezca, no es mi problema. Entonces

—dijo, y arrancó con los dientes un trozo de carne asada—, ¿qué noticias me traéis?

Mientras la posadera aparecía de nuevo y le servía un plato lleno de fruta y dejaba al lado un cuchillo, Ludovico comenzó su relato.

—Bien, a la espera de decidir si hay que quitar de en medio a Lorenzo, he preparado una trampa para colocarlo en un aprieto ante los habitantes de la ciudad. Creo que hay que golpear donde más le duele y debilitar las adhesiones que ha conseguido gracias a las victorias sobre las ciudades vasallas de Florencia, como Prato y Volterra; las fiestas y espectáculos; las obras de arte encargadas y financiadas por la ciudad, y, especialmente, la febril actividad de adhesión de los exponentes más notables de la burguesía y, lo que es más importante, de amplios segmentos de la plebe y del pueblo en general.

Francesco de Pazzi volvió a sacudir la cabeza.

—Os dais cuenta de que estamos perdiendo el tiempo, ¿verdad? Por mi parte, yo sería de la idea de exterminar a los Médici, y con ello me refiero a todos, sin excepción. Empezando por los dos hermanos. No hay que olvidar que, aunque Lorenzo se exiliara, se quedaría de todas formas Giuliano y toda la familia, y sus partidarios cerrarían filas en torno a él. Por lo tanto, hay que atacarlos a los dos y de manera tal que no vuelvan a levantar cabeza. ¡Hay que aplastar a las serpientes! No hay otra solución.

Ludovico asintió mientras con el cuchillo iba pelando una pera con cáscara de color verde brillante. Sabía que tenía que secundar a Francesco, tanto más porque, además, estaba de acuerdo con él. Por otra parte, varias veces en el último año Girolamo Riario había recomendado idear una solución no necesariamente definitiva. Ludovico tenía la sensación de que ese punto de vista estaba fuertemente influenciado por la voluntad del papa, que por más que odiara a los Médici, no podía ciertamente justificar una conspiración cuyo objetivo final fuera una matanza.

—Mi señor, soy muy consciente de ello, y voy a ser claro: hoy estoy perfectamente de acuerdo con vos. Tal vez no lo hubiera estado hace un par de años, pero ahora incluso yo creo que la solución más lógica a todos nuestros problemas sería la muerte. Por otro lado, sabemos de manera inequívoca que un plan explícitamente apoyado por el papa y por su capitán del ejército pontificio tiene muchas más posibilidades de éxito. Por ello...

—Por lo que recuerdo, también vuestra madre era de la misma opinión. ¿O acaso me equivoco?

Ludovico asintió, continuando su discurso.

—No lo niego en absoluto; sin embargo, si me permitís, voy al grano. Partiendo de la base de que entre Lorenzo de Médici y Leonardo da Vinci existe...

—¿El pintor? —lo interrumpió Francesco de Pazzi.

—Sí. —Ludovico dejó entrever en sus ojos un asomo de disgusto. Odiaba que lo interrumpieran. Y sobre todo dos veces seguidas.

Pero a Francesco de Pazzi ciertamente no le importaba demasiado un mocoso diabólico cuyos únicos méritos consistían en ser el protegido del señor de Imola y el hijo de una atractiva prostituta entrada en años. Por eso le divertía interrumpirle. Aquel muchacho no tenía en su sangre ni una gota de nobleza, y con absoluta certeza no descendía de una estirpe de caballeros como él. No es solo que lo traicionara la humilde cuna de su origen, sino que incluso lo haría hasta el hígado: si se hubiera mostrado ofendido le habría rebanado la garganta.

De cualquier forma, Ludovico fue suficientemente inteligente, o astuto, como para no atreverse a formular quejas.

—Decía —prosiguió—, que partiendo del supuesto de que entre Lorenzo de Médici y Leonardo da Vinci existe una amistad profunda, y que por lo tanto el primero estaría dispuesto a hacer lo que fuera para exonerar al segundo de la acusación más infame, pues bien, he instigado a uno de nuestros hombres a que presente una denuncia anónima a los Oficiales de la Noche por el delito de sodomía contra Leonardo da Vinci y un chico jovencísimo que en algunas ocasiones ha posado desnudo para él.

—¿Y seríais tan amable de explicarme adónde nos puede llevar todo esto?

—Paciencia, mi señor. Estoy convencido de que Lorenzo sabrá arreglárselas para absolver a Leonardo, pero al actuar así, se convertirá en sospechoso de complicidad con un sodomita, y un hecho semejante ofrecería una ocasión dorada al papa para poder amenazar finalmente con la excomunión a los Médici. Si a esto añadís que Lorenzo tendría en su contra con seguridad al arzobispo de Florencia y al de Pisa, que hace tiempo que ve con buenos ojos a nuestra facción, convendréis conmigo en que se vería bastante comprometido. Si, en cambio, a Leonardo lo acabasen condenando, Lorenzo no tendría paz, y distraído con la muerte de su amigo, podría ser un objetivo mucho más fácil de atacar. Como bien podéis ver, de un modo u otro, nosotros ganamos.

Francesco de Pazzi suspiró.

—Vuestra confianza en un plan tan extravagante me parece excesiva. Sin embargo, si Riario considera que una maquinación así puede resultar útil a los propósitos de nuestro objetivo, no puedo más que respaldarlo.

—Riario y su tío, no lo olvidéis —le recordó Ludovico—.

Me doy cuenta de que el plan tiene algunos puntos inciertos, pero, por otro lado, por lo que entiendo, el señor de Imola considera que una imputación de este tipo contra Leonardo podría confirmar a Lorenzo en su posición de rey de todos los vicios. No hay quien no se percate de que esas locuras suyas relacionadas con la Academia Neoplatónica, con su pasión por una pintura al límite de lo ultrajante como la de Botticelli, con las infinitas fiestas completamente imbuidas de sugerencias terrenales y laicas, con su historia de amor y pasión con Lucrecia Donati, no son más que elementos de una concepción del mundo completamente apartada de la espiritualidad y de la religión. Si a ello le añadimos su amistad con un acusado de sodomía... Bueno: todas las fuerzas religiosas podrían desatarse en su contra, por ser el emblema de un señorío edificado sobre el vicio. Y creedme, mi señor, a la larga, una acusación tan infame acabaría produciendo las consecuencias que estamos esperando.

—¿Y Giuliano, su hermano?

—Se vería sacudido por la infamia. Riario, y por su mediación también el papa, quiere convertir a los Médici en el icono mismo de la corrupción y de la fornicación, de la infidelidad y del oportunismo, de la traición y del desprecio hacia cualquier forma de fe. Así, al condenar a Lorenzo fuera del rebaño de los hombres temerosos de Dios, podrá, en última instancia, extender los confines del propio Estado y entregar a sus aliados las llaves de las ciudades más importantes. A vos, en particular, las de Florencia.

—Con eso tengo suficiente. ¡Hágase! —concluyó con tono bronco Francesco de Pazzi—. Vamos a ver qué ocurre. Todavía tengo dudas sobre el éxito del proyecto pero, después de todo, nada impide decantarse por la solución más extrema si todo lo anterior fracasara.

Y, tras pronunciar esas palabras, Francesco arrancó otro trozo de carne al hueso. Los dientes brillantes de grasa relampaguearon amarillos bajo la barba negra; los ojos oscuros mostraron una luz cruel y malévola.

La suerte estaba echada.

29

La conversación

En cuanto supo del arresto de Leonardo, Lorenzo corrió al Palacio del Podestà. No sabía qué iba a decirle, pero estaba seguro de una cosa: haría todo lo que estaba en sus manos para que su amigo resultara absuelto de la infame acusación promovida en su contra.

Amanecía. Florencia se despertó bajo un cielo pálido como una mortaja. No había querido ir en un carruaje al Palacio del Podestà puesto que con su visita se arriesgaría a armar un gran revuelo. Por supuesto, había hecho que avisaran a un hombre de su confianza para que lo llevara discretamente a la celda donde estaba preso Leonardo: cuanto menos ruido hiciera, tanto mayor sería su capacidad de influir sobre la sentencia de los magistrados.

Por lo tanto, procedió con rapidez. La humedad nocturna se secaba a lo largo de los bordes del camino. El olor era penetrante e intenso. Los perros callejeros gruñían suavemente, disputándose un hueso blanco. A pesar de sus esfuerzos, encaminados a embellecer y adornar la ciudad a través de las diferentes comisiones, a pesar de la disposición de hacía unos años en que se establecía que las carnicerías fueran trasladadas al Ponte Vecchio, liberando así las calles de residuos malolientes de carne y de cadáveres de animales, Florencia seguía siendo en ciertos aspectos una conejera gigante, un remolino ahumado de barro y sangre, por encima del cual se erguían magníficos palacios e iglesias impresionantes, en una extraña falta de armonía que, como era evidente, sorprendía por la crudeza de los contrastes.

Sin aliento, llegó primero a Santa Maria del Fiore, la gran mole de la cúpula de Filippo Brunelleschi que se inclinaba sobre la ciudad. Lorenzo seguía sorprendiéndose después de tantos años de cómo aquella cubierta increíble de color rojo vivo parecía manifestarse de improviso, invisible desde las calles de la ciudad, como si Brunelleschi hubiera querido hacerla aún más presente e imponente. Y de hecho, incluso esa mañana, Lorenzo sintió un nudo en la garganta al ver la cúpula recortarse gigantesca frente a él, casi como un cielo en el cielo. Había en ella toda la maravilla de lo inexplicable y de lo sobrenatural, como si el arte fuera el único lenguaje destinado a contemplar la gracia de Dios y capaz, por lo tanto, de hacer visible su grandeza.

Pasó de largo la catedral, se metió por la calle del Proconsolo y dejó muy pronto atrás la pequeña plaza de Santa Maria del Campo. En ese punto, corriendo, se encontró rápidamente junto al Palacio del Podestà.

A la entrada lo recibieron los guardias, que con un simple gesto de complicidad, sin pronunciar siquiera una palabra, lo llevaron a los calabozos. Atravesaron el patio, sobre el que dominaba la gran torre almenada de la Volognana.

Inmediatamente después, Lorenzo caminaba por un pasillo angosto. Las antorchas del muro teñían el aire de una luz rojo sangre.

Tras haber pasado una hilera de celdas, un guardia se detuvo frente a la última. Introdujo una llave en la cerradura y abrió la pesada puerta de hierro. Lorenzo entró.

El guardia le dijo a media voz:

—Para lo que sea menester, estaré aquí fuera, mi señor.

—No será necesario —respondió él. Oyó un ruido de cerrojos y la puerta cerrarse tras él.

Fue habituando los ojos a la penumbra de aquella celda maloliente. Vio a un hombre sentado sobre un diván, los largos cabellos rubios y finos echados hacia delante, cubriéndole el rostro. Una túnica andrajosa que se le adhería como una segunda piel al cuerpo delgado y nervioso. La larga barba confería a su cara, de la que Lorenzo reconocía los rasgos suaves, un aire de profeta.

Sin levantar la mirada, con los ojos fijos en el suelo de tierra batida, Leonardo lo saludó. La amargura en su voz era solo equiparable al cansancio que parecía minarle el alma más aún que el cuerpo. Al final, todo lo que había ocurrido en los últimos años encontraba en ese momento su razón de ser. La pelea por la guerra de Volterra, las acusaciones, la amistad truncada, aquella especie de conversación a distancia que habían mantenido, las obligaciones del poder y la búsqueda de una comprensión de las demás cosas.

Así, cuando habló, la infinita decepción relacionada con aquellos últimos años tormentosos se reflejó en su voz con una intensidad que ni siquiera él hubiera creído posible.

—Una vez más —dijo—. Una vez más me venís a buscar. A pesar de todo lo que os dije en el pasado, a pesar de que he sido yo el que os abandonó. Siento vergüenza de mí mismo, en cierto sentido. Sin embargo, sé que cuanto he hecho ha sido un fiel reflejo de mis pensamientos. Y mi convencimiento, a pesar de los muchos errores cometidos en estos años, no ha cambiado. Continúo creyendo que una ciudad no debe ser conquistada, por la libertad a la que tiene derecho. Y esa libertad ha de ser defendida. Incluso con las armas. Pero quien ataca la libertad de otros comete un crimen. Por ello, a la luz de todo eso, os pregunto: ¿qué habéis venido a hacer aquí?

—He venido porque no habría podido no hacerlo. No dejo solo a un amigo en apuros. —Lorenzo había hablado sin pararse a pensar. Estaba cansado de hacerlo: quería reaccionar sin importarle las consecuencias—. Sois el mejor artista que esta ciudad haya tenido jamás. ¡Y os obstináis en vivir de esta manera! —prosiguió.

—¿De qué manera?

—Esquivo, lejos de todos. Parece casi como si la vida no os interesara, que las personas no sean más que accidentes dentro de un boceto más grande cuya forma natural queréis conocer con detalle. Pero al actuar así herís a los demás y, lo que es peor, os herís a vos mismo.

—Es cierto que, dicho por vos, palabras como estas suenan verdaderamente extrañas.

Lorenzo sacudió la cabeza.

—Sé lo que pretendéis decir, pero no es de mí de quien hablamos ahora. El delito que se os imputa es gravísimo. Tengo que averiguar aún de qué pruebas disponen, pero si los Oficiales de la Noche os consideraran realmente culpable de sodomía, el castigo sería terrible. Nunca podría perdonarme no haber hecho todo lo posible para desmantelar esas acusaciones, dirigidas a un amigo como vos.

—Nadie ha pedido vuestra ayuda. —A pesar de la firmeza de esa afirmación, ni siquiera en aquel momento la voz de Leonardo pareció de verdad alterarse—. Y además, más allá de todo esto, ¿habíais pensado alguna vez que pudiera ser verdad? —Al decirlo alzó la cabeza, dejando que sus iris claros cruzasen aquellos más oscuros de Lorenzo, como desafiándolo. Había en su mirada un velo extraño, una calma aparente que producía disgusto.

—¡No me importa! No me toca a mí juzgar qué o quién os gusta. ¿En tan poco me tenéis? Sin embargo, la sodomía sigue siendo delito en esta ciudad, y hasta que se demuestre lo contrario, si no hay pruebas concretas no existe razón alguna para teneros retenido en esta celda mugrienta.

—¿Y entonces? ¿Qué es lo que pensáis hacer?

—¿No lo adivináis?

Leonardo lo miró largamente. Lorenzo le sostuvo la mirada. Sabía perfectamente qué tipo de hombre era su amigo; reconocía en él el magnetismo, aquel aura natural que le permitía, de la manera más simple, convencer a cualquier interlocutor de su propia opinión. No obstante, en aquel momento Leonardo parecía ausente. Quizás en los últimos tiempos se había habituado tanto a observar la vida, los animales, la naturaleza, los colores, las luces y las sombras que se había olvidado de cómo escuchar el corazón de los hombres.

—Ya hace años que os quiero hablar. Ya hace años que sueño con ser capaz de ser vuestro amigo de nuevo. ¿Es posible que nada pueda ser como antes? Al contrario, sería aún mejor hoy. Ninguno de los dos es lo que era. Por eso, de hoy en adelante podremos hacer, juntos, grandes cosas. No me importa si los enemigos son muchos, no me importa si van a conspirar contra nosotros. Estoy cansado de tener que pensar... De creer que nuestra amistad pueda beneficiar a mis adversarios. Y no puedo creer que vos sintáis rencor hacia mí. No después de todos estos años.

—En efecto, tenéis razón, amigo mío. Pero bien veis en

qué estado nos hallamos. Vos obligado a combatir incluso fantasmas. Yo, en una celda, acusado de un delito que hasta podría ser verdad.

—No durante mucho tiempo. Podéis creerme. Tenéis mi palabra.

—Os creo. Y luego, ¿qué haremos?

—Para empezar, saldréis de aquí. Y luego volveréis a trabajar.

—¿Para vos?

—Nunca habéis trabajado para mí, sino para Florencia.

—Para Florencia. —Leonardo parecía reflexionar—. ¿Y por qué tendría que hacerlo? ¿Qué me ha dado Florencia?

—¡Tenéis razón! Pues entonces valga decir que trabajaréis para vos mismo. ¿Creéis que no sé que comenzáis varias obras pero que apenas las acabáis? ¿Habéis pensado que, por una vez, sería bueno apasionarse por algo y llevarlo a cabo? ¡Una obra, Leonardo, os pido una obra! ¡Y después os ayudo a marcharos de Florencia!

Mientras escuchaba esas palabras, Leonardo permanecía en silencio. Parecía sopesar largamente las implicaciones.

—Yo no odio esta ciudad —dijo al fin—. Debo mucho a Andrea del Verrocchio y os debo mucho a vos. Y también a... Lucrecia.

—Lucrecia... —murmuró Lorenzo.

—Os ama de verdad y es la mujer más hermosa que he conocido. Hay algo en ella que me fascina y me conquista, pero no son sus labios ni su mirada. No realmente. Creo que es... su valentía. No sabría decir si merecéis que os quiera tanto una mujer como ella.

Lorenzo pareció pensativo por un momento.

—Creo que tenéis razón —concluyó con sincera melancolía—. Y, sin embargo —prosiguió—, no es este el momento para hablar de ella.

—Ciertamente no lo es.

Lorenzo pareció no escuchar esa última afirmación o, más probablemente, se prohibió a sí mismo hacerlo.

—¡Ánimo! —dijo—. El tiempo es escaso, amigo mío, y tenemos que reaccionar. Tengo una idea. Dejadme trabajar y veréis que estaréis fuera de aquí antes de lo que pensáis.

Sin más preámbulos, Lorenzo accionó la gran aldaba sobre la puerta.

Transcurridos unos instantes, una llave se introdujo en la cerradura y giró con un chirrido hasta abrir el cierre.

—Aguantad, amigo mío —dijo Lorenzo.

Leonardo lo miró con sus ojos claros y sinceros, como siempre hacía.

—Id con cuidado. Tengo la sensación de que lo que estáis a punto de realizar tendrá consecuencias para vos. Os doy las gracias por honrarme con vuestra amistad.

Lorenzo lo saludó con una sonrisa.

Después la puerta se cerró y Leonardo se quedó solo.

30

Los Oficiales de la Noche

Lorenzo conocía bien la magistratura de los Oficiales de la Noche.

No se la podía definir como una de sus criaturas, pero si alguien hubiera sostenido que no era más que una invención por parte de los Médici, pensada para reprimir los comportamientos sodomitas, dados los fracasos anteriores por parte de instituciones seculares y eclesiásticas, no habría estado muy lejos de la verdad.

Por esa razón confiaba en hacer una buena jugada para que la acusación contra Leonardo fuera archivada. Su abuelo, y después de él su padre, no habían vacilado en utilizar ese mismo poder judicial, creado *ad hoc* para delitos de carácter sexual, como eficaz institución política contra los adversarios personales, pero también como elemento de disuasión, capaz de reconducir al canal de la decencia a la moralidad dudosa de los ciudadanos, con independencia de que fueran de extracción noble o vulgar.

De hecho, la magistratura de los Oficiales de la Noche había influido en la propia sensibilidad pública, garantizando una gradual transformación de la sodomía de delito capital a crimen grave; sin duda, era un crimen digno de que se aplicara la emasculación, pero no la muerte en la hoguera, como se había venido practicando hasta entonces.

Las acusaciones seguían siendo anónimas y se depositaban en las «bocas de la verdad» distribuidas por Florencia, pero no eran pocas aquellas que eran esporádicas y carentes de pruebas.

Fue, por tanto, con una cierta esperanza, tras salir de la prisión aquella mañana, que se acercó a la oficina del jefe de los Oficiales de la Noche, Filippo Pitti.

No tenía que caminar demasiado, puesto que se encontraba en una sala en el mismo Palacio del Podestà; más exactamente, en el interior de la torre de la Volognana.

Lorenzo sabía con certeza que a esa hora había muchas posibilidades de que Filippo estuviera solo. Se dedicaba a su trabajo obsesivamente y pasaba la casi totalidad del tiempo en aquella oficina. Cuando no estaba allí, estaba fuera, con toda seguridad ocupado en alguna investigación o evaluación.

Tras llamar a la puerta y anunciarse, entró.

Filippo estaba sentado ante una mesa de roble oscuro, inundada de papeles y documentos, sellos y recibos. En cuanto lo vio, se levantó y se dirigió hacia él. Llevaba una toga negra, típica de su magistratura, con bordados de oro.

Tenía los ojos cansados y, con toda probabilidad, no dormía desde hacía días. Su rostro afilado evidenciaba una firmeza y un rigor de pensamiento más singulares, que hacían de él el hombre perfecto para aquel cometido.

Médici y Pitti no mantenían una relación exactamente óptima, pero Filippo conservaba desde siempre una fuerte autonomía de juicio y comportamiento. Era un hombre equilibrado y de gran honestidad intelectual. Lorenzo no dudaba de él.

Le estrechó la mano.

—No esperaba veros en esta oficina, señor Lorenzo —dijo de manera sincera, correspondiendo al apretón—. ¿Puedo preguntaros la razón de tal honor?

La pregunta del magistrado era perfectamente legítima. Lorenzo entendió de inmediato que no tendría demasiado sentido tantear tácticas o trucos.

—Señor Filippo, he sido informado de la detención de Leonardo da Vinci, acusado de sodomía. Es inútil decir que no solo lo creo inocente, sino que agradecería de todos modos tener noticias sobre los argumentos probatorios que sostienen tal acusación.

Un rayo atravesó los ojos claros del magistrado. Aquella petición, y la manera en que la exponía, era extremadamente insólita. Peor aún: parecía más una orden que una simple solicitud.

Lorenzo se percató de ello y completó su formulación.

—Naturalmente, siempre que os sea posible hacerlo —añadió.

Filippo parecía reflexionar sobre ello, y las duras líneas de su rostro dieron por un momento la impresión de suavizarse.

Después habló.

—Mi querido Lorenzo, puedo entender vuestro interés, y confieso que la noticia me ha sorprendido incluso a mí. Observo, por otro lado, que la manera en que me preguntáis por este caso es bastante poco ortodoxa. —Filippo hizo una pausa, como si estuviera buscando las palabras adecuadas—. Sin embargo, conociendo vuestra estima por el joven artista, comprendo bien las razones de vuestra falta de formalidad.

Lo que os puedo decir por el momento es que la denuncia es anónima, pero que al mismo tiempo aparece bien razonada. La hemos encontrado dentro del receptáculo del Palacio de la Señoría. Además, no solo se trata de Leonado, como era razonable esperar, por lo tanto no excluyo *a priori* la hipótesis del delito que se le atribuye.

Lorenzo suspiró. El asunto iba a ser más complejo de lo que creía.

Lo sentía encima de ella.

La voz ronca la cubría de insultos. Y, sin embargo, aquella manera suya de poseerla, ruda y asilvestrada, le gustaba infinitamente. Anna lo acogía con todo su ser, dominada y poseída, como si no fuera más que un trozo de carne, mientras su señor la penetraba a fondo. Sentía su miembro palpitante y fuerte, tumefacto como un perro del infierno. Y no obstante, para ella no había nada más hermoso que ser humillada y que la llenara Girolamo Riario, señor de Imola.

De esa forma se había convertido en su favorita.

Y Girolamo la deseaba. A veces la poseía junto a otras chicas, pero lo más común era que estuviera ella sola.

Teniendo en cuenta lo que le esperaba al llegar a casa, se sentía más que feliz al ser maltratada por aquel hombre. Su vigor sexual, por más lleno de locura y obsesión, era mucho mejor que todo lo que la vida le había reservado hasta aquel momento.

Puso de nuevo sus caderas al alcance de él. Le gustaba incitarlo de aquel modo. Sabía que le daba placer. Incluso una mujer simple como ella había comprendido cuáles eran sus preferencias. De hecho, por esa misma razón ella le gustaba tanto. Porque era hija del pueblo y su cuerpo era de una belleza rompedora: los pechos grandes, los ojos castaños y dulces, los largos cabellos del mismo color, las caderas anchas y suaves.

Girolamo adoraba poderla sodomizar. Le presionaba la cara contra la almohada y la montaba con una rabia indecible. Ella lo seguía, de hecho lo invitaba abiertamente a penetrarla, humillándola con toda la ira de que era capaz. Era un precio menor que tenía que pagar para poder tener una habitación solo para ella y tres comidas al día.

Vivía como una reina y todo lo que tenía que hacer era abrirse de piernas. Casi ni creía en su propia suerte. Por ello estaba siempre dispuesta, agradecida y feliz.

Sabía que eso no iba a durar siempre. Pero al menos mientras le durara la buena suerte viviría como nunca había creído posible. Y entonces, en cuanto él salió de su cuerpo, se volvió y se metió el miembro de él en la boca. Estaba caliente, húmedo y goteante.

Girolamo se corrió con un grito.

Luego, se dejó caer en la cama, mientras ella permanecía a cuatro patas, con las rodillas enrojecidas a causa de la dura madera del suelo.

Sonrió.

Solamente tenía que hacer lo que él deseaba. Nada más.

31

Recluida

Clarice levantó la mirada. Estaba arrodillada en el banco de madera. No recordaba ni siquiera desde hacía cuánto tiempo. Además, sabía que no tenía otra opción.

Miró *Il viaggio dei Magi*. Conocía aquel fresco muy bien. Hubiera podido describirlo con los ojos cerrados. Y pensó en cuánta hipocresía encerraba.

Vio a los tres reyes, cada uno con la ofrenda que le llevaba al niño: el oro, el incienso y la mirra. Fijó la mirada en el caballero más joven, que iba precediendo al cortejo. Gaspar iba erguido en la silla de un caballo tan blanco que resultaba deslumbrante; los cabellos se alargaban en una auténtica cascada de rizos rubios, llevaba corona, una banda de oro, superpuesta al birrete azul, adornado con broches también de oro y decorado con piedras preciosas y collares de perlas. La mirada orgullosa, la sobrepelliz de brocado blanco, color dominante en el fresco: todo en él dejaba al espectador deslumbrado y, en efecto, Clarice no era capaz de apartar los ojos de allí.

A pesar de la rabia, a pesar de la frustración, a pesar de la sensación de aislamiento que su vida le consignaba cada día, no podía ignorar el esplendor del fresco.

Benozzo Gozzoli se había superado: el uso de polvo de lapislázuli para las aguas azules, los lagos cristalinos, el fulgor del oro del damasquinado, reluciente a la luz tenue y roja de las velas, toda la fantasía infinita era de tal magnificencia que dejaba sin palabras.

Miró el cortejo de Gaspar y fue en ese momento cuando, como siempre, sintió una náusea, ya que los Médici eran tan arrogantes que se hicieron retratar siguiendo al mago: Cosimo el viejo a lomos de una mula; Piero, su hijo, en su corcel blanco, justamente como Gaspar, y, en el grupo de dignatarios y notables estaba Lorenzo, más hermoso de lo que era en realidad.

Mientras mantenía las manos unidas, Clarice esbozó una sonrisa amarga: Dios, ¡cuánto lo odiaba! Y ese veneno, ese dolor que la llenaba, ya era el fruto de su desesperada necesidad de amarlo. Sin embargo, Lorenzo ahora la ignoraba: con educación, con amabilidad, es cierto, pero para él no representaba nada. Prefería con mucho pasar su tiempo libre con artistas e intelectuales.

Incluso ya ni sabía si se veía con Lucrecia Donati. Las damas de su séquito, que tantas veces habían logrado recabar información sin ser vistas, últimamente se habían quedado cortas de habilidades y de información. Y, sin embargo, para aquella pregunta que la atormentaba todos los días, el corazón de Clarice conocía la respuesta.

Ciertamente sí, gritaba una voz sutil e implacable; no tenía dudas acerca de ello, porque esa mujer había tenido el poder de hechizar el corazón de Lorenzo una vez y para siempre, y aunque él estaba completamente absorbido por la tarea de gobernar Florencia, dejando el espejismo del respeto a las instituciones republicanas a los ciudadanos, era evidente que debía de encontrar tiempo para ella.

Hacía ya mucho tiempo que ella aceptaba aquella segregación con un anhelo de transformarla en culpa, en expiación: torturaba su cuerpo. Bajo el vestido, la infinita red de cortes rojizos y de sangre reseca en el pecho se había vuelto más compacta.

Y en aquel dolor lancerante, insoportable, Clarice encontraba placer, puesto que el sufrimiento era la aleación que daba forma a su vida. Y en aquella dimensión carente de variaciones, la hoja, infligirse las heridas, el castigo corporal se fundían en un momento de éxtasis místico.

Podía traer a su memoria fácilmente las imágenes recurrentes durante aquellas particulares sesiones, mientras con el estilete se practicaba incisiones en la carne blanca como la leche y con los dedos de la mano izquierda se tocaba los labios rojos y tumefactos de la vulva, hasta penetrarse, dándose placer.

No había pensado nunca en buscarse un amante, un hombre que hiciera las veces de su marido porque, pese a todo, tenía siempre en mente a Lorenzo; no lograba quitárselo de la cabeza.

Cuando la vio la última vez, la había poseído casi excusándose.

Ella no había objetado. Porque la amargura y la soledad ya la habían doblegado, domado, reducido a la sombra de la mujer que había sido. Ella lo retenía dentro de sí, hasta que él se corría, inundándola de semen.

Y de hecho, también en aquella ocasión se quedó preñada, porque, a pesar de las palabras llenas de burla y arrogancia que tiempo atrás le había dedicado Lucrecia Tornabuoni para justificar las faltas de su hijo, instándola a no poner en duda siquiera por un momento su fidelidad, había logrado generar una prole sana y robusta.

Lucrecia, su primogénita, era una hermosa niña de cabellos rubios y piel clara, con las mejillas siempre listas para sonrojarse. Ya tenía seis años y era juiciosa e inteligente. Piero, el segundo, era fuerte como un toro, mientras que Maddalena y Contessa Beatrice eran dulcísimas. El año anterior había nacido Giovanni, y en ese momento, gracias a su irresistible encanto de bebé, era su preferido.

Es verdad, los niños le daban alegría, la habían salvado de las ideas de suicidio que antes había acariciado largamente.

Pero no eran suficiente; no eran suficiente en absoluto: se sentía disminuida como mujer, y el rechazo de Lorenzo era una minusvalía a la que no se rendía, no del todo.

Suspiró.

Alzó la mirada una vez más. Vio a Baltasar: la piel oscura, la corona de siete puntas, la túnica verde, salpicada con ornamentos de oro, la misma tonalidad de toda la pared sur de la capilla, y luego los arbustos de rosas blancas y rojas y los cipreses que se alineaban en lenguas de tonalidades intensas sobre el fondo.

Clarice sintió que las lágrimas le mojaban las mejillas.

Pensaba en la severidad con que Lorenzo la miraba, preocupado por que ella pudiera abrir la boca, poniendo de manifiesto su ineptitud frente a Marsilio Ficino o a Pico della Mirandola, Poliziano, Nicola Cusano y toda aquella plétora de pensadores que no eran más que un puñado de charlatanes y aduladores. ¡Parásitos que instigaban a Lorenzo a escribir sonetos dedicados a aquella puta de Lucrecia Donati!

Sintió sal en la piel. La garganta cerrada en un nudo que parecía agrandarse hasta estrangularla, como si fuera una enorme bola de hierro manejada por un torturador invisible dispuesta a convertir su vida en un calvario.

Alzó la mirada por tercera vez, fijando la vista sobre Melchor, el más anciano de los magos y, en ciertos aspectos, el símbolo de la proximidad del fin de la existencia terrenal. En esas tres figuras, tan icónicas y precisas, en la mente del pintor iban marcando las estaciones de la vida, y Clarice veía ahí cada vez el transcurso despiadado de su propia existencia.

Había sido joven un tiempo, y ahora ya estaba entrando en la madurez. No era aún anciana, es verdad, pero los años se le escapaban uno tras otro, y mientras reflexionaba sobre ese asunto, comprendía muy bien cuánto había malgastado su propio tiempo, condenada a aquel aislamiento que no le había dado más alegría que la de los hijos.

Le hubiera gustado ser autosuficiente, pero sabía que no lo lograría. Y esa incapacidad le resultaba tanto más dolorosa porque, si hubiera podido, habría disfrutado al menos de lo que los Médici le ofrecían: prestigio y riqueza. Pero, en cambio, en aquella obstinación de querer gustar a su marido, aquel orgullo inútil y desperdiciado le echaban a perder cualquier posibilidad de éxito y satisfacción.

Habría querido castigar a Lucrecia Donati; ya se había convertido en su obsesión. Pero temía la reacción de su marido: sabía perfectamente que la razón estaba de su parte, pero Lorenzo no dejaría escapar la ocasión de hacérselo pagar si descubriera que su mujer había conspirado contra su amor.

Por otro lado, ¿qué tenía que perder?

¡Y qué alegría le daría saber que Lucrecia sufría finalmente lo que sufría ella, al menos en parte!

Porque una parte sería suficiente.

¡Pero, en cambio, aquella mujer se había quedado con todo!

Y no le había dejado nada.

Clarice miró una vez más a Melchor. Entre las lágrimas, ahora ya copiosas, que le empañaban la vista, miró el cortejo con sus figuras vestidas de rojo. En el llanto, el color escarlata parecía anular los perfiles, dilatarse y hacerse más intenso, similar a un océano de sangre.

Ante aquella visión, Clarice se puso a temblar toda ella. La parecía que lo que veía anunciaba algo terrible y, en el horror de aquello que parecía presagiar, bajó la mirada, esperando poder alejar al menos la sensación de negro augurio que había empezado a oprimirle el pecho.

32

El proceso

Los Oficiales de la Noche estaban sentados en los bancos de madera. Filippo Pitti presidía la reunión. Hizo un gesto con la mano para que los guardias llevaran al primer acusado que, en ese caso, también iba a ser recibido en calidad de testimonio.

Jacopo Saltarelli, orfebre de profesión, era un joven con rasgos de efebo. Entró, dando la impresión de no tener nada que temer: con aire arrogante, casi desdeñoso. Tenía las manos esposadas. Llevaba una túnica raída, que en otros tiempos debió de haber sido blanca, pero que ahora estaba manchada y gris de polvo.

Lo condujeron al estrado de los testigos. Leonardo estaba delante de él, sentado en un taburete de madera. Tenía la barbilla apoyada en el pecho. Los largos cabellos, que le caían hacia delante, hacían imposible ver su expresión.

El proceso iba a tener lugar a puerta cerrada, aunque Lorenzo había obtenido el derecho a presenciarlo, junto con algunos notables de la ciudad.

—Señor Jacopo Saltarelli —empezó a decir Filippo Pitti—, estáis acusado del delito de sodomía por haber sido partícipe en actos abyectos para complacer a personas que os han solicitado semejante bajeza. De entre ellas, os ruego, aquí y ahora, declaréis si reconocéis a alguno en esta sala. —Tras aquella introducción, un silencio gélido se apoderó de la sala.

Lorenzo contuvo el aliento.

Jacopo Saltarelli levantó la cabeza. Al escuchar esas palabras, su mirada se había vuelto menos firme. Parecía vacilante. Jugueteó un momento con un pliegue de su túnica mugrienta.

Luego esbozó una sonrisa boba, llena de alusiones pérfidas.

—Sí —dijo por fin, lacónicamente.

—Señor Jacopo Saltarelli —lo instó Filippo Pitti—, ¿podríais ser más preciso? ¿Podríais indicarnos quién es esa persona?

Con un gesto afeminado y casi lascivo, mientras su mirada ahora era puro fuego, Saltarelli extendió el brazo y señaló a Leonardo.

—Él —dijo—, ha querido que me desnudara y después... me ha poseído.

—¿Reconocéis, por tanto, al hombre con quien habéis cometido actos atroces?

Saltarelli asintió.

—¿Podríais explicarnos lo que habéis hecho?

Lorenzo miró a Leonardo. Había alzado el rostro. Su mirada era fría, distante, como si aquel proceso le concerniese a otro.

—Hace unas tres semanas estuve en el estudio de ese hombre.

—¿Queréis decir el taller de Andrea del Verrocchio?

—Para nada —respondió Saltarelli—. Estuve en su estudio personal, que se halla en Oltrarno. Ese hombre está bien protegido, mi señor, y puede permitirse un estudio propio.

—¿Qué pretendéis decir? —preguntó con suspicacia Filippo Pitti, al que esas palabras sonaron inmediatamente extrañas.

—Nada más que lo que he dicho.

—¡Eh, no! No podéis hacer semejante afirmación y luego haceros el desentendido. ¡Hablad!

Jacopo Saltarelli resopló. Daba la sensación de que tomaba conciencia de haber dicho demasiado.

—Bueno... yo solo he escuchado rumores.

—¿Y qué contaban?

—Que el señor Leonardo es una persona apreciada, mi señor. Que sus amistades llegaban hasta Lorenzo de Médici.

Un coro de voces se elevó, sorprendido, entre los que asistían al proceso. Lorenzo habría querido intervenir, pero no podía. Se quedó en silencio para no empeorar la situación.

—¿Y tenéis las pruebas que refrenden lo que decís? —preguntó Filippo Pitti. Su voz era monótona, regular, no dejaba traslucir ninguna emoción.

Saltarelli titubeó. Parecía reflexionar, como para valorar si valía la pena exponerse más de lo que ya lo había hecho.

Por supuesto, Francesco de Pazzi, que estaba sentado entre los que habían sido admitidos a presenciar aquel proceso, había ganado puntos a su favor. Había empezado a hacerse notar. Su voz grave y profunda se podía escuchar a una legua de distancia.

—¡Silencio! —reprendió Filippo Pitti—. Jacopo Saltarelli, ¿tenéis pruebas de vuestra afirmación? Os lo pregunto no porque una eventual amistad entre Leonardo da Vinci y Lorenzo de Médici constituya un delito, sino porque tenéis que habituaros a contar los hechos que seáis capaces de demostrar. Repito: ¿tenéis la prueba de lo que decís?

—No, mi señor. Solo rumores.

Filippo Pitti asintió.

—Me lo imaginaba. Confieso que tengo la sensación de que la mayoría de vuestras afirmaciones son fruto de la fantasía.

Lorenzo dejó escapar un suspiro de alivio al escuchar aquellas palabras, puesto que Filippo Pitti había insistido con la sola idea de desenmascarar la manera de actuar de Saltarelli. Si sus afirmaciones resultaban descabelladas, entonces sería lícito esperar que lo relacionado con la sodomía de Leonardo pudieran ser también imaginaciones suyas. Además, por lo que sabían, podía ser él mismo el autor de la denuncia, que por el momento nadie había firmado. Y, sin embargo, en aquella sala, aquel hombre había inoculado el germen de la sospecha. Es decir, que él era amigo de Leonardo, un posible sodomita. Que él alentaba tales prácticas. Veía a Francesco de Pazzi y sabía lo que estaba dispuesto a hacer con esa sospecha. Por medio de sus conspiradores la iba a exagerar, le iba a añadir detalles de su cosecha, pasando por alto el resultado de aquel proceso.

—Volvamos a nosotros —prosiguió Filippo Pitti—. Decíais que hace tres semanas os encontrabais en el estudio de Da Vinci.

—Sí, mi señor —confirmó Saltarelli.

—Continuad —lo animó Filippo.

—Yo estaba completamente desnudo y posaba ya desde hacía unas horas. Me sentía cansado. No había comido y era de noche cerrada. Por ello le había pedido al señor Leonardo da Vinci hacer una pausa. Pero él me decía que podía continuar. Insistí porque de verdad me encontraba agotado, exhausto. —Saltarelli se detuvo un instante, como si recordar aquellos hechos le causara un gran sufrimiento.

—¿Y qué pasó en ese momento? —lo instó a proseguir Filippo Pitti.

—Leonardo me tomó con violencia —respondió Jacopo Saltarelli—. Me puso contra la mesa y me penetró hasta quedar satisfecho.

Filippo Pitti enarcó una ceja.

—¿Y eso es todo? ¿Que un hombre decide de repente poneros contra una mesa y sodomizaros?

—Sí, mi señor. Lo creáis o no, es así como fueron las cosas.

Filippo Pitti pareció no escucharlo. Levantó las manos en señal de rendición.

—Pero si yo no he dicho nada, señor Saltarelli. ¿Eso es todo?

Saltarelli asintió.

Filippo Pitti se volvió hacia los guardias.

—Llevadlo fuera y traed al siguiente testigo —dijo.

Cuando vio a Lucrecia entrar en la sala, Lorenzo se quedó de piedra.

¿Qué diantre hacía en el proceso contra Leonardo? ¿Qué iba a decir? Las preguntas se agolpaban en su mente, urgiendo por salir.

Lucrecia vestía una hermosa gamurra de color azul, con mangas trenzadas y centelleantes de perlas que le adornaban sus bellos brazos. Tenía la mirada firme, y los ojos oscuros expresaban una luminosa determinación.

Más de uno de los asistentes al proceso suspiró al verla, deseando un día verla, aunque fuera un instante, en su propia cama.

Leonardo no parecía sorprendido. Permaneció con la mirada fija, casi ausente.

Filippo Pitti, al saludarla, le señaló el banco de los testigos para que tomara asiento, tras lo cual resumió los hechos del juicio.

—Señora Lucrecia Donati, os doy las gracias por estar hoy en esta sala. Sé que habéis solicitado presentaros como testigo en cuanto supisteis que el señor Leonardo da Vinci había sido acusado del delito de sodomía activa contra Jacopo Saltarelli. Según se relata, hace tres semanas, este último se habría acercado al estudio del señor Da Vinci para posar para él y se habría quedado después del atardecer, casi la noche entera. Pasadas unas horas, el aquí presente señor Leonardo habría obligado al señor Jacopo a sufrir actos ignominiosos. Esos son hechos, sobre la base de la reconstrucción hecha por el propio Saltarelli. El señor Da Vinci, por su parte, se ha acogido a un incomprensible silencio. Ahora bien, lo que os pregunto es: ¿qué elementos podéis aportar vos para desmentir semejante historia?

—Os lo diré de inmediato, mi señor. —La voz de Lucrecia sonaba fuerte y bien modulada. Por un instante miró a Lorenzo, con una mirada de desafío—. Lo que afirma Jacopo Saltarelli es falso.

En esa ocasión, Filippo Pitti dejó entrever un amago de incredulidad.

—¿En serio? —dijo, sin hacer nada por ocultar su propia sorpresa—. ¿Y cómo lo decís con tanta certeza?

—Porque aquella noche yo no lo vi en el estudio de Leonardo da Vinci.

—¿Y qué os hace estar tan segura?

—Que yo estaba allí, a esa hora. Y estaba sola.

Al escuchar esas palabras, un coro de voces se elevó entre el público.

33

El testimonio

—Aquella noche fui donde el señor Leonardo para hablar con él. Estaba desesperada por motivos que no vienen al caso. Recuerdo que él se encontraba cansado. Estaba intentando, como siempre, comprender el cuerpo humano: las proporciones, la armonía, las líneas. Quien no conozca al señor Da Vinci no puede entenderlo, pero él es un perfeccionista y se entrega al estudio de la forma más rigurosa y cuidadosa. Se sentía insatisfecho porque no acaba de ser capaz de trasladar lo que observaba al papel o al lienzo, a la pintura. Como decía, yo tenía el corazón roto por razones personales. Lo que recuerdo es que nos dimos aliento mutuamente.

Filippo Pitti había escuchado con atención aquellas palabras.

—¿Podríais ser más precisa, doña Lucrecia?

—No recuerdo bien cómo fue, pero en un determinado

momento yo estaba entre sus brazos y él, entre los míos. El resto lo podéis imaginar.

—¿Cuánto tiempo pasasteis allá?

—Hasta la mañana. —Y mientras pronunciaba aquellas palabras, Lucrecia miró a Lorenzo. Fue un instante, pero le bastó para ver lo furioso que estaba. En la superficie, Lorenzo no dejaba traslucir ninguna emoción, pero para ella, que lo conocía bien, era evidente lo irritado que estaba. Tenía una larga arruga en el entrecejo: la que indicaba aquellos momentos en los que estaba a punto de estallar.

Lucrecia no se permitió el lujo de sonreír, pero se alegraba en su fuero interno.

Filippo Pitti prosiguió. Pretendía, llegados a ese punto, sacar las conclusiones más obvias.

—E imagino —ironizó— que en todo ese rato no visteis a Jacopo Saltarelli.

—Así es, de hecho.

—De acuerdo, doña Lucrecia. Os agradecemos vuestras palabras y vuestro tiempo. Imagino lo que os ha costado. No tenéis idea de la importancia que tiene vuestra declaración de hoy. Y todo el trabajo inútil que nos ha ahorrado. Si ahora lo deseáis, podéis retiraros. Os dejo con el agradecimiento de todo este tribunal.

Lucrecia inclinó la cabeza en señal de respeto. Luego la acompañaron a la salida.

Lorenzo miró fijamente a Leonardo. Pero la mirada de su amigo no había variado lo más mínimo.

Frío y ausente, como al principio.

Entretanto, Filippo Pitti estaba consultando rápidamente con los otros magistrados.

Parecía que aquel último testimonio había disipado las dudas.

—Señores —señaló—, a la luz de los resultados de esta audiencia, considero poder concluir lo que sigue sin que sea necesaria ninguna reunión. En nombre de los Oficiales de la Noche, magistratura que me congratula presidir, formulo las presentes reflexiones: la denuncia por delito de sodomía presentada contra el señor Leonardo da Vinci es anónima. La única evidencia en que se apoya es la presentada en la declaración de Jacopo Saltarelli, joven orfebre que, a decir suyo, estuvo implicado en un acto de sodomía como parte pasiva, hace tres semanas.

Los otros Oficiales de la Noche movieron la cabeza con gesto afirmativo. La reconstrucción de Filippo Pitti era impecable.

—Por otra parte —continuó el magistrado—, hay una mujer que, sacrificando su propio honor y decoro, no vacila y acude a esta sala a testimoniar que estuvo aquella misma noche con el aquí presente señor Leonardo da Vinci, consumando con él una pasión ocasional. Ella no es su amante, y mucho menos su esposa, y no está involucrada en modo alguno con él. No tiene nada que ganar en una situación como esta; solo algo que perder. Así que su testimonio no parece viciado en ningún aspecto y, de hecho, tiene toda la apariencia de ser veraz. Por ello, a la luz de cuanto he dicho, considerado el anonimato de la denuncia y la declaración desinteresada de doña Lucrecia, creo oportuno, en calidad de presidente de los Oficiales de la Noche, absolver de toda acusación de sodomía al aquí presente Leonardo da Vinci, archivando a partir de ahora este proceso.

Las voces se elevaron entre el público.

Francesco de Pazzi sacudía la cabeza. Los otros murmuraban incrédulos, quizá más sorprendidos por las declaraciones de Lucrecia Donati que de todo lo demás. Conocían su amor por Lorenzo de Médici y aquel testimonio había cambiado por completo el panorama. A sus ojos, el asunto se volvía cada vez más oscuro y se situaba en los límites de la depravación. Lucrecia Donati coqueteaba con el Médici y con el joven pintor, que seguía siendo, al decir de muchos, sospechoso de sodomía, ya que el archivo de la causa no había sofocado totalmente las habladurías.

Todos aquellos susurros y maledicencias acababan como gotas de veneno en los oídos de Lorenzo.

Habían liberado a Leonardo, y por ese lado se podría decir que estaba contento. Pero ¡a qué precio! Lucrecia le había mentido. Y también Leonardo. Se había cuidado mucho de no contarle lo de aquella noche con Lucrecia. Es bien cierto que ella no era suya. Pero Leonardo conocía los sentimientos que él tenía hacia ella. Si le hubiera confesado que había tenido un momento de debilidad, lo habría podido comprender. Pero nunca había imaginado tener que descubrirlo de esa manera.

Se sintió traicionado. Con mayor razón al observar a Leonardo, que se mostraba como si el asunto no fuera con él. Como de costumbre. Por no decir que no había rechazado para nada su ayuda cuando el día anterior se había precipitado a verlo, haciéndole la visita en el Palacio del Podestà para poder pedir clemencia al mismísimo presidente de los Oficiales de la Noche.

Pero Filippo Pitti no había terminado todavía.

—Sobre la base de todo lo expuesto, ordeno por ello que el aquí presente señor Leonardo da Vinci sea puesto en libertad de inmediato. Capitán, proceded en ese sentido —concluyó, volviéndose al jefe de la guardia de la ciudad.

Sin añadir nada más, los Oficiales de la Noche se levantaron de sus asientos y, entre nuevos comentarios por parte de los señores admitidos a presenciar el juicio, abandonaron la sala.

Lorenzo se quedó sentado, con los puños apretados. La rabia lo devoraba. Tenía que saberlo, pensó.

O se volvería loco.

34

Rabia y conspiración

El puño lo había golpeado antes incluso de que se diera cuenta de ello. Estaba tan ocupado en encontrar a Leonardo que no se había dado cuenta de que alguien acechaba tras él.

Sintió que la sangre le brotaba del labio partido.

Perdió el equilibrio, tropezó y cayó. Buscó con la derecha la ballesta colgada del cinturón, pero se percató de que no la llevaba consigo. No había pensado en recogerla, puesto que lo que iba a hacer era presenciar un juicio.

El dolor irradió como una ola desde el labio hasta la mandíbula, y de allí le llegó a la cabeza. Se encontró apoyado sobre los codos, tratando de ponerse en pie.

Francesco de Pazzi se alzaba sobre él.

—¡Vos, maldito bastardo! Amigo de putas y sodomitas, vos estáis destruyendo esta ciudad, hundiéndola en las simas del infierno, reduciéndola a un lugar volcado en la orgía y el desenfreno. ¡Pero sabed que no os lo consentiré!

Lorenzo escupió una bocanada de sangre y se incorporó.

—¡Puaj! ¡No sois más que un calumniador, Francesco! Y no creáis que me estáis intimidando con vuestras amenazas. El pueblo está de mi parte y también la plebe y buena parte de la nobleza. No tenéis ninguna posibilidad de ir en mi contra. —Se volvió a limpiar el labio con el dorso de la mano. Saboreó la sangre, como para recordar la afrenta, pero también las mentiras que acababa de descubrir.

Escupió de nuevo.

—¡Id con cuidado, Lorenzo! ¡Este sentimiento vuestro de superioridad por encima de la República y de todos os puede costar muy caro un día!

—¡Oh, claro! Es una acusación realmente extraña en boca de quien ha prestado dinero a Riario para garantizarle la compra del señorío de Imola, asegurándose así la administración de las finanzas pontificias, además del favor del papa.

—Os corroe, ¿no es cierto?

—No tanto como a vos lo que está por venir.

—¿Tendría que asustarme?

—Haced lo que os parezca —respondió Lorenzo con voz sorda.

—Yo creo que esta ciudad está cansada de vos y de vuestra prepotencia.

—Ya han intentado en el pasado alejarnos a nosotros, los Médici, de Florencia. Es inútil que os recuerde cómo acabó el asunto. Hemos vuelto, más fuertes que nunca. ¿Y sabéis por qué?

Le tocó el turno de escupir a Francesco.

El escupitajo salpicó la punta de los zapatos de Lorenzo.

—No me interesa.

—Porque nosotros *somos* Florencia.

—No sois más que un idiota arrogante. Pero será precisamente esa presunción vuestra la que os costará la más amarga de las derrotas.

—No veo el momento de verla, esa derrota. Por ahora solo veo a un hombre lleno de soberbia que profiere amenazas vacías.

—Es solo una cuestión de tiempo —dijo Francesco de Pazzi—. Después de todo, una vez he estado cerca de vos y ni siquiera os habéis dado cuenta. A menos que no hayáis creído verdaderamente que la agresión a Lucrecia haya sido casualidad. ¿Realmente eso es lo que pensáis? Si es así, entonces sois bastante más estúpido de lo que pensaba.

Lorenzo enrojeció de ira.

—¿Cómo habéis osado? —gritó—. ¡Intentad tocar un solo pelo a Lucrecia y vais a ver lo que os sucede!

Estaba completamente fuera de sí, pero Francesco de Pazzi le había dado la espalda y se había marchado dejándolo allí de pie, en medio del callejón, con el labio partido.

Girolamo Riario miró a los ojos a Francesco Salviati, el arzobispo de Pisa. Su tío, el papa, le había hablado de él como un hombre que podría ser útil en la causa contra los Médici.

Y, de hecho, con solo nombrarlos, el arzobispo parecía perder la luz de la razón.

Se le enrojecía la cara, y la voz le había llegado a temblar de rabia. Francesco Salviati había escupido un río de hiel al mencionar a Lorenzo y a Giuliano, ya que solo dos años antes habían hecho de todo para impedir, saliendo airosos, su candidatura al arzobispado florentino, para el cual habían preferido a Rinaldo Orsini.

Y ni siquiera la voluntad del papa había podido evitar aquella derrota.

—La muerte —repetía como en una plegaria Francesco Salviati—. La muerte es la única salvación contra esos dos miserables.

—Es bien cierto, excelencia, que son palabras muy extrañas pronunciadas por un hombre de fe como vos —observó Riario, casi provocándolo, como para probar la intensidad de su determinación.

—No sé si sabéis la crueldad con que Lorenzo y Giuliano persiguieron sus propósitos, con cuánta arrogancia y soberbia actuaron en su propio beneficio. Pero, además de eso, la verdadera razón radica en el deseo de liberar Florencia. Yo creo que la ciudad está cansada de sus fiestas, del arte obsceno y licencioso que Lorenzo alienta, de las orgías y banquetes, de su manifiesta infidelidad hacia Clarice Orsini, su mujer; del modo vergonzante en que ha reformado la República florentina, convirtiéndola en su propio reino. Los nobles lo han llamado el Magnífico, y han puesto en las manos de un veinteañero la suerte de la ciudad, pero ahora creo que se están arrepintiendo amargamente, también porque, para ser sinceros, no alcanzo a ver la magnificencia de los actos que se le atribuyen. —Las palabras eran para Francesco Salviati un río: se desbordaban y parecían no conocer las pausas.

Girolamo Riario llegó a la conclusión de que, una vez más, su tío tenía razón. Fue entonces cuando pensó plantar la semilla de la conspiración, poniendo al arzobispo de Pisa al corriente de sus intenciones.

—¿Y si yo os dijera que todo lo que afirmáis es tan cierto que, día tras día, hombres y mujeres de buena voluntad se están uniendo para poder echar abajo este orden de cosas? ¿Si os informara sobre el hecho de que existe una gran familia en Florencia que no ve el momento de hacerse con el poder para devolver a la ciudad su antigua libertad? ¿Si os contara cómo el mismísimo papa ha tenido que luchar contra los Médici para poder concederme a mí, su sobrino, el señorío de Imola?

Girolamo dejó flotar en el aire esa última afirmación mientras Francesco Salviati escuchaba con creciente interés sus palabras y se acariciaba la barbilla con el dorso de la mano: los ojos fijos en los suyos, en tanto una luz los recorría con un rayo de perfidia.

—Os diré que no veo la hora de participar en semejante empresa. Hacedme saber de qué manera puedo servir a una causa como esta y estaré con vosotros y con cuantos pretendan poner coto a los Médici, ya que, creedme, ha llegado la hora. ¡E incluso hemos tardado demasiado!

—Hay que tener paciencia, excelencia. Hay que completar cada etapa, pero no cejo en el empeño de estar listo en el transcurso de algunos meses. Por más que nuestro deseo de verlos caer sea poderoso, no tenemos que cometer el error de subestimarlos. Están bien protegidos y, sobre todo, no podemos arriesgarnos a hacer de ellos unos mártires.

—Sería un error imperdonable —confirmó el arzobispo.

—Es exactamente así —lo secundó Girolamo Riario—, y es por ese motivo por el que tenemos que actuar con cautela, hacer aumentar el descontento alimentándolo con rumores, crear tal clima de odio contra los Médici que sea Florencia la primera que quiera su final. No podemos correr el riesgo de que ocurra lo que pasó con Cosimo, *el Viejo*.

Francesco Salviati negó con la cabeza. Se alisó los fragantes cabellos castaños. Había en él una elegancia y un cuidado casi ostentosos, a los que no estaba dispuesto a renunciar a pesar de la sobriedad y espiritualidad que le imponían la fe y, más aún, su papel de pastor del rebaño.

—¿Y cuál sería la familia florentina históricamente enemiga de los Médici? Puesto que me viene a la cabeza tan solo una capaz de llegar tan lejos. Por no hablar de que todo aquello que esa familia ha sufrido en estos años justificaría ampliamente cualquier deseo de revancha y venganza.

—¿No adivináis vos mismo el nombre?

—¿Los Pazzi? Intuyo que solo se puede tratar de ellos. Lorenzo de Médici les ha impedido acceder a cualquier cargo político, y si no hubiera sido por vuestro tío, que les ha concedido la administración de la Cámara Apostólica, ahora estarían reducidos a la nada.

Girolamo Riario asintió.

—Exactamente. Ningún detalle se os escapa, excelencia. Dejadme añadir, sin embargo, que pese a lo que se podría creer, los Pazzi están en ascenso, tanto en estima como en recursos. Ser los tesoreros de los bienes papales les concede la administración de las minas de alumbre de Tolfa, cuya explotación produce una riqueza inmensa. Y, precisamente, el que se les haya arrebatado ha significado un duro golpe para el patrimonio de los Médici, que no perdían la administración desde hacía cien años. Por ello serán los Pazzi los que nos ayuden a atacar a los partidarios de Lorenzo desde dentro de la ciudad. Pero, al mismo tiempo, será cosa mía garantizar una agresión externa.

—¿En serio? ¿Creéis poder convencer a otros hasta el punto de que deseen el fin de Lorenzo? Fuera de Florencia, quiero decir. Ya que, justamente gracias a su amplitud de miras, tengo la impresión de que será difícil dar con alguien que no sea amigo suyo o que, por el contrario, temiéndolo, ose levantar la espada contra él. ¿Milán y Galeazzo Maria Sforza? Seguro que no. ¿Venecia? ¡Menos todavía! Me parece, de hecho, que hace poco que ha conseguido la firma de una alianza antipapal.

—Estáis muy bien informado, excelencia.

Francesco Salviati suspiró.

—Se hace lo que se puede, sabedlo. En tiempos tan desafortunados, no es posible durar demasiado si no es yendo dos movimientos como mínimo por delante de los demás.

—Sabia actitud —comentó, no sin un punto de admiración, Girolamo Riario—. De todas formas, no todos son aliados de Florencia, y no hace falta añadir que quien hoy lo es no está claro que lo sea mañana. Después de todo, se acerca la boda de Caterina Sforza...

—Os ruego que aceptéis mis más sinceras felicitaciones por tan maravilloso acontecimiento —lo interrumpió el arzobispo con afectación, apresurándose a manifestar su propia adhesión cortés.

—Naturalmente, recibo vuestros buenos deseos con gran satisfacción y afecto, pero permitidme decir que lo que me proponía no tiene nada que ver con matrimonios y parentescos sino con garantías de apoyo. Os recuerdo que mi tío ha cultivado recientemente la amistad de Ferdinando, rey de Nápoles, dispensándolo del tributo anual que le debe al Estado Pontificio y consintiendo que su sobrino, Leonardo della Rovere, se case con la hija natural de Ferdinando. Eso sin contar con que ha otorgado a Federico d'Urbino el título de duque, esposando luego a su hija con Giovanni della Rovere, asignándole la vicaría de Sinigaglia y Mondavio. En definitiva, si Florencia tiembla, Roma va con menos miramientos. Y, de hecho, en ese sentido puedo garantizar que el nuevo capitán del ejército pontificio, Giovan Battista da Montesecco, estará de nuestro lado. Como veis, el estadio en el que nos hallamos está ya muy avanzado, ahora se trata de poner a Florencia de nuestra parte.

—Como os he dicho —concluyó el arzobispo Francesco

Salviati—, tengo la intención de participar en este plan. Me alegro de que no hayáis perdido el tiempo. Por lo tanto, que empiece el juego y que la fortuna nos asista.

Ante aquellas palabras, Girolamo Riario sonrió: el tejido de relaciones se hacía cada vez más denso y el momento en el que Florencia se liberaría por fin de la plaga de los Médici estaba cercano.

—No dejéis de hacerlo, excelencia, no dejéis de hacerlo —terminó, no sin un deje de auténtica complacencia.

35

El perdón hay que ganarlo

Lucrecia sabía a quién pertenecía esa carroza. Y conocía perfectamente el lugar al que la iba a llevar. Lejos de Florencia, por caminos a través del campo, a una granja apartada, oculta en un bosque de hayas, donde la naturaleza estaba más viva que nunca en aquel abril luminoso y verde.

Pero el dolor le devoraba el corazón. Sabía que era la hora de la verdad. Se alisó el pelo. Cuando aquellos hombres habían ido a buscarla, había comprendido que no tendría sentido oponer resistencia, a menos que quisiera seguir cocinándose a fuego lento el resto de su vida en aquel dolor oscuro.

Sabía que había hecho bien al pronunciar aquellas palabras unos días antes, por muchos motivos, y no era menor el de haber salvado al genio. Independientemente de cualquier otro resultado, aquello ya valía la pena, valía cualquier castigo, aunque fuera a costa de vivir en soledad para siempre, odiada y señalada como una ladrona.

Ya no le importaba nada.

Y en cierto sentido, aquella indiferencia que crecía en ella como la niebla era su fuerza, puesto que no tenía nada de lo que justificarse: ¡cuántas veces había pedido aunque fuera una mínima atención, un gesto, una caricia y, en cambio, por las razones más diversas, le había sido negado todo!

Se sentía usada, ignorada, tal vez también amada, es verdad, y con una pasión ardiente y viva, pero solo en un goteo de tiempo, en instantes que luego se desvanecían y volvían solo después de intervalos infinitos, esperas, ruegos.

Estaba cansada y decepcionada. Y ahora que había hecho lo que había hecho entendía que tenía que haber reaccionado antes. Sin haber esperado tanto tiempo.

El camino ascendía entre los hayedos. Las hojas verdes acababan de florecer, el color del bosque rebotaba en las ventanillas de la carroza, el crujido de las ruedas, el vaivén constante mientras los caballos de brillante pelaje se adentraban en el sendero, golpeando la tierra con sus cascos: podría ser el comienzo de una fábula, pero Lucrecia sabía que acabaría en drama, en rencor y tormento, puesto que era aquello lo que la vida le tenía reservado, por no añadir que su belleza se había vuelto en su contra. Su objetivo, a partir de ese momento, era envejecer y desvanecerse como los colores de un vestido olvidado.

En ese momento, la carroza se detuvo. Alguien abrió el portón, y un hombre de largos cabellos y con un fino bigote la ayudó a bajar y la guio hasta la entrada de la finca. No llamó. Una vez abierta la puerta, la hizo pasar a una sala que Lucrecia conocía bien: la gran chimenea estaba ahora apagada; los hermosos sillones, vacíos; el silencio que reinaba cortaba como la hoja fría y oxidada de un cuchillo. Era tal el abandono que una melancolía desnuda y profunda parecía envolver los espacios y susurrar notas de tristeza.

Lo vio en el centro de la sala, de pie, con los brazos cruzados. Esperando. Como si fuera un fantasma de sí mismo. El rostro marcado, los pómulos excesivamente salientes, los ojos sin vida.

Lorenzo se la quedó mirando en silencio.

Exactamente como ella lo miraba a él.

Quizás era eso lo que ambos buscaban: compartir el silencio. Se les daba bien eso.

Escucharon la tensión aumentar, un veneno entre ellos que se había alimentado de traiciones mutuas, de promesas incumplidas, de besos negados, de palabras nunca dichas en todos esos años. Se hundieron en ese mar de rencor, uno delante de la otra.

Luego, Lorenzo no soportó más estar callado y habló.

—¿Te acuerdas de lo que te dije hace mucho tiempo? ¿Que si el amor entre nosotros se rompía sería solamente por nuestra culpa?

Ella no tenía ninguna gana de darle la razón, pero sobre ese particular no podía estar más de acuerdo.

—Tenías razón, aunque eso no lo hace menos amargo.

—Eres tú quien lo ha traicionado.

Aquella afirmación encendió su ira.

—¡No tienes la más remota idea de lo equivocado que estás! —le gritó ella.

—¿En serio?

—Es verdad.

—Entonces ¿las palabras que escuché durante el juicio es que tan solo las he imaginado?

—En absoluto —confirmó ella, enfatizando esa afirmación de manera que se le grabara en la mente a Lorenzo para siempre. Quería herirlo. Al menos por una vez en su vida, quería ser ella quien lo hiciera.

Él inclinó la cabeza a un lado. Sus labios se cerraron en una sonrisa amarga.

—¿Y pues? ¿Para qué negarlo?

—¿Negar el qué?

—Que me has traicionado.

—Eres tan tonto... —Se echó a reír.

—¿Te hace gracia?

—Después de tanta indiferencia, verte finalmente preocupado me hace gracia, sí. Porque, ya ves, de no ser por lo que ha pasado nunca me habrías hecho traer aquí, ni siquiera me habrías dirigido la palabra.

—¿Qué quieres decir?

—Ya me oíste.

Lorenzo suspiró.

—Y, por lo que parece, hice bien en mantenerte lejos.

—Piensa lo que te parezca. ¿Me puedo ir ahora? No creo que quedarme aquí sea una gran ayuda. Para ninguno de los dos.

—Para nada —dijo él con la voz de repente azuzada por la ira—. ¡Quiero que confieses!

—¿Confesar el qué?

—¡Todo! ¡Todo lo que hiciste aquella noche!

—¡Ah! Ahora te interesa, ¿no? —Había mucho desdén en sus palabras, y lo que la sorprendió fue experimentar un placer extraño e impensable al desahogar toda la frustración, todo aquello que se había tenido que tragar aquellos años—. ¡Ahora que crees que te he traicionado! ¡Mientras que antes, cuando todavía te quería, no te interesaba siquiera saber si estaba viva o muerta!

—¡No es verdad!

—Oh, claro que sí. No puedo creer haber estado enamorada de ti. ¡Eres tan miserable!

—¡Habla!

—Y si no, ¿qué me va a pasar? ¿Vas a hacer que me golpeen?

—No digas estupideces.

—Tú no haces más que pedir, solo piensas en ti...

—Yo quiero saber...

—¿El qué?

—... ¡la verdad!

—¿Quieres saber la verdad? ¿En serio? ¡Pues aquí la tienes! Nunca amé a Leonardo. Ni me acosté con él. Había ido a su estudio para hablar de ti, esperando que pudiera ayudarme. Porque tú no estabas allí, nunca has existido para mí en los últimos cuatro años. Cuatro malditos, larguísimos años. Así, cuando descubrí que Leonardo fue acusado de sodomía, pensé en algún modo de salvarlo, porque él siempre fue bondadoso con todos, también conmigo, y a cambio nunca obtuvo el apoyo de nadie.

—¡Ha tenido el mío!

—¡Sí, el tuyo! ¡Pero tu apoyo se paga... y muy caro!

Lorenzo se le acercó todavía más.

—¿Y por eso tendría que creer a una mujer que ha actuado de manera tan sibilina? ¿Por qué no me dijiste cuál era tu intención?

El bofetón sonó secamente sobre su mejilla, como un latigazo.

Lucrecia comprendió en ese momento que lo odiaba.

Lorenzo sintió que el rostro le ardía. De vergüenza.

—Te he dicho que no ha pasado nada. No tenía tiempo para explicarlo. Lo hice para salvarlo. He usado recuerdos de una noche de hace tres años, como ya te dije. ¡He mentido! ¡He mentido para que lo absolvieran! He pensado que cualquier juez daría más credibilidad a una mujer que sacrifica su propio honor en el altar de la justicia que a un joven orfebre de vida disoluta.

Lorenzo se quedó en silencio. El bofetón lo había despertado de la obsesión que incubaba hasta ese momento. Por primera vez se dio cuenta de lo que ella le estaba diciendo.

—¿Quieres decir que has mentido para salvarlo?

—Eso es lo que he dicho.

—¿Y nunca te acostaste con él?

Lucrecia negó con la cabeza.

—Pero es precisamente eso lo que me decepciona en este momento. Estás preocupado solo por ti mismo. No te importa nada de mí.

—¡Eso no es verdad! Si fuera cierto, no te habría traído hasta aquí. Lo sé, me he equivocado, te he alejado, pero después de lo que te pasó aquel día, cuando logré evitar lo peor solo de milagro, he pensado que verte iba a servir únicamente para ponerte en peligro.

—Ahora, sin embargo, no has dudado en hacerlo, ¿verdad? —En las palabras de Lucrecia había más amargura que rabia.

—Eres injusta. Es cierto que estaba celoso por lo que había escuchado. Pero justo porque te amo, me gustaría que tú pudieras ser solo mía y sé que no es así. También sé que te he decepcionado y que he perdido tu amor. Y lo merezco. Pero he cambiado tanto... Y luego, cuando te he escuchado decir aquello...

—Olvídalo —dijo ella—, solo empeoras las cosas.

—Al menos ahora conozco la verdad y la clase de idiota que soy.

—Yo, en cambio, no quiero verte más.

—Lucrecia... Lo entiendo. Pero te juro que te haré cambiar de idea.

—Si quieres insistir, inténtalo.

—Puedes estar bien segura.

En ese momento se dio la vuelta.

—Ahora quiero volver a casa, si no te importa.

—Me gustaría que te quedaras —dijo él.

—Lo siento —respondió Lucrecia—, el perdón hay que ganárselo.

DICIEMBRE DE 1476

36

La caída

La nieve crujía. Milán estaba cubierta por un manto blan-co. Era el día de San Esteban. Galeazzo Maria Sforza bajó de la carroza. Llevaba unas largas botas y una capa con cuello, de piel, tan espesa que lo asemejaba a un oso. Portaba espada a un lado; la vaina, con incrustaciones de oro y gemas, osci-laba tintineando mientras el duque se dirigía hacia las puer-tas del duomo. Aquella mañana se sentía particularmente bien. Se detuvo un momento frente a la catedral antes de en-trar. Inspiró profundamente el aire frío.

Era un día bañado por el sol invernal. Los débiles rayos se filtraban a través del cielo color gris perla, con una luz que parecía plata líquida. El manto blanco y compacto de la nie-ve caída brillaba alrededor.

Galeazzo Maria llegó a la puerta principal del duomo, las suelas de sus botas hacían crujir la espesura blanca.

Le abrieron la entrada. Las enormes puertas chirriaban y parecía que por un momento se lamentaban mientras giraban sobre sus goznes.

El duque reparó en la espléndida vista del duomo atestado, los grandes candelabros que relucían con sus velas blancas, las naves imponentes, las vidrieras policromadas.

Entonces, de repente, todo aquel fuego se volvió rojo.

Sintió una inesperada punzada en el costado, como si un animal lo hubiera mordido; luego, otros golpes que llegaron sin piedad, lacerándole la carne. Parecían colmillos helados que se abrían paso por su vientre y su cuello. Sintió que el cuerpo se le hacía pedazos. La sangre brotaba abundantemente. Cayó de rodillas bajo aquellos ataques. Las hojas de las dagas lo torturaban. Reconoció ante él a Giovanni Andrea Lampugnani, que lo miraba con los ojos inyectados de sangre y locura.

Los feligreses que llenaban los bancos gritaron. Chillidos de miedo y horror que resonaron estremecedores en aquel carnaval de muerte que se consumaba ante los ojos de los espectadores.

Galeazzo Maria se quedó sin respiración. Sus manos arañaban al aire en un desesperado intento de detener aquella brutal y vil agresión. Pero no lo logró. Cayó de bruces mientras la nieve sibilaba y entraban ráfagas de viento gélido por la puerta del duomo todavía abierta.

La guardia del duque se abalanzó sobre los tres agresores. Uno de ellos ensartó con una alabarda a Giovanni Andrea Lampugnani.

La hoja le reventó el vientre, hundiéndose en su caja torácica y casi empalándolo en la empuñadura del arma. El guardia cargó con tal furia que la punta de la alabarda chocó contra una de las columnas de la catedral.

Vio la vida abandonar los ojos del conspirador.

La multitud de fieles se dispersó en grupos que huían gritando por las naves laterales. Algunos alcanzaron la salida mientras los guardias seguían ya en el exterior a los otros dos asaltantes.

Los embajadores de Ferrara y Mantua, que habían llegado ese día para rendir homenaje y tributo a Galeazzo Maria Sforza de parte de sus propios señores, se quedaron enmudecidos, con las manos unidas, mirando el cuerpo exánime del duque desplomado en medio de la nave central. Un charco rojo iba extendiéndose debajo del cuerpo y parecía devorar el espacio circundante.

El obispo hizo la señal de la cruz. Inútilmente trató de restablecer la calma. Milán se hundió en el caos de repente.

Pero en aquella escena de horror y vergüenza, mientras las piedras del duomo se iban impregnando de la sangre de su señor, como mínimo un hombre, entre tantos que se desesperaban golpeándose el pecho, se alegraba en el fondo de su alma de lo que había visto.

Ludovico Ricci sonrió, puesto que sabía que aquel acontecimiento cambiaría la historia para siempre. Los Médici perdían un aliado poderoso y su esperanza de reforzar su propia posición fuera de Florencia se debilitaba. Ese hecho, en cambio, favorecía a Roma y a Sixto IV, y por ello, a Girolamo Riario y a todos ellos.

En efecto, el asesinato de Galeazzo Maria se presentaba como un buen augurio para aquello que tenían en mente los conspiradores florentinos.

37

La ley

—¡Somos débiles! ¿No lo entiendes? Primero, la maquinación contra Leonardo y Lucrecia a través de la acusación.
Está muy bien que lo hayan absuelto, pero hace ya mucho
que se oyen rumores por ahí en los que nos llaman infieles,
puteros y amigos de sodomitas. —Giuliano dejó escapar un
grito casi histérico—. Y ya no hablemos de la muerte de Galeazzo Maria Sforza, que ha sido una auténtica tragedia, tanto más en un momento como este.

Lorenzo pensaba que, por desgracia, su hermano tenía razón. Sin embargo, no soportaba la manera con la que se lanzaba en su contra, dejándole a él la misión de mantener la calma y encontrar una solución o la alternativa que fuera. No
era la primera vez. De hecho, ocurría continuamente.

—¡Así la liga se desintegra! —prosiguió—, y Roma ex-
tenderá su propia área de influencia. ¡La ambición del papa
no conoce límites!

—No está escrito que vaya a suceder —respondió Lorenzo—. Venecia todavía está de nuestra parte, y no pierdo la esperanza de que a pesar de este horrible golpe al Ducado, la situación pueda finalmente resolverse a nuestro favor.

—¿Cómo? ¿De qué manera?

—Todavía no lo sé. Si tuviera una solución no estaría escuchándote a ti, que te desesperas sin intentar tranquilizarte, ¿no te parece? —Lorenzo no logró contener su irritación esa vez—. Pero si, tras la muerte de Sforza, nuestra alianza con Milán se viera debilitada, conviene entonces que se refuerce nuestra posición en Florencia.

Al escuchar las palabras de su hermano, Giuliano intentó moderar su tono nervioso, sin conseguir, por otro lado, renunciar a las preguntas que le afloraban a los labios.

—¿Tienes alguna idea a propósito de eso?

—Desde hace un tiempo estoy pensando en una ley que, perjudicando a terceros, pueda por el contrario beneficiarnos a nosotros: una forma de defendernos y de permanecer fuertes, impidiendo a nuestros adversarios aumentar su propio patrimonio.

—Creo que no te entiendo.

—Intentaré ser menos críptico. —Lorenzo se levantó del sillón en el que había estado sentado hasta ese momento—. Sabemos perfectamente que gracias a la institución del matrimonio, algunas auténticas fortunas pueden llegar a ser introducidas en el núcleo familiar tras el fallecimiento del suegro. Sobre este particular quiero contarte una historia. Me llevará un buen rato, así que ponte cómodo. —Lorenzo se había vuelto hacia su hermano pero, a decir verdad, parecía que estaba hablando para sí mismo.

Se tomó todavía un momento y luego comenzó.

—Durante un tiempo, un hombre que respondía al nombre de Vitaliano Borromeo fue el tesorero de los Visconti en

Milán. Con el favor del duque, logró reforzar su propia actividad como banquero, abriendo nuevas filiales en Brujas y Londres. Y no solo eso. Fue tan hábil a la hora de entrelazar sus propios negocios con los de la corte ducal que de manera descarada incluso daba apoyo financiero constante a Filippo Maria Visconti. A cambio obtuvo haciendas, feudos y privilegios, lo suficiente para sentar las bases de una ingente cantidad de propiedades. Además de sus grandes posesiones en el lago Mayor acumuló, en casi cuarenta años, el castillo y la villa de Arona con su capilla; Cannobio; la tierra de Lesa y la región del Vergante, Mergozzo y Vogogna, cuyo castillo del siglo catorce, atribuido a Giovanni Visconti, lo fue ampliando él con el tiempo; el valle de Vigezzo, villa Ticino y Gattico. Finalmente, consiguió el título de conde por el feudo de Arona y la autorización para pertrechar la fortaleza con unas fortificaciones imponentes.

En ese momento, Lorenzo hizo una pausa, como si tuviera necesidad, él en primer lugar, de recuperarse después de ese impresionante inventario de tierras y fundos. Se acercó a la chimenea y atizó el fuego. Su hermano seguía escuchando.

—Pero la fortuna de los Borromeo continuó con la figura del hijo de Vitaliano, Filippo, que siguió siendo el proveedor de las líneas de crédito de los Visconti primero y de los Sforza después. Precisamente, Francesco tuvo el feudo de otra serie de tierras, y se las donó a Borromeo, que amasó tal fortuna que al parecer repartió entre sus hijos, al morir, la fabulosa suma de veinticuatro millones de florines de oro.

—¿Millones? —preguntó Giuliano con incredulidad.

Lorenzo asintió.

—Exactamente, pero ahora déjame continuar. Por tanto, de entre sus hijos, el que nos interesa para el propósito que intento explicarte es Giovanni, que ha tenido como única descendiente a la hermosa Beatrice. Ahora, ¿recuerdas a quién se le prometió en matrimonio?

Giuliano lo sabía perfectamente.

—A Giovanni de Pazzi. —Pero le llevó un rato entender adónde quería llegar su hermano—. Quieres decir que... —Casi le daba miedo completar el razonamiento.

—Si un día por casualidad Giovanni faltara, ¿quién crees que va a heredar la fortuna de su padre?

—¡Beatrice!

—Y por lo tanto...

—... Giovanni...

—... de Pazzi —concluyó Lorenzo—. Por eso —continuó—, he aquí lo que propongo hacer. No podemos esperar. No después de lo que le ha pasado a Galeazzo Maria Sforza. Es necesario hacer aprobar una ley, ahora y rápidamente, que impida a los Pazzi poner sus manos en los bienes de Borromeo. Ya he pensado la manera, a decir verdad.

—¿Y cuál sería?

—Hay que prohibir a los maridos heredar los bienes de sus esposas por vía conyugal. Solo así podremos impedir que los Pazzi obtengan legítimamente el tesoro que Beatrice Borromeo reciba en herencia. Es inútil que te diga cuántas dificultades nos podría ocasionar semejante riqueza. Ni siquiera nuestro patrimonio se acerca remotamente al de Borromeo, y si por algún descuido fútil lo dejáramos correr, estaríamos firmando nuestra sentencia de muerte. Los Pazzi ya han obtenido la administración de las minas de alumbre de Tolfa, en calidad de administradores de la Cámara Apostólica. No les podemos permitir este acceso a más riquezas.

Giuliano se acercó a los grandes ventanales del salón.

Miró hacia fuera. La tarde invernal se desteñía en los colores de tinta de la noche.

Ese periodo navideño se anunciaba turbio para su familia. Pero, por fortuna, su hermano estaba vigilante. Lorenzo siempre estaba alerta. Su talento para anticipar los movimientos de los demás era extraordinario. Y sus habilidades políticas, indiscutibles.

—¿Cómo lo piensas hacer? —preguntó.

—Tenemos que movernos para hacer aprobar la ley. Cuanto antes lo hagamos, mejor será, puesto que evitaremos la sospecha de haber urdido una trama contra nuestros enemigos. Diremos que se trata de una norma destinada a salvaguardar la relación de las ramas familiares, de modo que lo que pertenece a una estirpe no se mezcle con lo de otra. Pero ahora lo que importa es reaccionar a tiempo. Haremos promulgar una ley que prive a las hijas de la herencia, en ausencia de hermanos, traspasándola directamente a eventuales primos masculinos. De esta forma evitaremos el aumento de la ya conspicua fortuna de los Pazzi.

—Pero ¿podemos hacerlo?

—Giuliano, no se trata de pedir permiso —suspiró Lorenzo—. Tenemos que actuar así o, créeme, la Casa Médici estará en peligro de extinción.

38

Presagios

La espada no era particularmente pesada, pero después de los primeros golpes se había vuelto de plomo. Ludovico chorreaba sudor frío. Las gotas le perlaban la frente y le goteaban sobre los ojos. Se veía obligado a sacudir la cabeza o a pasarse el guante para secarse lo mejor posible.

Ese hecho parecía divertir a su señor y maestro, Girolamo Riario, que no dejaba de provocarlo y burlarse de él. Su superioridad en el duelo era tanta que a Ludovico aquel ejercicio le parecía completamente inútil.

Paró un par de golpes, se mantuvo firme en otro mandoble que había sido capaz de ejecutar a tiempo, y salió con una estocada tan aventada que Girolamo no tuvo ninguna dificultad en abatirlo, haciéndole perder pie, ponerle el filo de la espada entre los omóplatos y aplastarlo contra la piedra de la sala de armas.

Ludovico levantó la mirada hacia las alabardas bien afiladas dispuestas en los bastidores de madera.

El señor de Imola, entretanto, había estallado en carcajadas.

—El camino será largo, querido mío. Tienes mucho que aprender —enfatizó. Ludovico se volvió a poner en pie con esfuerzo. Sentía los brazos cansados, y al caer se había hecho daño en el hombro, que ahora le dolía.

Se puso en guardia, pero en cuanto alzó la hoja, Girolamo atacó con un tajo de abajo arriba. Ludovico entendió que la espada estaba a punto de rematarlo. Hizo un gran esfuerzo para no perder el control, pero mientras se afanaba en volver a su posición, tras conseguir milagrosamente mantener el filo derecho, advirtió la punta de la espada de Girolamo en la garganta.

El señor de Imola lo miró con una sonrisa malvada en el rostro.

—Tienes que ser más veloz —sentenció, en tanto Ludovico enrojecía de vergüenza—. Y tienes que ponerte más robusto. Eres demasiado delgado, y esas piernas flacas parecen las de un gorrión. Mañana empezaremos de nuevo —concluyó.

Mientras guardaban las armas se les acercaron dos sirvientes que entregaron a los espadachines una tela perfumada con la que enjugarse el sudor. Girolamo ni siquiera la tocó, mientras que Ludovico se secó con cuidado, perdiéndose por un momento en el aroma de rosas.

La parecía renacer.

—¿Y entonces? La maquinación relacionada con el señor Leonardo ha demostrado ser del todo ineficaz, ¿no os parece? Confieso que me esperaba que diera mejores frutos. La fortuna ha querido que alguien haya decidido ayudarnos, matando al Sforza. Se presume que yo estoy entristecido, desde el momento en que he de contraer nupcias con su hija Caterina, pero para ser sinceros, me importa un pimiento.

—Y como confirmación de lo que acababa de decir, Girolamo dejó escapar una risilla.

Ludovico dejó que el señor de Imola se recreara en el chiste. Luego tomó la palabra.

—De cualquier forma —observó—, algún efecto contra los Médici hemos tenido que obtener: he oído decir que las relaciones de Lorenzo con la bella Lucrecia Donati no son tan buenas desde que la chica ha confesado que se acostó con aquel medio sodomita de Leonardo da Vinci. Por lo tanto, quizás hemos conseguido al menos crearle problemas al Magnífico. Ahora, desaparecida la alianza con Milán, el camino parece despejado. Y eso sin contar que le llueven críticas cada vez de más partes por haber fomentado el libertinaje en las costumbres florentinas.

—Y eso, sin duda, es un bien. Y sobre todo ahora que el arzobispo de Pisa está de nuestro lado. Me he asegurado personalmente de que Giovan Battista da Montesecco esté disponible para ponerse al mando de las tropas pontificias contra Florencia, y otro tanto Federico da Montefeltro, el duque de Urbino, que hará su parte. En cuanto a los Pazzi... Bueno, odian tanto a los Médici que me cuesta contener a Francesco para que no actúe ahora y arruine nuestros planes. Hay que convocar a las partes para establecer cómo y cuándo ponernos en marcha, ya que a la luz de los últimos acontecimientos y del escándalo vinculado a la sospecha de sodomía, hasta mi tío es partidario de la muerte de los Médici.

—Por lo tanto, el proceso, por más que infructuoso, ha dado pese a todo algunos resultados —enfatizó Ludovico, no sin un amago de orgullo.

—Naturalmente, pequeño diablo, pues eso es lo que eres. El tema es tan escabroso que, cuando lo supo, el papa saltó de la silla.

—Si forzara una excomunión, sería perfecto.

—Por desgracia, como has señalado tú mismo, el juicio no terminó en condena, por lo tanto no existe en la práctica la posibilidad de tomar una medida de ese tipo. Hasta el papa tiene las manos atadas, en este sentido.

Ludovico suspiró.

—Ánimo, no hay que desesperar —prosiguió Girolamo Riario—. La red está a punto de romperse, y considerado todo en su conjunto, has hecho un buen trabajo; estoy contento contigo. Ahora, corre donde tu madre. Me había pedido que fueras con ella en cuanto hubiéramos practicado una vez más los rudimentos del duelo. Dile que poco a poco vas mejorando y que, desde que ha venido a buscarme, estableciéndose aquí con gran alegría mía, por otro lado, la fortuna parece finalmente favorecernos.

Ludovico llamó a la puerta.

Oyó la voz de su madre invitándolo a entrar. Girolamo Riario le había concedido un amplia ala de su castillo. Laura había hecho arreglar un salón grande. Con el paso de los días, se preocupó de ir llenándolo de mil extravagancias y muebles extraños, y parecía el cuarto de una vidente o una bruja, decorado como estaba con estrellas de cinco puntas y símbolos arcanos, reliquias y extraños libros mágicos, botellas de colores y tarros con polvos, muchos de los cuales a él le resultaban completamente desconocidos.

Ludovico se esforzaba en comprender el sentido de aquellos objetos. Y, sin embargo, su madre era tan importante para él que de buen grado aceptaba sus comportamientos excéntricos y para él inexplicables.

Laura, en la sombra, pasaba con los dedos manchados de

color púrpura las páginas amarillentas de un viejo libro. Poseía unos cuantos, aparentemente antiquísimos, y pasaba la mayor parte de su tiempo absorta en esas lecturas. Cuando no consultaba aquellos tomos de cubiertas oscuras y llenos de ilustraciones inquietantes, leía el tarot.

Pero más allá de sus curiosos vicios, su madre lo era todo para él. Y a ella siempre le rendía cuentas de lo que acaecía en el transcurso de la jornada, exactamente como haría un niño obediente.

—¿Cómo fue? —le preguntó, sin levantar la mirada del libro.

Ludovico se limitó a repetir lo que había dicho Girolamo.

—Riario dice que, poco a poco, estoy mejorando.

Laura levantó la mirada.

—No te he pedido que me dijeras lo que te dijo él. Te pedí que me contaras cómo fue.

Ludovico resopló.

Su madre lo fulminó con la mirada.

—De acuerdo, de acuerdo. Tengo que ser más veloz y estar más robusto. Soy demasiado delgado, según él, y mis piernas flacas no ayudan. La verdad es que siempre me aventaja, como si supiera exactamente lo que yo estoy haciendo, y luego ataco de manera débil y previsible. No lo sé... Sabéis cómo soy; en las actividades físicas no exhibo especial talento, tengo todavía mucho que aprender —dijo Ludovico.

—Entonces tendremos que poner remedio a todas esas carencias.

Sin añadir nada más, Laura dejó el libro. Se acercó a él y lo miró con sus ojos grandes y oscuros.

A Ludovico le parecieron pozos infinitos en los que se ahogaba. Siempre le producían ese efecto, hasta el punto de que si los miraba demasiado tiempo tenía miedo de perderse.

Y esa vez no fue una excepción.

Sin embargo, antes de poder entender lo que estaba pasando, su madre le había desabrochado los pantalones de piel.

Se quedó sin palabras; se puso rígido.

—Relájate —le susurró ella—. Ahora haremos de ti un hombre. Y créeme, al final de esta jornada me habrás poseído tanto tiempo que las piernas se te van a empezar a poner fuertes con toda seguridad.

NOVIEMBRE DE 1477

39

Planes de palacio

Las hermosas ventanas biseladas con vistas a la calle del Proconsolo, decoradas con tres medias lunas, insignia de la familia, filtraban la luz que inundaba el salón del palacio. En los haces luminosos de sol danzaban corpúsculos de polvo que parecían de oro.

El edificio era de singular elegancia gracias al enlucido decorado con frisos y sarmientos que proyectaban sus formas sobre la sólida y equilibrada sillería del suelo subyacente.

El Palacio Pazzi era el más elegante de toda Florencia, por eso resultaba aún más extraño que aquel día se prestase a la trama de un plan oscuro e implacable.

En el salón, Jacopo de Pazzi no acababa de sentirse tranquilo. Sentía en el fondo de su alma que lo que estaba incubando era un fruto podrido que no conduciría a nada bueno. Desde siempre reprochaba a su sobrino Francesco que pasara tanto tiempo en Roma, olvidándose de Florencia, forjando amistades que le metían ideas extrañas en la cabeza. Como, por ejemplo, la que tenía con Girolamo Riario, que ahora se hallaba delante de él: vestido de negro, exactamente como Francesco, con aquel aire tan audaz que resultaba arrogante, desdeñoso de cualquier norma de respeto y hospitalidad, hasta el punto de comportarse como si fuera el amo del mundo. Por lo demás, era el sobrino predilecto del papa, al que los Pazzi ciertamente debían mucho. Quizá demasiado, pensaba Jacopo.

Mientras estaba absorto en tales pensamientos oscuros, el arzobispo Francesco Salviati tomó una copa de vino tinto. Tragó con placer e interrumpió el silencio.

—Excelente vino —comenzó diciendo—. Ahora bien, creo entender que hoy nos hallamos en este maravilloso palacio para decidir cómo resolver la cuestión de los Médici.

—¡Dios mío! —le espetó don Jacopo—. Ya que estamos, pregonémoslo a los cuatro vientos. Os ruego, excelencia, un mínimo de discreción.

—De acuerdo, de acuerdo —respondió el arzobispo, molesto—. En cualquier caso, como quiera que se llame el proyecto, es de eso de lo que estamos hablando.

—Sí, de eso —intervino Francesco—. Mi querido tío, conozco vuestra aversión al plan que estamos madurando. Por otro lado, convendréis conmigo que los Médici han hecho de todo para alimentar nuestro resentimiento: primero han impedido que se barajaran los nombres de nuestros mejores hombres, de manera que nunca viéramos los intereses de los Pazzi representados en el señorío. Luego, como si todo ello no bastara, han impedido a mi hermano Giovanni, vuestro sobrino, adquirir los bienes que legítimamente debería heredar de su mujer, Beatrice. Ahora os pregunto: ¿no es esto exactamente una verdadera afrenta? ¿Qué más tenemos que padecer para poder rebelarnos finalmente contra los abusos de una familia que se comporta como si pudiera decidir sobre nuestra vida, limitándonos a permanecer ocultos y esclavos de su voluntad? Porque, con toda sinceridad os lo digo, ¡yo no tengo intención de seguir mirando mientras me arrebatan lo que me corresponde por derecho!

El viejo don Jacopo sacudió la cabeza. Aquel sobrino suyo había sido siempre un buscalíos. Pero, al mismo tiempo, tenía razón, pues era cierto que Lorenzo se había comportado de una manera vergonzosa al hacer aprobar una ley con el único propósito de perjudicar a los Pazzi. Y eso no era, realmente, un modo de reaccionar justo y loable.

—Francesco —dijo—, tienes razón, no se puede disentir de todo lo que acabas de afirmar. Y, sin embargo, matar a los dos hermanos es un asunto serio y me pregunto si no hay otra manera de resolver esta cuestión. Ten presente que Guglielmo, también hermano tuyo, sigue casado con Bianca de Médici. Por eso, de alguna manera, somos incluso parientes. ¿Te das cuenta? Tal vez se podría pensar en alguna fórmula que favorezca el exilio...

—En otro momento os habría dado la razón. De hecho, yo fui el primero que en el pasado me batí para que se evitase como fuese la solución más extrema, por decirlo de alguna manera. Vuestro sobrino os lo puede confirmar. Pero ¿hoy? ¿Después de todo lo que ha ocurrido? No creo que el confinamiento sea la respuesta. —La voz de Girolamo Riario sonó como un látigo en los oídos de don Jacopo—. Ya actuó Florencia de ese modo una vez, y sabemos todos cómo acabó la cosa. Yo creo que Lorenzo de Médici hace en Florencia lo que le da la gana. Es un político hábil, lo ha demostrado muy bien excluyéndoos de todo cargo o papel; es amigo del pueblo y de la plebe, entre los que se ha garantizado un apoyo incondicional gracias a sus fiestas laicas, y también tiene apoyo entre algunas familias nobles. Pero es un hecho que ha puesto en peligro la moralidad y el decoro. Sobre ese particular, mi tío, el papa, no tiene duda alguna, y aunque todavía no haya logrado imponer una excomunión, sabed que es únicamente cuestión de tiempo. Todos sabemos de las infidelidades del Magnífico, su amor lascivo y loco por Lucrecia Donati, su amistad con un artista sospechoso de sodomía como es Leonardo da Vinci, y su aprecio por el arte licencioso de Sandro Botticelli. ¿Y aún queremos esperar? ¿Esperar a que Florencia se convierta en la cuna de la orgía y de la mala reputación hasta que sea demasiado tarde?

Jacopo de Pazzi suspiró.

—También es verdad eso, no lo niego. Y seguramente se podría hacer mucho por Florencia sin los Médici de por medio.

—¿Os habéis olvidado de lo que han hecho en Prato y sobre todo en Volterra? Permitió que Federico da Montefeltro exterminase a la población desarmada. Los habitantes de aquella desgraciada ciudad todavía lloran por aquellos días de sangre y violencia. ¿Y vos tenéis escrúpulos en exterminar a un hombre semejante? Os lo digo yo: ¡Lorenzo y su hermano Giuliano son la maldición de esta ciudad! Cuanto antes nos liberemos de ellos, mejor será para todos. —Francesco Salviati puso tanta pasión en aquellas palabras que, finalmente, don Jacopo pareció decidirse a dar el apoyo necesario a aquel proyecto infame.

El patriarca de los Pazzi observó al obispo de Pisa de soslayo. En aquella afirmación última suya había percibido toda la verdad que estaba buscando. Puesto que sí era cierto: más allá de los manejos políticos para permanecer en el poder, las costumbres dudosas y poco moderadas, la exhibición molesta del boato, lo que más le había impactado, en aquellos años, era la crueldad con la que Lorenzo había dejado que devastaran las ciudades vasallas de Florencia. Francesco Salviati había logrado, con aquellas palabras, dotarlo de un motivo válido, tal vez el motivo absolutamente más justo, para conceder su aval a lo que se disponían a emprender.

Jacopo de Pazzi se rindió.

—De acuerdo —dijo—. Hay muchas razones para hacer lo que estamos a punto de hacer, pero esta, entre todas, es la más justa, ya que aquellos actos fueron algo indescriptible y vergonzoso que han despojado a nuestra ciudad entera de dignidad. Y por lo tanto os pregunto: ¿habéis elaborado también algún plan?

Girolamo Riario sonrió. Con la emoción apretó la mano de su pupilo, Ludovico, que también estaba presente aquel día. El viejo Jacopo les estaba dando su bendición, y de ese modo el proyecto tenía bastantes posibilidades de salir adelante, puesto que aquel hombre gozaba de prestigio y autoridad en Florencia, por lo que, sin duda, podría convencer a un amplio sector de la nobleza de que apoyara su conspiración.

—En efecto —intervino Riario—, hemos elaborado una estrategia. ¿Quieres explicársela tú, Francesco?

Su sobrino no se lo hizo repetir dos veces.

—Bueno, querido tío; antes que nada, los nombres: Giovan Battista da Montesecco, uno de los capitanes de las tropas pontificias, estará al frente de un contingente a las puertas de Florencia; asimismo, Stefano y Bernardo Bandini, Poggio Bracciolini y Antonio Maffei, cura de Volterra, que quiere venganza para su ciudad. El plan es simple. El arzobispo Francesco Salviati llegará a Florencia desde Pisa en compañía de Montesecco, capitán del pontífice, junto con el joven cardenal Raffaello Riario, otro de los queridos sobrinos del papa Sixto IV, y le rendirán visita, noble tío. Para tranquilizar a los Médici, diremos que el cardenal viene de Roma a Florencia para completar parte de sus estudios y que se hospedará aquí por mera casualidad. De hecho, le daréis alojamiento en la villa de Montughi, fuera de la ciudad. O muy mal los conozco, o Lorenzo y Giuliano serán informados enseguida y querrán, como suelen hacer, invitarlo a su casa. Pues bien: esa podría ser la ocasión propicia.

—Obviamente —continuó Girolamo en su lugar—, mi primo Raffaello Riario estará en ascuas de todo, de modo que sus palabras pueden resultar aún más convincentes, porque serán francas. Cuando Lorenzo invite a una de sus villas a mi joven primo para darle la bienvenida, el arzobispo y el capitán, junto con una pequeña escolta armada, lo acompañarán, y aprovechando el banquete, asesinarán a Lorenzo y a Giuliano, ya que, concordaréis conmigo, don Jacopo, que hay que eliminar a los dos hermanos.

Jacopo asintió. Estaba de acuerdo al menos en ese punto. Si había que hacerlo así, entonces ninguno de los dos hermanos podía sobrevivir. Pero el plan no lo convencía todavía totalmente.

—¿Estáis seguros de la fidelidad a la causa de todas las personas implicadas? No me gustaría que alguna fuera de poco fiar y se echara atrás en el último momento.

—Son hombres de confianza, escrupulosamente elegidos —afirmó Girolamo Riario.

—¿Y vos, señor? —preguntó don Jacopo—. ¿Estaríais con nosotros?

—Me encantaría —dijo el señor de Imola con una sonrisa en el rostro—, pero temo que tendré que renunciar a estar presente.

—¡Ah!

—Pero no tengáis miedo, señor Pazzi; en mi lugar estará este joven noble, mi pupilo, hijo de la señora de Norcia, el señor Ludovico Ricci.

Previendo las reticencias de su tío, Francesco consideró oportuno intervenir.

—Lo he visto en acción, querido tío, y puedo garantizaros que es un joven con muchas cualidades, un muchacho de inteligencia brillante, pero también capaz de reaccionar en el momento oportuno.

—¿Y qué más? —dijo don Jacopo, dando descaradamente a entender que no se tragaba ni una sola de las palabras de su sobrino—. Esperemos que realmente sea así, querido muchacho, ya que de momento lo que veo es únicamente un joven de rostro astuto, y de eso no os echo la culpa, hijo, que quede claro —dijo volviéndose hacia Ludovico—. Lo que quiero decir es que me parece que somos un grupo arracimado al tuntún y desordenado, tanto más cuando aquel que debería capitanearlo es el primero en abandonar la empresa.

—No es así en absoluto —adujo secamente Girolamo, que comenzaba a perder la paciencia—, pero no puedo permitirme que los Médici me vean. Mi tío es el papa, y mi presencia, desde que me he convertido en el señor de Imola contra la voluntad de los Médici, resultaría sospechosa. Sería, en definitiva, un perjuicio a esta misión más que una ventaja. Pero, como os he dicho, dejaré este noble objetivo a quien me resulta más querido, o sea, Ludovico, que será, en todo y para todo, mi plenipotenciario.

—Pues sea —se rindió don Jacopo—. Parece que habéis estudiado el plan hasta el último detalle, y es verdad que son muchas las razones que justifican un acto semejante. Sed, en todo caso, hábiles y avezados y mantengamos el secreto hasta el final, puesto que en esta ciudad ser descubiertos es algo frecuente. Y nosotros no podemos permitírnoslo. Doy por terminada esta reunión porque creo que es mejor que nadie nos vea juntos. Perdonadme, por tanto, si no os invito a quedaros más tiempo.

—Entonces ¿nos estáis despidiendo? —preguntó Girolamo Riario con una cierta frialdad.

—Exactamente —le respondió en el mismo tono don Jacopo, al que el señor de Imola no le gustaba en absoluto, como tampoco apreciaba particularmente al resto del grupo.

Los invitados, al oír estas palabras, se marcharon.

40

La campesina

Leonardo caminaba a lo largo del Ponte Vecchio. Inspiró los olores que impregnaban el aire frío. Sintió el de la carne. Vio los puestos de los carniceros, rojos de sangre. En el suelo, la corteza de nieve helada, llena de restos de carcasas, iba poco a poco fluyendo en regueros oscuros hacia el Arno, que corría más abajo. Las tiendas daban directamente sobre el río. También estaban los colores y los aromas de las verduras: el blanco roto de las coliflores, las remolachas púrpura oscuro, de intenso y dulce perfume, y otro tanto los hinojos. Las potentes voces de los verduleros magnificaban la calidad de los productos, y Leonardo se divertía observando el remolino de colores y formas que desprendía aquel lugar atestado de gente y palpitante de vida.

Después de haber sido absuelto de la acusación de sodomía, había vuelto al taller de Andrea del Verrocchio, que lo había acogido con una gran sonrisa, feliz de que todo se hubiera resuelto para bien. Leonardo sabía que se lo debía todo a Lucrecia; si no hubiera sido por ella, en ese momento, muy probablemente, habría terminado condenado. Aquel acto de generosidad lo había conmovido, aunque sabía que ocultaba la intención de herir a Lorenzo. Y a juzgar por los rumores, lo había conseguido plenamente.

En lo que a él respectaba, se había cuidado mucho de abrir la boca.

Había aprendido que en esos casos, la mejor manera de hacerles frente era desaparecer. Y es lo que había hecho. Había dejado de llevar a cabo sus estudios sobre el cuerpo humano, o, mejor dicho, los había interrumpido, y se había dedicado en cuerpo y alma a la pintura. No es que eso se hubiera concretado en algún tipo de resultado, ya que la insuficiencia de su estilo, por culpa de la imposibilidad de realizar estudios en profundidad sobre las formas y las características anatómicas, lo dejaba decepcionado y molesto al mismo tiempo. Por otro lado, tenía que hacer de la necesidad virtud: se había aplicado con mayor vigor aún, y todo ese esfuerzo había dado sus frutos, puesto que Andrea le había encargado a él, y a Lorenzo di Credi, su amigo y también discípulo del maestro, la misión de completar el retablo del altar que luego iría a adornar la catedral de Pistoia.

Leonardo se entregaba con particular dedicación al intento de representar el rostro de María, bendecida por el ángel Gabriel mientras inclinaba dulcemente la cabeza en señal de aceptación, cruzando los brazos en el pecho. Aquella expresión le estaba dando no pocos quebraderos de cabeza; quería preservar la gracia y la sumisa bondad sin por ello renunciar a la majestuosidad del gesto. Lorenzo di Credi le había tomado el pelo toda la mañana y ahora se estaba devanando los sesos para hallar una solución.

Por eso había decidido salir.

A menudo, las mejores ideas se le ocurrían caminando a lo largo del Ponte Vecchio. Estaba seguro de que era de la vida misma de donde debía sacar su inspiración. Mientras estaba absorto en sus pensamientos, sus ojos observaban, con un destello de luz cegadora, a la gente que se amontonaba alrededor de los puestos de verduras. Unos cabellos de color oro rojo se iluminaron bajo un pálido rayo de sol, y Leonardo distinguió a una muchacha de hombros hermosos que llevaba una cesta vacía. Debía de ser una campesina que iba al mercado para vender su mercancía, quizá castañas. Mientras la observaba moverse entre la gente arremolinada sobre el puente, Leonardo trató de aproximársele, confiando en no ser visto e intentando verle el rostro.

Descubrió en esa cara una pureza que no creyó haber visto nunca.

Se apresuró a esbozar en el papel lo que logró retener, sintiéndose como un ladrón de expresiones; cuánta dulzura en aquel rostro limpio, de ojos claros y de una sinceridad que casi asustaba. El aire frío le había sonrosado levemente la piel, por lo demás blanca como la nieve.

Cuando ella se dio tres cuartos de vuelta, Leonardo la dibujó a increíble velocidad, pues sabía que jamás resultaría más perfecta que de ese modo. Los ojos casi cerrados, las largas pestañas suaves, el pelo que le caía hacia delante, sin ocultar del todo ese rostro tan amable que parecía la esencia misma de la ternura y de la feminidad.

Clarice lo miraba de soslayo. Estaba fascinada por ese hombre. Se decía que vivía completamente ajeno al mundo y perdido en indagaciones que el arte le imponía. Y al verlo ahora, nadie albergaría sobre ello ninguna duda. Estaba tan concentrado en observar a aquella hermosa muchacha, reproduciendo los rasgos simples pero maravillosos en un dibujo, que era casi un milagro que no tropezase llevándose por delante algún puesto de fruta. El dibujo, sin embargo, debía de ser magnífico. Estaba segura. Al comienzo le pareció sospechoso y estuvo a punto de avisar de alguna manera a la joven campesina, pero luego había comprendido que aquel artista extraño, de larga cabellera rubia, no tenía ninguna intención de hacerle daño.

Le vino a la cabeza que precisamente fue a él a quien su marido había encargado el retrato de Lucrecia Donati y, en ese momento, su humor se nubló por un momento. Pero no quería amargarse ese breve instante robado a ambos: a la modelo inconsciente y al pintor espía que, a su vez, no sabía que lo espiaban.

Se sintió viva y, por una vez, divertida. Aunque aquello que miraba tuviera algo de raro y prohibido.

Y, sea como sea, era tan poca la alegría en sus días que incluso un momento como aquel era precioso y, en ciertos aspectos, irrepetible.

Lejos del Palacio de los Médici, allí, entre las tiendas del Ponte Vecchio, Clarice lograba hallar al menos un poco de entretenimiento. Le fascinaban los colores y los gritos y las idas y venidas de la gente y toda aquella energía que parecía comprimida y lista para explotar de un momento a otro.

Y todavía más increíble era ver, sin ser vista, cómo en la confusión del mercado un hombre podía capturar para siempre la simple belleza de una mujer. Había poesía y gracia en ese episodio que sucedía ante sus ojos.

Clarice pensó que lo guardaría para sí, como una de las pocas cosas hermosas de las cuales uno no se desprende.

Sonrió.

Luego adelantó a Leonardo y volvió a casa.

ABRIL DE 1478

41

La espera

Jacopo de Pazzi temía que todo fuera un error. Lo presentía en el fondo de su alma. El miedo, en ese punto, era que ocurriera una vez más lo que había pasado el día anterior: que durante la misa de Pascua faltara una de las dos personas más importantes: Giuliano de Médici.

Santa Maria del Fiore estaba atestada de feligreses. Los nobles, los representantes de los gremios, el pueblo llano y la plebe ocupaban desde la primera hasta la última fila de bancos. El olor acre del incienso, el perfume de las coronas de flores, el esplendor de los atuendos de señores y señoras de las familias más poderosas de Florencia... Todo estaba ya en su justo lugar.

Incluso aquel joven cardenal, Raffaello Riario, ajeno a todo, estaba precisamente allá donde tenía que estar: en el altar mayor para oficiar la misa.

Pero faltaba Giuliano.

Y ya había estado ausente con ocasión de la fiesta organizada por Lorenzo para el joven Riario en la villa de Fiesole, el día antes. Había mandado decir que se sentía indispuesto.

Ese hecho no se habría mostrado falto de consecuencias, ya que él y Francesco habían tenido que encontrar una solución. Desde luego, no Girolamo Riario, que se hallaba bien repantigado y a buen recaudo entre los muros de su castillo de Imola.

La fortuna había querido que su pupilo, el diabólico Ludovico Ricci, mostrara una buena dosis de sangre fría y propusiera una estratagema eficaz mientras los conspiradores desesperaban por no poder, finalmente, consumar su venganza: sugerir al joven cardenal que le pidiera a Lorenzo acompañarlo durante la misa solemne del domingo de Pascua. Esa que él mismo había celebrado en Santa Maria del Fiore.

Había sido un auténtico golpe de genio.

De esa manera, los Pazzi y los otros conspiradores podrían matar a los dos hermanos durante la ceremonia. Pero en ese punto, Giovan Battista da Montesecco, capitán de las tropas pontificias, había rechazado participar en el complot, aduciendo como razón que jamás derramaría sangre en una iglesia.

En realidad, Jacopo consideraba que el capitán del ejército pontificio estaba meditando si abandonar la compañía de los conspiradores desde hacía ya un tiempo, y que aquella era la mejor excusa que había logrado encontrar. Pero independientemente de aquello, los Pazzi no podían renunciar a tener un sicario que fuera capaz de eliminar a Lorenzo.

A toda prisa, entonces, su sobrino había cambiado los planes. Tras consultarlo con Francesco Salviati habían implicado a dos sacerdotes, Stefano da Bagnone y Antonio Maffei; el segundo, por lo demás, ya había sido considerado en el elenco de los conspiradores. A ellos se les encomendaba la misión de degollar a Lorenzo.

Por esa razón, aquella mañana, él, Francesco Bernardo Bandini, Ludovico Ricci y los dos curas en cuestión se encontraban en la catedral.

Francesco Salviati, junto con Raffaello Riario, se habían topado con Lorenzo en la parte consagrada de la catedral; le habían deseado una buena Pascua y habían constatado la ausencia de Giuliano.

Pero luego, cuando entraron en la iglesia, la espera se había vuelto aún más inquietante. Existía el auténtico peligro de que tampoco ese día el más joven de los Médici se dejara ver.

Por ello, ahora, su sobrino Francesco y Bernardo Bandini se estaban alejando del banco para dirigirse hacia la salida: para ir al Palacio de los Médici y tratar de convencer a Giuliano de que participara en la misa.

Jacopo de Pazzi tenía sudores fríos. Tenía la mente puesta en Niccolò da Tolentino, acampado en el más absoluto secreto a las afueras de Florencia con un ejército de dos mil soldados, esperando la señal para entrar en la ciudad y abalanzarse con los suyos sobre el Palacio de la Señoría al grito de «Pueblo y libertad». Francesco Salviati, entretanto, tenía que ser capaz de tomar el palacio desde dentro, poniendo fuera de combate a los guardias y a los *gonfalonieros* de Justicia.

Pero más allá del hecho de que se pudiera encontrar, *in extremis*, un nuevo plan, el patriarca de la segunda familia más poderosa de Florencia continuaba desesperándose.

Era una mañana infausta. El tiempo pasaba y de Giuliano no había ni rastro.

Jacopo se obligó a mantener la calma, o todos acabarían por darse cuenta. Tenía que comportarse con normalidad, como hacía siempre en esas ocasiones. Se esforzó en sonreír a los sobrinos y de prodigar algún apretón de manos. Pero no estaba convencido. La conciencia de que todo estaba yendo mal le hacía sentirse inseguro. Tenía los nervios destrozados, y muy pronto amigos y conocidos se percatarían de que estaba tramando algo. Había sido un idiota por aceptar participar en aquella conspiración improvisada, mal organizada; de hecho, era un loco, como decía su propio apellido.

Mientras estaba absorto en esos pensamientos, vio que la mano derecha le temblaba ostensiblemente. Se sujetó la muñeca con la izquierda, confiando en que nadie lo hubiera notado. Los anillos que llevaba en los dedos emitían un brillo iridiscente, reflejos resplandecientes que parecían, por un momento, querer revelar todo el terror que él albergaba, como si en ellos estuviera instalada la esencia de un diablo maligno, deseoso de desenmascararlo frente a todos.

Negó con la cabeza una vez más, en un desesperado intento de librarse de aquellas ideas absurdas, pero voces monstruosas le llenaban la cabeza de sonidos inarticulados y terribles: habría querido taparse los oídos, pero luego se dio cuenta de que no tenía sentido, ya que no eran más que las sugestiones de su propia mente.

Miró ante sí, hacia el altar, esperando que todo acabara lo antes posible.

Intentó convencerse de que Francesco y Bernardo tendrían éxito en su intento y de que en un rato más habrían logrado llevar a Giuliano de Médici a la iglesia, pero incluso poniendo toda su buena voluntad, no lo creía posible.

Esperaba equivocarse.

Esperaba que, al final, todo saliera según los planes.

Francesco de Pazzi y Bernardo Bandini iban a paso rápido, casi corriendo, hacia el Palacio de los Médici, en la Via Larga.

Qué es lo que había impedido a Giuliano estar presente en la iglesia seguía siendo un misterio. Pero Francesco sabía que, cualquiera que fuera la razón, tendría que convencerlo para que se acercara a la catedral. Es verdad que no iba a ser fácil, vistos los acontecimientos. Con seguridad, Giuliano no se fiaría de él.

—Háblale tú —dijo a su acompañante—, de mí no se fía.

—¿Y qué le digo? —preguntó Bernardo. Su voz sonaba insegura. Estaba nervioso y no lograba ocultarlo.

—Que Lorenzo lo llama, que lo necesita... ¡Lo que sea!

—¿Y crees que me va a hacer caso?

—Será mejor que así sea —dijo Francesco. Un relámpago de crueldad le encendió la mirada y Bernardo empezó a temblar.

—No sé si podré hacerlo... —anunció con la voz ahogada, con el aliento entrecortado a causa de lo que ya se había convertido en una carrera. Francesco, que iba delante, se detuvo de repente, lo agarró por las solapas y lo empujó contra un muro del palacio.

—Escúchame: no tengo ni idea de cómo lo vas a hacer ni me importa, pero tienes que conseguirlo; si no, te corto el cuello también a ti. ¿Me he explicado bien? —Francesco tenía los ojos desorbitados. Ladraba aquellas órdenes mientras unos espumarajos blancos le salpicaban la barba negra. Bernardo tragó saliva con dificultad. Sintió que el terror le oprimía la garganta. Asintió, no podía hacer nada más.

—De acuerdo —confirmó con un hilo de voz—. Lo lograré.

—Bien, eso era lo que te quería escuchar decir —subrayó Francesco. Luego estalló en carcajadas de una manera que a Bernardo le heló la sangre. Lo soltó y le dio una palmada en los hombros.

Volvieron a caminar hacia la Via Larga.

Al avistar el Palacio de los Médici, Francesco cedió el paso a Bernardo, quedando lo menos expuesto posible.

Al llegar ante la puerta, llamaron hasta que un siervo acudió a abrirles.

—Soy Bernardo Bandini. Vengo a por Giuliano de Médici. Su hermano Lorenzo me manda decirle que vaya con él inmediatamente a la catedral para la misa solemne del domingo de Pascua. No puede faltar. ¿Le podéis transmitir mi mensaje?

—Por supuesto, mi señor —respondió el criado—. Si entretanto lo queréis esperar...

—Lo esperaremos en el patio —dijo bruscamente Francesco.

—Muy bien. —El sirviente avanzó por delante de él y subió la escalera que llevaba a los apartamentos del primer piso.

Bernardo y Francesco se quedaron esperando en medio del patio.

42

Laura Ricci

Nunca se lo hubiera perdido. No ese día.

Laura degustaba la venganza, tanto tiempo esperada. La había cultivado desde hacía tanto que casi se había olvidado de cuándo había comenzado aquella obsesión. Su mente la trasladó a muchos años antes, cuando Rinaldo degli Albizzi se la había llevado consigo y le facilitó medios para vivir una vida que al principio le pareció fabulosa y que después se había ido tiñendo con los colores oscuros del resentimiento, del rencor y del amor roto.

¿Y ahora? Los Médici exterminados. En Santa Maria del Fiore. Era un plan perfecto y que dejaba buen sabor. Le parecía magnífico que la sangre se vertiera precisamente debajo de la cúpula de Filippo Brunelleschi, la que había querido a toda costa Cosimo de Médici, el abuelo de Lorenzo y Giuliano. En cierto sentido, su odio había sabido esperar, y ese domingo, los años de espera habían encontrado su justa recompensa.

Venganza para sí misma. Para Reinhardt Schwartz. Para

su amor asesinado. Existía la justicia, a fin de cuentas. Miró con alegría el rostro de su hijo. El corazón se le llenó de orgullo. Delante de ella, a tres bancos de distancia, se hallaba Lorenzo de Médici.

Es verdad que faltaba Giuliano. Pero llegaría, tenía confianza en ello.

Le divertía el hecho de que Lorenzo no supiera quién era ella. Experimentaba un gran placer ante la idea de ver a los descendientes de sus enemigos jurados morir ante su mirada, tanto más por ser ajenos al papel que ella había desempeñado en toda aquella historia. Cosimo y su hermano se revolverían en sus tumbas. Pero los destinos de sus nietos ya estaban marcados.

Esperaba que Francesco de Pazzi y Bernardo Bandini lograran su objetivo. Y rápido. La misa ya había comenzado, y a ese paso iba a finalizar sin ellos.

El momento elegido para iniciar el derramamiento de sangre era el *Ite missa est*, por lo tanto había todavía tiempo, se repetía Laura.

Tomó la mano a Ludovico. La apretó. Él la miró. Su rostro se iluminó con una sonrisa. La veneraba, y ese hecho le procuraba una alegría indescriptible. Porque en aquella devoción, en aquel amor sin medida que sentía hacia ella, encontraba el consuelo a los sufrimientos de toda una vida. Había valido la pena soportar renuncias y dolores, humillaciones y violencias solamente para poder tener un hijo como Ludovico. Los unía un sentimiento indescriptible, algo que ella había sentido solo hacia Schwartz, hacía mucho tiempo.

Él le besó la mano como si fuera una reliquia. Laura se estremeció. Quería lamerle los labios justo en ese momento. El solo hecho de pensarlo la ponía en éxtasis. A menudo tenía pensamientos impuros con respecto a Ludovico y sentía complacencia en llevarlos a la realidad cada vez que podía. Él, por su parte, se entregaba a ese deseo. Era un amante dócil, capaz, sin embargo, de volverse fuego, es verdad, pero aún más dispuesto a satisfacer cualquier deseo suyo, cualquier petición, incluso hasta la más extravagante y ofensiva.

Sonrió. Contuvo una risotada que amenazaba con ser irrefrenable. Estaba muy excitada. Y le divertía infinitamente estar en una iglesia. Eso que todos consideraban un templo, un lugar sagrado, la catedral de Dios, no significaba absolutamente nada para ella. Porque aquel ser superior que todos se aprestaban a celebrar y a rogar nunca había mostrado interés en ella, ni había movido un dedo para evitar lo que no se podía ni nombrar. Por lo tanto, ¿por qué preocuparse o atormentarse por lo que pudiera pensar de sus deseos?

Más tarde.

Mas tarde, se repitió, celebraría debidamente el triunfo.

Pero por ahora tenían que estar ojo avizor. Preparados. Ludovico tendría que ayudar a Francesco y a Bernardo a matar a Lorenzo. Llevaba un puñal escondido en la casaca de terciopelo azul. Laura estaba segura de ello. Su sed de sangre era la misma que la suya, si es que no era incluso mayor.

Era su hijo, después de todo.

Giuliano bajó la empinada escalera de mármol que llevaba al patio. Desde arriba vio a Francesco de Pazzi y a Bernardo Bandini, que lo estaban esperando. Aquella mañana llevaba un jubón celeste. No vestía la coraza de cuero. Hacía varios días que no se sentía bien. Durante una cacería reciente se había hecho daño en una pierna y en un costado: nada demasiado serio, pero lo suficiente como para que llevar protecciones rígidas le resultara molesto.

Al llegar al pie de la escalera los saludó a ambos. No se fiaba de Francesco de Pazzi, pero la presencia de Bernardo Bandini lo tranquilizaba. No era exactamente un amigo, pero sentía la estima necesaria como para considerarlo un conocido de buen fondo. Fue él quien le habló.

—Mi querido Giuliano, perdonad que os molestemos, pero vuestro hermano Lorenzo nos ha dicho que viniéramos a buscaros. En Santa Maria del Fiore se celebra una misa solemne de Pascua en honor al joven cardenal Raffaello Riario, tan querido por todos nosotros. De hecho, como bien sabéis, es él quien oficia la misa. Lorenzo os pide que os deis prisa, ya que, tras haber hecho retrasar el comienzo de la celebración esperando por vos, ha tenido que permitir al nuevo cardenal que dé comienzo.

—¿Cómo es que no ha venido él personalmente?

—Porque no quería ausentarse, obviamente. Alguien se tenía que quedar con el joven cardenal. —Bernardo Bandini fue rápido con la respuesta. Tras la tensión inicial, parecía haber encontrado las palabras adecuadas, y aun sin ser un buen orador, expresaba la suficiente cortesía como para resultar convincente a ojos de Giuliano.

Francesco permanecía en silencio, limitándose a asentir. Parecía tranquilo.

—Raffaello Riario se quedaría muy decepcionado por vuestra ausencia. Le importaba muchísimo que vos estuvierais presente —continuó Bernardo.

Viéndolo tan preocupado, Giuliano decidió tranquilizarlo. Sus palabras tenían todo el sentido del mundo, y era verdad que Lorenzo tenía alta estima a aquel joven cardenal. Aquella mañana no podía permitirse ausentarse. Tenía que hacerse visible.

—Amigo mío —dijo finalmente—, no temáis, estoy listo. Por desgracia, por culpa de una caída del caballo no puedo correr, pero pondré todo de mi parte para llegar a la catedral lo más rápidamente posible.

Entonces se pusieron en camino.

Atravesaron el patio, dejando a sus espaldas los magníficos arcos y las columnas que lo rodeaban.

El *David* de Donatello, con su mirada ambigua y aquella pose singular, casi descarada, pareció observar por un momento aquel grupo dispar.

Salieron a la calle.

Bernardo iba al lado de Giuliano. Francesco, delante, a varios pasos. De repente, el joven Médici pareció tropezar y Bandini lo sostuvo.

—Ánimo, amigo mío —dijo con jovialidad—. ¡No os podéis perder un evento tan importante! —Y lo abrazó, asegurándose una vez más de que Giuliano no llevaba ningún tipo de protección, ni tampoco alguna daga o algún puñal.

Giuliano apreció, ingenuamente, aquella atención. La interpretó como un gesto de afecto hacia él.

Por lo que respecta a Francesco de Pazzi, poco hay que decir: estaba concentrado en lo suyo y no deseaba en ningún caso estar informado sobre su salud ni nada que tuviera que ver con ella. Lorenzo lo odiaba, pero Giuliano, a fin de cuentas, no experimentaba un especial resentimiento hacia el joven sobrino del viejo Jacopo. No estaba muy metido en política. Prefería con mucho el arte, la literatura y las mujeres hermosas y, aunque recordaba que era justamente Lorenzo el que había hecho aprobar la ley que había impedido a Giovanni, hermano de Francesco, quedarse con la abundante fortuna heredada de su mujer, Beatrice Borromeo, no consideraba que mereciese las atenciones de los Pazzi.

43

Antonio Maffei

En cuanto los vio entrar, Lorenzo dejó de preocuparse. Le hubiera disgustado no ver a su hermano. El joven cardenal era un ser delicioso, y que Giuliano se hubiera ausentado de la fiesta del día anterior había sido una verdadera lástima. Lorenzo sabía que se había caído del caballo, hiriéndose levemente, pero también tenía la impresión de que esos días había algo que estaba angustiando a su hermano. No había querido indagar, ya que creía que se trataba de asuntos del corazón y, en una materia semejante, se sentía la persona menos indicada para dar consejos.

Al entrar había visto a Lucrecia. No pudo dedicarle más que un instante fugaz porque, apenas puso sus ojos en ella, había desviado la mirada.

¿Todavía estaba enojada con él?

Giuliano se había quedado unos bancos más atrás, cerca de donde se encontraba Gentile de Becchi.

Los feligreses estaban recibiendo el cuerpo de Cristo en el rito de la comunión.

Lorenzo dejó que su mirada vagara alrededor por un momento. Cuando se hallaba en Santa Maria del Fiore, sus ojos necesitaban llenarse, al menos por algunos instantes, de toda la maravilla que allí se albergaba.

Era un juego, un pasatiempo tonto, pero se concedía tan pocos que no quería renunciar a aquel.

Cada vez que entraba en la catedral se quedaba hechizado al admirar la altura de las columnas, que cortaban el aliento, y los vanos de las bóvedas. Parecía que los arquitectos hubieran querido realmente unir en aquella obra extraordinaria el cielo y la tierra. Los vitrales policromados, diseñados en su mayoría por Donatello y Lorenzo Ghiberti, creaban juegos de colores entre los rayos de sol que se filtraban hacia el interior.

Suspiró, subyugado por la belleza y por la maravilla.

Volvió con su mente a unos días antes. Cuando había salido de casa, aquella mañana, intentó coger la mano de Clarice, pero ella lo había evitado. Pensaba en todo lo que ocurría últimamente. También en público. Todos los veían. Por otro lado, ¿cómo podría echárselo en cara? La había descuidado durante mucho tiempo, y había en ella un resentimiento más profundo que cualquier convención social. No podía, estaba claro, culparla a ella. Habría querido remediarlo, pero no tenía ni idea de cómo resolver la situación, aunque solo fuera porque a pocos bancos de él estaba también la mujer a la que quería realmente y que ahora, con toda probabilidad, lo odiaba a su vez.

Habría querido volver atrás. Habría querido volver a vivir de manera diferente aquellos diez años y volverse a encontrar de nuevo allá, aquella mañana de Pascua, rodeado de amor. Había estado tan absorbido por asuntos políticos y en el proyecto de defender la supremacía conquistada por los suyos que había perdido todo tipo de afecto. Lo que más le amargaba era que ninguna de las personas que estaban cerca de él comprendiera su aflicción. Sobre todo, Lucrecia y Leonardo.

Pensaba en lo que le había dicho su amigo hacía mucho tiempo. Que el poder le había arrebatado todo lo demás. Era un hombre solo, y con el tiempo había aceptado aquellas consecuencias como el precio a pagar por gobernar Florencia. No había sido su elección; de hecho, nunca había elegido nada. Tras la muerte de su padre, las principales figuras de la ciudad decidieron que le tocaba a él la tarea de gobernar.

Recordando los años pasados, mientras los cánticos se elevaban, envolviendo los infinitos espacios de los pasillos, se dio cuenta de hasta qué punto tuvo que cultivar el arte del compromiso y del cálculo, ya que era de números y de matices de lo que se alimentaban los frágiles equilibrios de la política. Y a ella se había consagrado en cuerpo y alma. Incluso sabiendo que habría querido hacer otra cosa.

Pero no había sido posible.

Estaba condenado.

Y así es como estaba allí, ese domingo de Pascua: marido infiel, amante repudiado, amigo indigno de confianza.

Y no había modo de cambiar lo que estaba hecho.

Esperaba que desde algún lado, si realmente existía, Dios se apiadara de él.

Antonio Maffei se había acercado lo más posible al banco del Magnífico. Esperaba poder aprovechar esa situación sin ser estorbado. Lorenzo estaba protegido por un círculo de amigos y guardias que con seguridad no dejarían que se aproximara impunemente un desconocido.

Pero, al menos, el hecho de ser un cura jugaría a su favor. Miró de soslayo a su compañero en aquella Pascua de sangre: Stefano da Bagnone. No lo conocía. Lo habían elegido cuando el capitán Giovan Battista da Montesecco se había echado atrás. Pero no le inspiraba ninguna confianza. Tenía los ojos vidriosos, las manos sudadas. Parecía llevar escrita en la frente la palabra *asesino*. Continuaba llevándose la mano a la altura del costado, debajo de la cintura, donde había colocado el puñal con el que tenía que atacar a Lorenzo.

Esperaba que al menos tuviera la decencia de no complicar las cosas.

Por lo que a él mismo respectaba, Maffei no veía la hora de apuñalar al Magnífico. Hacía mucho mucho tiempo que esperaba ese momento. Seis años, ya. Desde que su amada Volterra se había convertido en un ruego a voz en grito, un puñado de hombres masacrados por los soldados de Federico da Montefeltro. Recordaba aún aquel amanecer teñido de sangre: las calles de la ciudad atestadas de cadáveres, las cabezas clavadas en las picas, las mujeres violadas y abandonadas para que muriesen entre escombros e inmundicias.

Con solo evocarlo se le revolvía el estómago. Y aunque después de los acontecimientos casi todos los florentinos se esforzaron en echar la culpa al capitán mercenario, él sabía perfectamente que era Lorenzo de Médici el que había ordenado el exterminio de la ciudad. Que lo hubiera hecho con toda la intención o que, simplemente, hubiera aceptado ese resultado, poco importaba. A sus ojos, era lo mismo. Si lo hubiera querido, el Magnífico habría podido subir a caballo e ir en persona a impedir la matanza. Pero no lo había hecho. Se había quedado tras los muros de su ciudad, desinteresado por completo de lo que sucedía en Volterra.

¡Hijo de perra!

Por eso, ahora, Antonio Maffei se sentía preparado.

Más aún: ¡se sentía impaciente! No dudaría. Evidentemente, no tenía que subestimar la situación. Por más que se sintiera en su elemento en ese instante, tenía que ir con cuidado. Tenía que dar un mandoble con fuerza, tratando de acertar en el cuello o el costado de la víctima. Si la primera puñalada fuera decisiva, todo sería mucho más fácil. Y viceversa: un titubeo, un golpe errado, cualquier equivocación, podrían resultar fatales.

Los conspiradores contaban con la sorpresa, pero tras unos primeros momentos de desorientación, los más leales a los Médici reaccionarían. Pero si, de manera rápida y letal, se las arreglaran para matar a los dos hermanos, el terror y el miedo serían tan grandes que permitirían a los instigadores alejarse y desaparecer entre la multitud. Entretanto, Francesco Salviati se encaminaría con su séquito hacia el Palacio de la Señoría. Los mercenarios, disfrazados de dignatarios y sirvientes del arzobispo de Pisa, se lanzarían oportunamente contra la guardia de palacio, conquistándolo y acabando así con el poder de los Médici. A modo de refuerzo, desde la Porta di San Gallo, entrarían los hombre de Niccolò da Tolentino.

El plan tenía una cierta solidez ante sus ojos. Bastaría con mantenerse fríos y despiadados y, respecto a ese asunto, Antonio Maffei podía estar seguro de satisfacer plenamente los requisitos. No iba a fallar precisamente el día en que se le permitía vengar a Volterra.

Un poco más, y todo habría terminado.

44

Ite missa est

Raffaello Riario miró a los fieles con benevolencia. Su mirada buscó entre la multitud, deteniéndose en Lorenzo de Médici, que tan cercano a él se había mostrado en los últimos días. Con un simple gesto de cabeza expresaba toda su gratitud.

Lorenzo le devolvió la cortesía con una señal imperceptible.

Sonrió.

Después, Raffaello pronunció la fórmula de despedida.

En el momento mismo en que estaba a punto de llegar donde su hermano, Giuliano sintió que algo frío le aguijoneaba el pecho. No tuvo ni tiempo de comprender de qué se trataba cuando se encontró de rodillas, con el jubón impregnándose de rojo. Delante de él, Bernardo Bandini blandía un puñal goteante de sangre.

Algo se le hundió en la espalda, haciéndolo caer sobre el mármol de la catedral.

Francesco de Pazzi había arrojado al suelo de una patada a Giuliano y se le había puesto encima a horcajadas. Gritó como un demente y le asestó varias puñaladas.

Una. Dos. Tres. Cuatro.

Con cada ataque, un cerco escarlata salpicaba todo alrededor, mientras un charco oscuro se extendía debajo del pecho de Giuliano.

El más joven de los Médici se quedó en el suelo, incapaz de moverse. Gorgoteaba su propio dolor. Burbujas de sangre que le explotaban en la boca, el rostro manchado y sucio como el de un perro despedazado por los lobos.

Francesco de Pazzi parecía una bestia. Apuñalaba con un ardor impresionante y continuaba clavando la hoja del puñal en el cuerpo ya destrozado de Giuliano. De repente, en el enésimo ataque, el puñal se desvió en una extraña trayectoria, y terminó clavándoselo en el muslo. La punta le perforó las calzas y después la carne. La sangre del verdugo se mezcló con la de la víctima. Francesco gritó por aquel dolor tan agudo como inesperado.

Los feligreses que llenaban las naves estallaron en gritos desesperados.

Giuliano aulló. Su voz ya no tenía nada de humano.

—¡Piedad! —gritó alguien. Una mujer que se acababa de levantar del reclinatorio cayó desmayada contra los bancos.

Otros gritos se escuchaban, amargos, entre las naves.

Lorenzo acababa de abandonar el banco en que se hallaba sentado cuando oyó los gritos ahogados de alguien que iba tras él.

Se volvió para ver lo que estaba sucediendo. Sintió que algo le rozaba el cuello. No logró entender de qué se trataba y se llevó la mano a la garganta. La miró y la vio chorreante de sangre. Entretanto, frente a él, en el centro de la nave, Francesco de Pazzi estaba cosiendo a puñaladas el cuerpo ya exánime de su hermano.

—¡Giuliano! —gritó con todo el aliento que tenía—. ¡Giuliano! ¡Giuliano! —Pero su hermano no podía responderle. Vio cómo Francesco de Pazzi alzaba la mirada y movía los labios en una sonrisa que dejaba al descubierto sus dientes blancos. Tenía el rostro salpicado de sangre.

En ese momento, otro puñal silbó en el aire. Lorenzo esquivó el ataque casi de milagro echándose a un lado, y tropezó con las losas de mármol del suelo. Se llevó la mano a la daga que llevaba consigo mientras impactaba con el hombro en el mármol.

—¡Becchi! —gritó. Pataleaba nerviosamente tratando de ponerse en pie. Luego se agarró a un banco y logró arrodillarse. Entretanto, otro mandoble silbó a un palmo de él y se clavó en la madera. Algunas astillas volaron lejos en un remolino de tintes blancos y marrones. Lorenzo levantó la mirada: no tenía idea de quién era su atacante. Vio a un cura con los ojos inyectados de sangre.

—¡Muere, hijo de perra! —gritó el otro, preparando el puñal para un nuevo ataque. Lorenzo se agachó instintivamente y sintió el filo cortar el aire justo por encima de él. Saltó hacia delante y cargó contra el agresor con todo el peso de su cuerpo. Sintió el chasquido seco de un hueso que se rompía. El cura se golpeó contra un banco, perdiendo el arma que empuñaba y que quién sabe adónde fue a parar, tintineando sobre el mármol.

—¡Lorenzo! ¡Lorenzo! —gritaba Gentile de Becchi, daga

en mano. Junto a él corrían dos guardias con las espadas desenvainadas y manchadas de sangre—. ¡A la sacristía! ¡A la sacristía! —gritaba.

—¡Giuliano! ¿Dónde está Giuliano? —repetía desesperadamente Lorenzo. Luego vio a Lucrecia.

Tenía los ojos abiertos de par en par.

Petrificada, con la boca abierta en un grito mudo, se apoyaba en un banco para no caer. Lorenzo se lanzó hacia ella. Con el rabillo del ojo había visto acercarse a Bernardo Bandini solapadamente, con la idea de cortarle el cuello. Pero Lorenzo fue más rápido, y cuando Bernardo amagó el golpe con la daga, logró parar el ataque justo a tiempo. Sin embargo, la rabia y la energía de Bandini eran tales que el arma, aunque desviada de su trayectoria original, alcanzó la manga del jubón de Lorenzo, causándole un profundo corte en el brazo.

—¡Lucrecia! ¡Lucrecia! ¡A la sacristía, rápido! ¡Aquí nos van a matar a todos!

—¡Lorenzo! —gritó ella—. ¡Estás herido!

—¡Vete! —se limitó a responderle él.

En cuanto Gentile de Becchi llegó, tomó a la joven Donati por un brazo, arrastrándola hacia la sacristía. Lorenzo comenzó a retroceder. Los guardias que tenía delante protegían su retirada. Francesco Nori, uno de sus hombres más fieles, estaba con ellos. Había sido alcanzado por un arma. Un joven de negros cabellos y jubón rojo le había dado de lleno en el pecho: el puñal lo atravesaba de lado a lado.

Los guardias, furiosos por aquel asalto, reaccionaron apuñalando al joven desde dos lados diferentes, dos dagas mordiéndole los costados. No había tenido la posibilidad de escapar de aquel ataque cruzado. Se desplomó en el suelo, mientras por debajo de él la sangre iba fluyendo por las losas de mármol.

Pero Lorenzo, Lucrecia, Becchi, Braccio Martelli y otros leales a los Médici habían llegado ya a la sacristía y cerrado la puerta tras de sí.

—¡Giuliano! —gritó el Magnífico—. ¡Giuliano! —La voz se le ahogaba en la garganta.

Lucrecia lo abrazó, bañada en lágrimas. Después miró el corte del brazo.

—¡Por favor, traed vendas! —gritaba—. ¡O morirá desangrado! ¡Rápido!

Mientras Braccio Martelli y dos de sus hombres atrancaban la puerta, poniendo delante todo aquello que encontraban: cofres, un armario, dos mesas e incluso sillas, Gentile de Becchi, con gran presencia de ánimo, cortó una manga de su propia casaca.

—Usadla como venda. Pero primero limpiad la herida.

Lucrecia tomó un poco de agua de una botellita que estaba encima de una de las mesas de la sacristía. Encontró unos enseres religiosos encima de un cofre. Cogió una estola magníficamente bordada y la empapó de agua. Limpió lo mejor que pudo la herida del brazo y también la del cuello, que, no obstante, no era más que un corte superficial. Entonces Lucrecia enrolló alrededor del brazo la estola blanca y la sujetó bien. No era una obra maestra, pero al menos serviría para detener la hemorragia y hacerla más lenta.

Lorenzo estaba sentado contra la pared.

—Giuliano —murmuró—. Giuliano.

45

Palacio de la Señoría

Tenía los ojos desorbitados, el rostro deformado por la ira. La voz se le había vuelto ronca con el ardor con que había gritado: «¡Pueblo y libertad!» Francesco Salvati parecía un alma en pena cabalgando a lomos de un corcel escuálido.

Al verlo reducido a ese estado, devorado por el rencor y el miedo, se lo podía haber tomado por uno de los cuatro jinetes del Apocalipsis.

Eran pocos los que habían respondido a ese grito a lo largo del camino, pero, aunque otra cosa no, al menos había conseguido llegar indemne a las puertas del Palacio de la Señoría junto a su banda de mercenarios de Perugia.

Dejaron los caballos en la plaza y pasaron el Palacio Municipal, y los hombres entraron en el palacio. Salvati ordenó a algunos que custodiaran la entrada mientras él se acercaba a hablar con el *gonfaloniero* de Justicia, con el objetivo de tomar posesión de los pisos superiores.

Subió la escalera como si el diablo le fuera pisando los talones, pero muy pronto se dio cuenta de que la mayor parte de los suyos se había quedado abajo.

De los treinta hombres que estaban con él, solo tres o cuatro lo siguieron por la escalera. Tal vez no había sido suficientemente claro al dar las órdenes.

Decidió entonces no pensar más y se encaminó hacia el primer piso. Al llegar allí le preguntó a un guardia si podía hablar con el *gonfaloniero* de Justicia.

—El señor Petrucci está almorzando —le respondió el hombre. Tenía largos cabellos rubios y una nariz aguileña. Dos ojos grises lanzaban una luz burlona—. En cualquier caso —continuó—, ¿a quién tengo que anunciar?

—Francesco Salviati, arzobispo de Pisa.

—Bien es verdad que es una hora muy extraña para hablar con el *gonfaloniero*.

—Se trata de una urgencia —insistió Salviati, con la voz temblorosa de miedo e incertidumbre. El otro suspiró.

—De acuerdo, veré qué puedo hacer. Si entretanto queréis esperar al señor Petrucci allí... —Y con un gesto de la cabeza le señaló al arzobispo un estudio recogido y cómodo, tenuemente iluminado.

Mientras el hombre se alejaba, Salviati entró y se puso a esperar.

¿Qué demonios le iba a decir?, pensaba.

Él y sus hombres habían creído que iban a tomar el palacio en un momento, pero habían subestimado la situación. Esperaba que cada uno hubiera cumplido con su parte, mientras el tiempo pasaba arrebatándole la poca seguridad que le quedaba.

Después de un rato, entró el *gonfaloniero*. Era un hombre imponente, de ancha espalda y mirada sincera. Tenía un pasado como capitán mercenario y era un hombre más que leal a los Médici.

Tratando de ser convincente, Francesco Salviati esbozó la mejor de sus sonrisas.

—Señor, qué suerte que hayáis podido recibirme. Venía a buscaros porque os traigo un mensaje... —Pero las palabras se le ahogaron en la garganta, ya que su tono melifluo no parecía surtir ningún efecto.

El hombre que tenía enfrente parecía habituado a cosas bien distintas, y la consecuencia de la afectación fue la contraria a la que deseaba, como si además le hubiera irritado.

—¿En serio, excelencia? ¿De qué tipo? Seré sincero: tengo poco tiempo. Estaba comiendo, a decir verdad. Por ello, id directos al grano.

—Al grano, al grano... Es... que traigo un mensaje de parte del papa.

—¿Del papa? —Cesare Petrucci se mostró incrédulo.

—Sí, el papa Sixto IV ha... ha declarado que Florencia ya no está bajo el mando de los Médici y...

—¿Perdón?

Francesco Salviati tragó saliva. Sus propias palabras le sonaban inciertas a él, con que más aún al *gonfaloniero* de Justicia, que, dando voz a sus mismas dudas, lo presionó.

—Hablemos claro, excelencia. Encuentro curioso que el arzobispo de Pisa venga a esta hora, a paso apresurado por la escalera del Palacio de la Señoría para hablar conmigo. Sin haber concertado nada. En todo caso, aquí estoy: soy todo oídos. Pero vos haríais bien en explicaros. —El gesto de Cesare Petrucci era de todo menos amable.

«Vamos de mal en peor», pensaba Salviati. ¿Y ahora? ¿Qué más podía hacer? Había estado tan implicado en tramar la manera de organizar la conspiración junto con Girolamo Riario y Francesco de Pazzi que se había desentendido completamente de la parte que le competía. Y ahora estaba pagando muy cara su inexperiencia. Se estaba metiendo en la trampa él solo.

En alguna parte, fuera del estudio, se escuchó un extraño ruido. Salviati esperaba que alguien hubiera aplicado mano dura. Aquellos cuatro ineptos que lo habían seguido por la escalera, por ejemplo, ¿dónde diantre estaban metidos?

—Disculpadme, excelencia —dijo Petrucci y lanzó una mirada fuera del estudio.

Vio a Jacopo Bracciolini, que vagaba armado a lo largo del corredor del palacio.

—¡Que me parta un rayo! —exclamó—. ¿Y ese quién diablos es? ¡Guardias! —gritó. Luego, volviéndose hacia Francesco Salviati—: ¿Vos sabíais algo de esto, excelencia?

Francesco de Pazzi se dirigía hacia su casa. Había intentado montar a caballo, pero el muslo le dolía mucho, así que se había puesto a caminar. «¡Qué desastre!», pensaba. Lorenzo seguía vivo. Y él tenía un corte grande y profundo en el muslo. ¡Y no solo eso! De la herida brotaba sangre oscura en abundancia. A su pesar, estaba dejando un rastro negro a lo largo de la calle. Se había atado el cinturón por encima del tajo en el desesperado intento de frenar la hemorragia, pero no parecía haber obtenido grandes resultados.

¿Qué se le había metido en la cabeza? ¿Se había vuelto loco? Y, sin embargo, si alguien le hubiera preguntado qué le había pasado en el último momento, no habría sido capaz de explicarlo. El deseo de matar había sido tan fuerte que le hizo perder el sentido de todo lo que le rodeaba. Lo que había experimentado al apuñalar a Giuliano era inexplicable. Le había gustado tanto que se volvió algo irrefrenable, una sed de sangre irresistible, que no podía ser saciada. Así había continuado hasta que se infligió a él mismo la puñalada. Y en ese momento se había despertado de la especie de sueño en el que había caído profundamente.

Se sentía débil. Si no se daba prisa, acabaría por desplomarse allí mismo, en el camino a su casa.

Intentó acelerar el paso.

Caminó rápidamente por la calle del Proconsolo. Llegó al portón a duras penas. Temía desvanecerse. Cuando lo vieron, sus sirvientes lo agarraron y lo llevaron en brazos a sus aposentos.

Lo desvistieron y lo lavaron con agua helada. Su hermano Giovanni, al verlo en ese estado, llamó inmediatamente a un cirujano para que le curase la herida.

Extendido en el lecho, entre sábanas de lino finísimo, Francesco boqueaba. Mientras Giovanni le preguntaba qué había ocurrido, él esperaba que su tío Jacopo hubiera logrado lo que no había logrado él. Se maldijo por no haber tenido lucidez suficiente y por no haber podido ayudarlo en la difícil tarea de tomar el Palacio de la Señoría. Ahora todo estaba en sus manos y en las del arzobispo Salviati.

Confiaba en que, a pesar de la edad, su tío tuviera bastante presencia de ánimo y suerte para salir adelante en sus propósitos.

Suspiró, porque entendía que había cometido un gravísimo error.

Precisamente él, que deseaba el fin de los Médici más que todos los demás.

Cesare Petrucci estaba reorganizando la defensa a toda velocidad. Los guardias de palacio habían intervenido sin demora. Cuando, al cabo de un momento, lo vio aparecer por la escalera, agarró de la larga cabellera a Jacopo Bracciolini mientras este trataba de alejarse. Sacó la daga del cinto y se la clavó en el costado. Un chorro de sangre manó de la profunda herida.

Francesco Salviati, que entretanto había salido del estudio, chillaba como una vieja sirvienta aterrorizada.

Mientras con la izquierda sujetaba por el pelo a Jacopo Bracciolini, que pataleaba histéricamente en el intento de liberarse, gritando de dolor y sangrando por el tajo en el costado, Cesare Petrucci se volvió con el arma desenvainada y la apuntó al cuello de Salviati.

—Entonces, arzobispo... —escupió—. ¿Esta es la razón por la que habéis venido hasta aquí? ¿Para tomar el palacio y derrocar la República?

—Os lo ruego —balbuceó Salviati—, no me hagáis daño... —Se dejó caer al suelo con la espalda apoyada contra la jamba de la puerta.

—¡Eso lo teníais que haber pensado antes! —gritó Petrucci.

Las voces en la escalera se iban multiplicando.

—¡Señor *gonfaloniero*! —lo llamó el capitán de la guardia de palacio—. ¡Señor *gonfaloniero*! —continuó, subiendo los escalones a la carrera—. Un grupo de hombres armados al mando de Francesco Salviati y de sus hermanos están ocupando el piso inferior, y por lo menos una quincena de otros mercenarios se han encerrado en la cancillería.

—¿Qué?

—Es así, mi señor —continuó el capitán—. Por increíble que pueda parecer, entraron en la cancillería y cerraron la puerta, pero como no tienen llave no saben cómo salir. Como bien recordaréis, se abre solo desde el exterior.

Petrucci sonrió. Para su suerte, aquellos hombres no eran más que un puñado de idiotas.

—Bien —declaró volviéndose hacia Jacopo Bracciolini, que estaba a sus pies, ya agonizante—. No hay mucho que decir, habéis concebido un gran plan. Capitán —añadió—, mientras me ocupo de los de la cancillería, haceros cargo de esta escoria. —Y miró primero a Bracciolini y luego a Salviati—. Después llamad inmediatamente a los Ocho de Guardia y llevad a estos traidores ante su presencia. Decidles que lo dispongan todo para que se pueda celebrar el juicio de manera inminente. Estaré rápidamente allí con vos. Más tarde nos ocuparemos del piso de abajo.

Terminadas las instrucciones, Cesare Petrucci soltó a Jacopo Bracciolini, que se desplomó en el suelo como un saco vacío. Y sin perder más tiempo puso rumbo a la cancillería, mientras un nutrido contingente de guardias lo seguía.

46

Los colores de la venganza

Cuando Giuliano de Médici cayó muerto, los feligreses de Santa Maria del Fiore huyeron en todas las direcciones. Al principio, Jacopo de Pazzi no lograba descubrir qué le había sucedido a Lorenzo. Sin embargo, había empezado a gritar «¡Pueblo y libertad!» a voz en grito, con el objetivo de alentar la rebelión que tan sanguinariamente estaban llevando a cabo.

Tras unos primeros instantes de exaltación, se dio cuenta de que no eran muchos los que respondían a su grito.

Aquello se le hizo todavía más evidente cuando vio a su sobrino cubierto de sangre, con un profundo corte en el muslo, que corría sin aliento fuera del duomo, en medio de la multitud enloquecida por la confusión y que fluía en un torrente de cabezas y brazos fuera de las puertas de la catedral.

Fue como una visión, tan rápida era la fuga de Francesco.

Después de eso, Jacopo se había encontrado en la zona consagrada. A cierta distancia, un puñado de hombres fieles a su causa lo esperaban a caballo, listos para desplazarse hacia la plaza de la Señoría.

—Por este lado, don Jacopo —gritó uno de los suyos, pasándole las riendas de un caballo ruano grande.

Sin más dilación, el viejo banquero se encaramó en la silla.

Cabalgando en medio del espeso gentío que se dispersaba entre las calles de la ciudad, guió a los suyos hacia la plaza de la Señoría.

No eran más de una treintena de hombres. Bien armados, es verdad, pero ¿serían suficientes? Las milicias de Niccolò da Tolentino esperaban fuera de los muros la señal convenida para intervenir, pero antes los rebeldes tendrían que hacerse con el palacio.

Jacopo confiaba en que el arzobispo hubiera llevado a cabo su parte del plan.

La ciudad parecía haberse hundido de repente en los infiernos. Durante la marcha a caballo vio ropa desgarrada y rostros bañados en lágrimas en una especie de loco torbellino que tuvo como único efecto invadirlo de una confusión aún mayor.

Su sobrino había desaparecido. Incluso Bernardo Bandini. Los curas que tenían que matar a Lorenzo habían fallado, y, en ese momento, de ellos tampoco quedaba ni rastro. El joven Ricci había resultado muerto por los guardias que acompañaban a Francesco Nori.

Solamente quedaban él y Salviati con aquel escuadrón fortuito de mercenarios que, en teoría, tenían que haber tomado el Palacio de la Señoría. Le dio por reír, más por desesperación que por otra cosa. Girolamo Riario, el cerebro de aquella conspiración, se había cuidado mucho de intervenir en persona, y otro tanto había hecho Giovan Battista da Montesecco. El papa bendecía el acto atroz pero, obviamente, permanecía en el Castel Sant'Angelo otorgando premios y honores a sus parientes.

Y sobre él, ahora, caía el peso de toda la maquinación. Él, que se había opuesto más que nadie. Él, que no hubiera querido aquel lío, y que intentó de todas las maneras posibles disuadir a ese puñado de imbéciles de hacer lo que se habían propuesto.

Se rio a carcajadas. Porque, en ese punto, ya no le importaba nada. Ya estaba claro que el resultado de aquella revuelta dependía de él y de Salviati. Que se fueran todos a paseo. Los Médici, Riario, el papa, y hasta aquellos idiotas de sus sobrinos que no habían tenido siquiera el valor de quedarse hasta el final.

Intentó concentrarse.

A medida que se acercaban a la plaza, Jacopo sentía crecer en el aire un rumor inquietante, como un rugido de marea. Fuera lo que fuera, era algo que iba en su contra.

Esperaba que el odio hacia los Médici se convirtiera en su mejor aliado. Todo el plan se fundamentaba en ello.

Cuando avistó la plaza, ante los ojos del hombre que había osado desafiar a los Médici apareció un espectáculo increíble.

Sucedió cuando la multitud intentó echar abajo el portón.

Jacopo Salviati, hermano de Francesco, estaba un poco alejado de los mercenarios. No era hombre de armas y sujetaba en la mano una espada sin saber qué hacer con ella. Por eso, en espera de que en el piso de arriba su hermano confirmara la toma del palacio, merodeaba por el patio.

De repente escuchó a su espalda una terrible explosión, seguida de un sonido horrible, desagradable. Parecía que alguien hubiera pisado un caracol gigante. Era un ruido extraño; parecía un enorme estallido seguido de algo viscoso.

Por un momento tuvo miedo de girarse.

Luego reunió el valor suficiente y, apretando la empuñadura, se volvió.

La plaza estaba atestada de gente. Un mar de cabezas. Por encima de ellas se agitaban los estandartes que Jacopo de Pazzi conocía demasiado bien: seis roeles en campo de oro, cinco de ellos rojos y el sexto ornamentado con el lirio de Francia.

Los leales a los Médici llenaban el espacio como un océano. Gritaban enfurecidos, como si no esperasen más que una simple señal para salir disparados como una manada de perros rabiosos. Algunos estaban formando una muralla humana contra el portón del Palacio de la Señoría, con el objetivo de forzarlo.

Hasta ese momento no lo habían logrado aún.

En cuanto vieron al conspirador llegar a la plaza, encabezando un escuadrón de soldados armados de corazas y espadas, explotaron como un ejército de condenados. Hombres de todos los estratos sociales, pero la mayor parte hijos de la plebe y del pueblo llano, que se enfrentaron a Jacopo de Pazzi y los suyos empuñando cuchillos y palos.

Los soldados jugaron con ventaja en el primer asalto, cabalgando en medio de ellos de pie sobre los estribos y segando con las espadas a los primeros agresores; pero muy pronto, la multitud, que se había vuelto más agresiva a la vista de los muertos y heridos que caían agonizantes al pavimento, rodeó a los enemigos como un mar y los separó, aislándolos unos de otros.

Uno por uno, los hicieron caer del caballo y los masacraron.

Jacopo vio todos aquellos estragos producirse ante él y no tuvo ni tiempo ni valor para oponerse.

Vio a un grupo de hombres y mujeres volver a poner en pie a un soldado herido y, después de rodearlo, masacrarlo a golpes con los palos. Sangre y materia gris explotaron en una nube purpúrea.

Jacopo sintió que el estómago se le contraía en un espasmo. Por un momento experimentó el sabor ácido del terror. Intentó contener el vómito, pero perdió casi por completo la poca lucidez que había intentado imponerse.

Cardadores de lana, carniceros, vendedores ambulantes, caldereros, mendigos, prostitutas, chulos, criminales y quién sabe qué más arremetieron contra él y sus soldados con los ojos inyectados en sangre.

Jacopo vio a un hombre aproximarse. Empuñaba un palo. Con los ojos cansados, el rostro devorado por la ictericia, la boca llena de dientes cariados, intentó coger las riendas del caballo con la mano izquierda.

Con un resto de coraje, Jacopo de Pazzi reaccionó con rapidez; le apartó la mano con violencia y espoleó al caballo, al que hizo girar para volver por donde habían venido. En cuanto logró un poco de distancia entre él y la multitud puso al caballo al galope y se dirigió, con unos pocos de sus hombres, hacia la Porta di San Gallo, en un intento desesperado de escapar al linchamiento.

Detrás de él, voces y gritos feroces, llantos y gorjeos de gargantas degolladas hacían de contrapunto a sus gritos para incitar al caballo de modo que pudiera cubrir la distancia que lo separaba de la puerta lo más rápidamente posible.

47

En el interior del palacio

Desde el balcón llovían los muertos.

Los soldados que habían acompañado a su hermano Francesco al piso superior, se desplomaban contra el suelo.

Jacopo Salviati se quedó sin palabras.

Miró a sus hombres. Estaban aterrorizados. Sintió cómo la orina le empapaba las calzas.

Los golpes se sucedían sin cesar: huesos machacados y sangre que se extendía por el patio. Muy pronto, también los otros mercenarios de Perugia que custodiaban la puerta se dieron cuenta y empezaron a gritar. Pero todos aquellos gritos de horror quedaron tapados por las campanas. Alguien las estaba tocando a rebato, exactamente como se hacía cuando se convocaba al pueblo ante la autoridad en tiempos de guerra.

El primer plan estaba perdido.

Evidentemente, los guardias de palacio tenían que conseguir neutralizar a los soldados del séquito de su hermano Francesco.

Los empujones contra el portón de entrada, entretanto, se intensificaban. Los golpes sordos retumbaban. A juzgar por la intensidad del golpeteo y por los gritos que sonaban cada vez más fuertes y terribles, eran muchas las personas que habían invadido la plaza; probablemente se había reunido una buena multitud, y era bastante fácil adivinar lo que harían una vez que lograran entrar en el palacio. Con seguridad no sería algo favorable a los Pazzi, y tampoco a sus aliados, a juzgar por lo que Jacopo estaba oyendo.

Pero de pronto se extinguieron todas sus dudas, ya que alguien debía de haber conseguido forzar la entrada por la Porta di Tramontana y, de hecho, confirmando sus presentimientos más sombríos, vio avanzar hacia él a un grupo de campesinos armados con palos.

Tenían el rostro enfurecido y amenazante, avanzaban sin el más mínimo miedo como buscando el enfrentamiento a toda costa, como si no les importara en absoluto morir. Eran gente de campo, cardadores de lana, carreteros, siervos y pastores que no tenían nada que perder y que, si podían continuar viviendo, de una manera u otra se lo debían a los Médici: los únicos que los habían acogido en su palacio y habían intentado comprender sus necesidades y temores. Jacopo sacudió la cabeza; se dio cuenta de qué tremendo error había sido no pensar en esa gente, no tratar de asegurarse su apoyo. Pero ya era demasiado tarde. Los tendrían en contra y los barrerían, porque los simples mercenarios, mal pagados y peor motivados, no tenían ninguna posibilidad frente a las personas que percibían su propia vida como un capricho de los nobles, suspendida como un hilo a punto de romperse según su voluntad. Y precisamente esas personas, sin embargo, estaban aprendiendo a rechazar tal sensación gracias a una familia que, más inteligente que las otras, les había dado la posibilidad de ir con la cabeza alta y rebelarse contra el orden constituido. ¿Y ahora esa familia era objeto de amenaza? ¿Qué no harían esos hombres y mujeres con el fin de protegerla? Era bastante fácil imaginarlo.

Por la gran escalinata que llevaba al primer piso, los guardias de palacio habían decidido lanzar su ataque.

Jacopo los vio bajar formando un frente rápido y compacto, y gracias al factor sorpresa y a la velocidad de su acción, arrollaron a sus hombres. Los pocos que lograron huir de aquella matanza acabaron directamente en los brazos de los campesinos furiosos que los masacraban sin piedad.

Las hojas de los cuchillos sajaban gargantas. Vio a un soldado de rodillas y tres hombres que se abalanzaban sobre él como una manada de perros y lo remataban a bastonazos. Las salpicaduras de sangre explotaron alrededor mientras los palos le trituraban el cráneo.

Luego sintió algo frío en la mejilla. Un chorro de sangre manaba por su rostro y embadurnaba el mármol de las columnas.

Algo lo golpeó por la espalda, y terminó cayendo de bruces y comiéndose la gravilla del patio.

Francesco yacía desnudo en el lecho.

Las sábanas blancas estaban manchadas de sangre. Al cirujano le había llevado más tiempo de lo previsto detener la hemorragia.

Intentó mover una pierna, pero un dolor inmenso se propagó en crueles olas desde el muslo hasta el costado. Sintió que el sudor helado le perlaba la frente. Boqueaba, la respiración se le cortaba en la garganta. Sus manos se aferraban a la tela de lino. Por un instante sintió el cuerpo rígido como la hoja de un cuchillo mientras los espasmos lo llevaban a la máxima tensión posible. La vista se le nubló. Los sillones, los cofres, los cuadros y tapices de las paredes fueron perdiendo sus contornos, desvaneciéndose en una niebla confusa. Luego, por fin, Francesco tuvo un momento de tregua. El sufrimiento se aquietó, difuminándose en un dolor palpitante, menos intenso, pero presente de todos modos.

Intentó reflexionar; con poco éxito, a decir verdad. Porque continuaba recordando el modo en que se había autoinfligido la herida y ese pensamiento lo obsesionaba, puesto que era la demostración de su total fracaso y la confirmación, una vez más, de lo incapaz que se había mostrado, como siempre, de dominar sus propios instintos. Los había dejado que camparan a sus anchas, privándolo de frialdad y lucidez.

Un error que, ahora, amenazaba con tener que pagar muy caro.

No le había dado tiempo a reponerse de tales pensamientos cuando oyó un tumulto que procedía del exterior. Un rítmico ruido de pisadas que se aproximaban. Francesco habría querido vestirse, empuñar una espada, prepararse a vender cara su piel, pero ya no tenía fuerzas.

Esperó su destino.

Cuando entraron, sonrió.

El capitán de la guardia de la ciudad se presentó ante él de uniforme completo.

—Francesco de Pazzi —bramó—, quedáis detenido por el asesinato de Giuliano de Médici y por alta traición a la República. Seréis escoltado hasta el Palacio de la Señoría y juzgado por los Ocho de Guardia, y si os consideran culpable, seréis ejecutado.

Francesco se alzó sobre sus codos. Con un esfuerzo supremo consiguió bajar de la cama y ponerse en pie.

Estaba completamente desnudo.

—Entonces voy así —replicó con desdén—, porque este es el respeto que me merecen vuestro juicio, los Ocho y Florencia.

El capitán se quedó francamente conmocionado.

Por un momento parecía buscar algo que decir.

Fue en vano.

—¡Pues sea! —exclamó tras haber encontrado finalmente las palabras—. Pero si pasa algo, será cosa vuestra. —A continuación se volvió hacia sus hombres—: ¡Cogedlo y llevadlo, tal como está, al Palacio de la Señoría!

Laura estaba llorando. En la catedral ya vacía, entre los bancos volcados y los cadáveres, vertía las últimas lágrimas. Todo estaba perdido.

No había podido defender a Ludovico cuando lo habían destripado con sus dagas.

Laura lo había visto morir delante de sus propios ojos; se había desplomado en el suelo con las vísceras fuera del vientre y la mirada desesperada vagando entre la multitud, en un intento de encontrarla para decirle adiós por última vez.

Ella no había podido hacer nada. Había caído de rodillas mientras el gentío le pasaba por encima. Hombres y mujeres la habían pisoteado como un trapo, negando a Ludovico, así, el consuelo del último adiós.

Y ahora, ella se arrastraba, cubierta de hematomas y cortes, hacia su único hijo, la única esperanza que le quedaba.

Tomándose un tiempo que le pareció infinito, consiguió volverse a incorporar. Descubrió que, pese a todo, era capaz de caminar. Una sensación de náusea hacía que le diera vueltas la cabeza.

Se sentía derrotada.

Entregada a la enorme trama de la muerte que se había burlado de ella una vez más, rechazándola a ella y llevándose lo que le era más querido, arrancándole el corazón.

No era justo, no era justo, pensaba, que una madre sobreviviera a su hijo. No había nada más vil y mezquino. Ya una vez tuvo que ver cómo moría el amor de su vida. ¿Por qué había tenido que ocurrir una vez más? ¿Por qué la muerte no se la había llevado a ella? Ella, que la merecía más que nadie y que en ello veía una recompensa por todo lo que tuvo que sufrir. Y, sin embargo, la muerte jugaba con ella, y todavía no se cansaba de ese juego.

«Hija de perra asquerosa», pensaba Laura.

Pero aquel desahogo, pronunciado mentalmente, no le daba ninguna satisfacción. Es más, solo sirvió para multiplicar las lágrimas que empezaron a caerle como lluvia sobre el rostro.

Un grito desesperado le llenó la garganta y le salió un gorgoteo ahogado, pero tampoco aquello logró darle alivio, ni siquiera un instante.

El gran espacio vacío de las naves la desorientaba. Hasta hacía un rato la catedral estaba atestada. Ahora la hacía estremecer con su silencio. Aquel silencio que tampoco era capaz de llenar con sus gritos. Había visto al joven cardenal Raffaello Riario esconderse tembloroso bajo el altar, esperando que la masacre terminara. Si hubiera podido, lo habría matado con sus propias manos.

El único responsable de aquella matanza estaba oculto como un perro tras los muros de su castillo, sin haber movido un dedo. Probablemente, en ese momento, estaba tirándose a una de sus putas. Si hubiera tenido la fuerza para hacerlo, Laura le habría escupido. Se sentía vacía, reseca, como si alguien le hubiera arrancado el alma del cuerpo.

Si antes la venganza era el hielo en el que congelar su propio corazón y el amor por Ludovico el fuego con el que avivar aún su pasión, ahora solamente le quedaban cenizas.

Se acercó más.

Tuvo miedo de tocarlo porque le daba miedo el momento en que tuviera la certeza de su muerte. Recordaba cuando, hacía tantos años, había aseado y conservado el cuerpo de su amor asesinado, Reinhardt Schwartz. Y ahora estaba ocurriendo lo mismo.

De nuevo.

Ni siquiera el llanto hubiera sido suficiente. ¿Qué tenía contra ella la muerte? ¿Por qué la había castigado toda la vida de esa manera? ¿Por qué todo aquello que ella tocaba terminaba desapareciendo?

Tocó con el dedo índice la frente de Ludovico. ¡Estaba ya fría! Laura le cerró los párpados. Se lo llevaría. No podía abandonarlo allí, en medio de aquel charco de sangre. Pero no sabía cómo transportarlo.

Sobre todo porque su cuerpo estaba despedazado: la herida que le abrió el vientre era tan profunda que llegaba hasta casi la columna vertebral, y los órganos, que en gran parte se habían salido del abdomen, embarraban de fluidos brillantes y oscuros el mármol de la catedral.

Nunca podría conservar su cuerpo.

Pero mientras el tiempo pasaba y el dolor y la rabia volvían otra vez a latirle en las venas, como si hubieran remplazado su propia sangre, decidió que no se daría por vencida. Un único pensamiento se iba abriendo paso, poco a poco, en su mente.

Y tenía el mismo sabor, el mismo olor, que la palabra *justicia*.

48

Los primeros horrores

—A la luz de todo lo observado, los aquí presentes Francesco de Pazzi, Jacopo Bracciolini y Francesco Salviati han sido considerados culpables de los crímenes que se les imputan. Por esa razón, en nombre de la magistratura de los Ocho de Guardia, tribunal competente en materia penal de la República de Florencia, dictamino pena de muerte en la horca, sentencia que deberá ejecutarse inmediatamente.

Cesare Petrucci leyó la medida. Entonces llamó a los guardias.

Impasibles, con sus togas rojas, los Ocho se quedaron mirando a los tres hombres a los que llevaban hacia la ventana del Palacio de la Señoría para que los ahorcasen.

El arzobispo de Pisa lloraba. Lo tuvieron que arrastrar agarrándolo por los brazos. Parecía un cordero. Intentó reaccionar, pataleando y sacudiéndose, pero era un hombre débil y no logró siquiera incomodar lo más mínimo a los guardias del palacio. Una vez conducido a aquella ventana, fue entregado al verdugo, que le puso la soga al cuello y aseguró el otro extremo de la cuerda a un anillo de hierro empotrado en la cornisa. Por último, el ejecutor lo alzó en vilo y lo lanzó por la ventana.

El grito resonó en el cielo.

La multitud estaba en plena ebullición en la plaza de la Señoría.

Miles de cabezas se alzaban hacia lo alto. Hombres y mujeres gritaron de alegría al ver al arzobispo de Pisa hacer aspavientos en el aire y, por fin, acabar con el cuello roto a causa del golpe seco. Se oyó un crujido siniestro. En el silencio que se había hecho de repente, se oyó como si un palo de madera hubiera golpeado la corteza dura de una calabaza.

Poco después, el cuerpo de Francesco Salviati fue a chocar contra la fachada del palacio. La lengua violácea le colgaba en una última mueca obscena.

No había tenido ni tiempo de balancearse en el aire cuando Jacopo Bracciolini y Francesco de Pazzi lo siguieron en aquella ceremonia de muerte. Este último iba completamente desnudo, tal y como lo habían apresado los guardias en su palacio.

Al ver los cadáveres mecerse como jirones barridos por el viento, la gente en la plaza gritó enfurecida, agitada por ese espectáculo macabro y con un sentimiento de venganza que se diseminó como la lepra.

—¡Muerte a los opresores! —gritó alguien.

—¡Muerte a los Pazzi! —se sumó algún otro.

Se había desatado el infierno en la Tierra y aquella era la señal. Como si un mandato silencioso, pero indiscutible, los hubiera sacudido en lo más profundo de sus almas, algunos de los hombres que se habían reunido en la plaza se fueron alejando como si se tratara de una diáspora. Fueron a juntarse con otros. Su intención era formar bandas para patrullar la ciudad en busca de traidores, de aquellos que habían puesto en peligro el orden y el frágil equilibrio de Florencia, conquistado después de tantas guerras y luchas intestinas. Estaban cansados de incertidumbre. Querían paz, y aquella era la ocasión perfecta para lograrla.

Harían una buena limpieza, eliminando a todos aquellos que eran aliados de los Pazzi y contrarios a los Médici, y devolverían la ciudad a los que habían estado de su parte desde siempre, garantizando derechos a quienes no los tenían. Si esa misión implicaba delitos y violencia, poco importaba; incluso tanto mejor.

Fue Lorenzo di Credi el que se lo dijo.

—¡Los Pazzi —gritó—. ¡Los Pazzi están matando a los Médici como perros!

Cuando escuchó esas palabras, Leonardo se quitó el delantal manchado de colores.

Tomó a su amigo por los hombros y lo miró fijamente, con una mirada tan fría y determinada que Lorenzo casi temblaba frente a él.

—¿Dónde? —preguntó.

—En Santa Maria del Fiore —le respondió su amigo.

Sin más preámbulos, Leonardo se precipitó hacia la sala de los esmaltes, donde había dejado sus cosas. Afortunadamente, después de todo lo que le había sucedido, caminaba siempre con una pequeña ballesta, realizada al estilo de aquella tan veloz que le regaló a Lorenzo. Era fácil de manejar, cómoda, rápida y letal. Se la puso en el cinturón. En el brazo se ató una aljaba llena de dardos de reducidas dimensiones, pero no por ello menos mortales. Se lanzó hacia Santa Maria del Fiore. Recorrió la calle Malborghetto, yendo a desembocar a la calle Ghibellina. Se movió lo más rápidamente posible hasta llegar a la calle Podestà y después a la Porta Guelfa. Desde allí se metió en la calle del Proconsolo, corriendo hasta perder el aliento hacia Santa Maria del Fiore.

Cuando llegó delante de la catedral, vio a Lorenzo abrazado a Lucrecia. Caminaba con esfuerzo, asistido también por Braccio Martelli. Tenía el cuello rasguñado y rojo de sangre, mientras un corte profundo en el brazo aparecía vendado evidentemente de cualquier modo. Tenía los ojos hundidos y con ojeras. Parecía exhausto. Los cabellos brillantes de sudor le caían hacia delante como cuerdas mojadas. Su rostro pálido estaba impregnado de una luz enfermiza. Parecía haber envejecido diez años. Lucrecia lo miraba con adoración.

Cuando Lorenzo lo vio, se le iluminó el rostro.

—Leonardo —dijo—. Amigo mío... Habéis venido...

—He corrido en cuanto supe lo que había pasado. Temía lo peor...

—Han matado a Giuliano. —A Lorenzo se le llenaron los ojos de lágrimas.

Leonardo se acercó. Lo abrazó. En aquel momento tuvo la confirmación de que su amigo se hallaba al límite de sus fuerzas.

—Tenéis que llevarlo a lugar seguro —dijo a sus acompañantes. Braccio Martelli asintió.

—Amigo mío —murmuró Lorenzo—, ¿os puedo pedir un favor?

—Lo que sea.

—¿Podéis llevar a casa a Lucrecia sana y salva? Yo no creo que lo consiga.

—¡Yo voy contigo! —susurró ella con un hilo de voz.

—No es posible, amor mío, y bien lo sabes. No excluyo que alguien pueda atacarnos en el camino hacia el Palacio de los Médici. Así que tú y Leonardo llamaréis menos la atención. Pero tenéis que moveros. Florencia es un avispero. Pronto se convertirá en un cementerio. La multitud quiere sangre. Por eso quisiera que fuera Leonardo el que vele por ti. No hay nadie a quien quiera más que a vosotros dos, y de Leonardo me fío... —Después las palabras se hicieron más escasas y estuvo a punto de desmayarse.

—¡Rápido! —dijo Leonardo—. Si continuamos aquí nos convertiremos en diana.

—Prometedme que la cuidaréis —susurró Lorenzo. Aquella frase pareció consumirle las últimas energías.

—¡Lo juro! —respondió su amigo—. Vos, sin embargo, tenéis que salir de aquí, ¿habéis comprendido? —Leonardo se volvió hacia Braccio Martelli, a quien tenía en gran estima—. Cuidad de él y llevadlo a casa sano y salvo.

Lucrecia besó a Lorenzo.

—No puedo... No puedo dejarte, amor...

—¡Rápido, vamos! —Leonardo la tomó de la mano. Ella intentó resistirse, pero él siguió tirando—. Deja de actuar así, que solo puede hacerle daño; deja que se vaya. Lo que tenemos que hacer ahora es ponernos a salvo lo más rápidamente posible.

Se fueron. Leonardo tenía intención de llegar a su estudio. Allí estarían a salvo. Al menos por un tiempo. A nadie le interesaba la cabeza de poca monta de un pintor, pensaba.

Aquella era la oportunidad de devolverlo todo a su orden anterior. Por extraña, absurda y delirante que fuera la circunstancia que los había vuelto a reunir, no iba a desperdiciar aquella oportunidad.

Las dudas, las mentiras, las traiciones, podían por fin desaparecer.

La amistad volvería a ser lo que fue. Leonardo tenía una desesperada necesidad de que así fuera. Y también Lorenzo. Por no hablar de Lucrecia: sabía muy bien cuánto había sufrido como consecuencia de aquella acción suya valiente y malvada al mismo tiempo.

Leonardo les debía mucho a los dos.

Sonreía pensando lo generoso que el destino y la naturaleza eran con los hombres al regalarles nuevas posibilidades de hacer el bien y recobrar la paz.

Era feliz.

Lucrecia lanzó una última mirada a Lorenzo.

—Me ha salvado la vida. Se ha arriesgado a que lo mataran.

—Me lo imaginaba —dijo Leonardo—. No me esperaba menos de alguien como él.

Al escuchar aquellas palabras, ella se echó a llorar. Porque era verdad. Lo hizo en silencio. El aire fresco poco a poco se las secaría.

Por un momento, pese a la tragedia, se sintió ligera.

Después se avergonzó al pensar en lo que le había pasado a Giuliano, en la manera horrible en el que lo habían matado.

Corrió junto a Leonardo por una ciudad que pronto estaría dispuesta a devorar a sus propios hijos, y, sin embargo, no sentía miedo, porque había vuelto a encontrar el amor y la amistad, y en su vida no había nada más importante.

49

El plan de Clarice

Cuando vio a Lorenzo herido y con el brazo cubierto de sangre, Clarice había tenido miedo.

Aquella mañana de Pascua no había ido a misa, sabiendo como sabía que aquella celebración era únicamente una ocasión para homenajear la amistad entre Lorenzo y el joven cardenal Raffaello Riario, quien a ella no le importaba absolutamente nada.

Religión y fe era todo lo que tenía, y se había retirado en oración a la capilla del Palacio de los Médici desde primera hora de la mañana. Las relaciones con Lorenzo no habían mejorado precisamente en el último año, y por ello no tenía intención alguna de concederle su presencia en público. No le iba a dar esa satisfacción, ni mucho menos iba a permitirles a las damas florentinas que la compadecieran o la humillasen con chismes sobre el hecho de que su marido estaba aún enamorado de Lucrecia Donati.

Pero entonces, cuando vio que subía la escalera con Braccio Martelli y Agnolo Poliziano sosteniéndolo por los brazos, se había quedado muda. Solamente un instante. De inmediato había ordenado a los sirvientes que llevaran a la habitación de su señor cuencos de agua fría y telas de lino blanco.

Luego había dado órdenes a todos los que habían entrado que salieran de la habitación de su marido, para poder quedarse a solas con él.

Había ordenado que tendieran a Lorenzo sobre el lecho y le había quitado el vendaje improvisado que le habían puesto en la herida del brazo. En cuanto los sirvientes le llevaron lo necesario, le había limpiado la sangre reseca y los fluidos que entretanto habían ido formándose, y después le puso un vendaje de lino finísimo.

Entonces se concentró en el corte del cuello.

Una vez que hubo terminado, había mirado a Lorenzo a los ojos. Todo aquel tiempo había permanecido en silencio, concentrándose en sus curas.

—Gracias, amor mío —le había dicho. Luego con un hilo de voz añadió—: Han matado a Giuliano.

—¿Qué? —Clarice había creído por un momento que no había comprendido bien sus palabras.

—Ya me has oído. Esta mañana, en la iglesia, Francesco de Pazzi y Bernardo Bandini han asesinado a Giuliano a sangre fría.

Clarice se había llevado la mano a la boca. Se había puesto en pie, sintió que la cabeza le daba vueltas. Duró solo un instante. Luego, algo le había dado una dentellada en el estómago y le había parecido que iba a vomitar. Lorenzo había intentado levantarse, pero ella lo detuvo con el brazo. Se sentó en el sillón frente a la cama.

—¡Dios mío! —había dicho—. Cuéntame lo que pasó.

Lorenzo le explicó la conspiración, y cómo Giuliano había muerto delante de sus propios ojos y que él estaba vivo de milagro gracias a la intervención de sus amigos, que lo habían ayudado a refugiarse en la sacristía de la catedral. En ese tránsito, algunos habían perdido la vida también trágicamente, como Francesco Nori.

Lorenzo tenía la voz rota. Clarice lo miraba con los ojos de par en par. Estaba sobrecogida. Lo estaba hasta el punto de no ser capaz de verter una lágrima. Por primera vez había estado cerca de perder a su marido, y, en cierto sentido, esa posibilidad la había aterrorizado. Lo abrazó y permaneció a su lado, acariciándole el pelo negro y espeso.

Entonces le dio a beber un caldo y le pidió que reposara. Pero Lorenzo quería hablar, fuera como fuera, con amigos y aliados: para darles las gracias y para recomendarles prudencia. No quería que aquella tragedia fuera la excusa que sus partidarios estaban buscando para iniciar una guerra en la ciudad.

Clarice le besó en la boca.

¿Y ahora qué iba a hacer?

De repente había estado a punto de perder a su marido. A pesar de todo, a pesar de las humillaciones y su educada indiferencia, ella, en el fondo de su alma, sentía que lo amaba.

Se miró al espejo. Hacía algún tiempo que había dejado de infligirse castigos corporales. Los cortes en el pecho se habían curado y ya solo quedaban algunas cicatrices rosadas. Pensaba mantener a Lorenzo lo más cerca posible de ella. No lo había logrado antes, pero usaría esa tragedia para alejarlo de la política y obligarlo a que se dedicara a la familia. Con la muerte de Giuliano, su presencia sería indispensable.

¡Pobre Giuliano! Él, que nunca le había hecho daño a nadie, que era bueno con todos y que nunca se había metido demasiado en cuestiones del poder y del gobierno de la ciudad.

Fue en ese momento cuando Clarice lloró.

Lloró porque la miseria se había abatido sobre ellos, porque a un hombre inocente lo habían matado como a un perro. Lloró porque Giuliano era un hombre amable y porque también su marido, por más que tuviera la culpa, tampoco merecía ciertamente ser asesinado.

Mientras reflexionaba sobre aquellos hechos trágicos, sintió que una rabia profunda despertaba poco a poco en su interior. Casi instintivamente, hizo llamar a una de sus damas. Pidió que fuera Viola, de la cual se fiaba por completo. Mientras la esperaba, una idea empezaba a madurar en su interior. Al principio fue solamente una sensación; luego, un destello, una intuición, pero en el momento mismo en que oyó llamar a la puerta de sus aposentos, Clarice había concebido ya un plan.

Cuando la joven entró, Clarice pensaba que lo que estaba a punto de hacer era justo. Incluso más: era claramente la única manera que tenía para asegurarse de que Lorenzo estuviera realmente a buen resguardo.

Desde que se había enamorado de Lucrecia Donati se había expuesto a tantos y tan grandes peligros que tampoco ella era capaz de imaginarlos todos. Por no hablar de Leonardo y del juicio por sodomía. Al final lo habían absuelto, pero Clarice estaba segura de que había algo de cierto en aquellas acusaciones. Y quizá, después de todo, esa demente manera suya de retratar a las personas no solo era genial, sino incluso peligrosa. Le había parecido inocuo cuando lo había visto en el Ponte Vecchio, pero también insólito y extraño.

Clarice sabía que Leonardo tenía su propio taller en Oltrarno. No conocía el lugar exactamente, pero seguro que el hombre adecuado podría averiguarlo. Y estaba segura de que no muy lejos de allí encontraría a Lucrecia Donati. Por eso, ¿por qué no pagar a un mercenario para que, junto con unos matones, amenazara al uno y a la otra de muerte, obligándolos a abandonar la ciudad? No tenían que matarlos, solo asustarlos.

De ese modo recuperaría a su marido.

No pedía más.

Por eso, cuando Viola entró, con aquellos ojos azules que parecían una flor de lis y los cabellos rubios del color de la miel, Clarice pensaba que era la persona apropiada para convencer a un mercenario de que se ocupase de semejante asunto.

Sobre todo porque sus legendarias aventuras eran de dominio público entre las damas de su séquito. Hasta ella sabía que, en sus días libres, a Viola le gustaba frecuentar ciertas pensiones de cuarta categoría. A Clarice no le importaba en absoluto porque Viola era siempre impecable y era dos veces más inteligente que cualquier otra dama de las que le servían.

Por ello, con mayor motivo, no había persona más idónea para esa misión. Para asegurarse el éxito, le regalaría una bolsita llena de florines.

La muchacha la miró a los ojos con aquella mirada traviesa suya.

—¿Queríais verme, señora?

—Sí, querida mía. Déjame que te hable de un proyecto que me ronda por la cabeza y que te reportará un dinero para comprar lo que quieras, y a mí, una satisfacción que busco desde hace tiempo. —Según lo decía, Clarice le hizo un gesto para que se sentara—. Ponte cómoda —dijo—, de manera que pueda comunicarte con calma mis instrucciones.

50

Las palabras de Lorenzo

Lorenzo estaba cansado. No era solamente el dolor físico que sufría por las heridas lo que lo postraba. Había algo más, algo peor, más injusto y traicionero que, ya desde hacía tiempo, lo había obligado a ser lo que no era. Al menos en parte. Sus hombres se hallaban frente a él. Eran ellos también la causa de aquel cambio que había aceptado hacía mucho tiempo como mal necesario.

Y ahora le pesaba.

Estaba sentado en su estudio, en un sillón forrado de terciopelo. A su alrededor, Gentile de Becchi, Braccio Martelli, Antonio Pucci, Agnolo Poliziano y algunos amigos más que ya habían maldecido largamente al destino por la suerte que le había tocado a Giuliano. Demasiado largamente, porque en todo aquel sentimiento ostentoso, Lorenzo percibía una hipocresía sutil. Al menos por parte de algunos.

Por momentos sentía subir la tensión. Habría podido pasar inadvertida a quienes no están acostumbrados a la política y a los odios atávicos entre familias, pero no ciertamente a él. Conocía demasiado bien esa sensación, aquel suspense que maduraba hasta que algo iba mal y se manifestaba abiertamente. Porque estaba claro que muchos, a la luz de cuanto había acaecido, querrían justificar la catástrofe que se avecinaba.

La conspiración urdida por los Pazzi había significado la muerte de Giuliano. Pero ahora los suyos pedían el tributo de la sangre y querían convertir Florencia en un matadero.

Serían capaces, obviamente.

Pero no tendrían su respaldo. Ni en sueños. Se había vertido ya demasiada sangre en esos años. Y sabía que gran parte de la responsabilidad era suya.

Y precisamente por eso ya no lograba asumir todo el horror y el sufrimiento sobre sus hombros.

Se había hecho cargo de todo durante diez largos años. No es que no hubiera aceptado aquella investidura, utilizándola incluso en su propio beneficio, pero había sido un medio de supervivencia. El único que se le había ocurrido.

Sin embargo, no permitiría que volviera a suceder de nuevo. La muerte de Giuliano lo había cambiado todo.

Siempre había querido la paz pero, en su nombre, había asimismo legitimado actos monstruosos. Esa vez lo iba a rechazar.

—Sé lo que estáis pensando —dijo—. Que castigue a los Pazzi, que los extermine como a la mala hierba.

—No podemos hacer otra cosa, Lorenzo —respondió Gentile de Becchi—. Dejar sin castigo un crimen como el que se ha cometido es peligroso además de injusto.

—Lo entiendo, pero no voy a autorizar una masacre. Por lo que a mí respecta, los Pazzi se pueden exiliar. No quiero otro baño de sangre.

—Creo que Lorenzo tiene razón —confirmó Braccio.

Por un momento todos guardaron silencio, puesto que sabían que Braccio Martelli se había casado con una Pazzi. Pero no era una buena razón para desistir.

Fue Becchi quien rompió ese paréntesis.

—No estoy de acuerdo —insistió—. No podemos mostrar síntomas de debilidad en este momento.

—Así es —pareció corearle Antonio Pucci—. Ahora más que nunca les tenemos que mostrar qué es el terror. Cesare Petrucci no espera otra cosa.

—Debo mucho a Cesare. —Lorenzo alzó la cabeza. Tenía los ojos hundidos, el rostro vacío, se le leía el dolor en la mirada. Se llevó una taza de caldo a los labios. Necesitaba recuperar las fuerzas después de todo lo que había sucedido—. Ha resistido a Bernardo Nardi, contribuyendo así a que recuperemos Prato, y mi gratitud hacia él es inmensa, pero a pesar de todo lo que ha pasado no vais a escuchar palabras de odio por mi parte. Ya sé que se va a desatar un infierno, pero no seré yo quien lo aliente, esto lo tenéis que tener bien claro. Tendréis que asumir vuestras responsabilidades. Hoy, en el día en que han matado a mi hermano, no tengo intención alguna de legitimar la matanza. He visto derramarse sangre suficiente para poder ahogarse en ella diez vidas. ¿Habéis olvidado ya el cuerpo de Giuliano? ¿Y el de Francesco Nori, al que también dieron muerte delante de mis ojos? ¿Creéis de verdad que quiero más sangre? Haced lo que queráis, ¡pero no vengáis a pedírmelo a mí! ¡No esta vez!

—Mi señor, calmaos o no os curaréis —le aconsejó Becchi, poniéndole una mano en el hombro.

—¡Dejadme en paz! —espetó con rabia—. Quiero estar solo con el recuerdo de mi hermano en el alma. ¿Estoy pidiendo demasiado? ¿No os he dado bastante hasta ahora?

¡Por una vez, Florencia se las arreglará sin mí! ¿Me he explicado bien?

Becchi enmudeció. Ningún otro se atrevió a hablar.

Las palabras de Lorenzo flotaron en el aire como una orden. Sus partidarios habían recibido instrucciones precisas. Pero, quizá por primera y última vez, no tenían ninguna intención de seguirlas.

En silencio, Becchi, Poliziano, Antonio Pucci y los demás salieron. Desde siempre, desde el día en que Lorenzo había ganado el torneo, habían sido amigos fraternales.

Brazzio le apretó la mano.

Lorenzo lo miró. Tenía los ojos brillantes.

—Braccio —dijo—, he visto en ellos la sed de sangre. Actuaré al menos de modo que Guglielmo de Pazzi, que se ha casado con mi hermana Bianca, no se vea metido en esto. No podría tolerar que fuera de otro modo. Vos intentad hacer lo que podáis por Florencia.

—Haré como me decís, amigo mío, aunque ya sé qué dirán.

—¿Os referís a vuestra esposa?

Braccio asintió.

—Es una Pazzi. Ya sería afortunado si lograra salvarla a ella.

—Ahora salid —dijo Lorenzo—. En estos días voy a quedarme a solas con mi dolor y mis pensamientos. Tengo necesidad de lo uno y de lo otro.

Sin responder, Braccio salió de la habitación. Comprendía perfectamente cómo se sentía Lorenzo.

Había visto las miradas inyectadas en sangre de los otros ese mismo día. Cada uno de ellos, a su modo, quería utilizar la conspiración como pretexto para su venganza.

Dejarían que se desatara el infierno.

Pero en verdad, al menos de eso, nadie podría culpar a Lorenzo de Médici.

Leonardo sabía que el recorrido no iba a ser breve. Tenían que ir a Oltrarno. Intentó caminar por calles poco transitadas. Sujetó con fuerza la ballesta un instante, como si se tratara de un amuleto de la suerte.

Lucrecia lo seguía, pensando que era increíble cómo tarde o temprano el destino siempre acababa por juntar su vida y la de Leonardo y Lorenzo para entrelazar los hilos.

La ciudad parecía hundirse en el apocalipsis: las puertas abiertas de par en par, las calles inicialmente desiertas que ahora se iban llenando de grupos de ociosos y pendencieros, partidarios de los Médici, que andaban buscando problemas, o, mejor dicho, a la caza de fieles y amigos de los Pazzi con el único propósito de matarlos.

Vieron a un hombre al que un grupo de muchachos había cortado el cuello. Estaba de rodillas en medio de la calle, con los ojos vidriosos. Con mechones de pelo blanco que despuntaban como penachos en un cráneo reluciente y calvo. Alguno de esa manada le tiró hacia atrás la cabeza, mostrando a los demás esa sonrisa roja y profunda grabada con la hoja del puñal. Otro le propinó una patada en medio de los omóplatos, riéndose. El viejo terminó cayendo hacia delante, con el rostro en el barro.

Muerto.

Lucrecia se esforzó por contener un grito.

—Por aquí —le susurró Leonardo.

Se estaban dirigiendo hacia Santa Croce. Leonardo había preferido dar un amplio rodeo para evitar las zonas que, con seguridad, a esa hora se estaban llenando, más todavía si cabe, de sicarios y ladrones dispuestos a sacar provecho de la situación de confusión y tumulto, que iba en aumento.

Apenas habían pasado el barrio de los Albizzi, habían oído un fuerte griterío que se elevaba desde la plaza de la Señoría y desde la cercana plaza de San Pulinari.

Tenían que darse prisa o sería demasiado tarde. Con todo lo que estaba a punto de suceder, la única solución era encontrar cobijo entre las paredes de casa.

Fue en ese punto, mientras recorrían un estrecho callejón, cuando unos muchachos de ropa desharrapada y mugrienta se detuvieron delante de ellos.

Eran más o menos media docena: delgados, esqueléticos, de ojos enormes que parecían saltar fuera de sus rostros ojerosos. Los pómulos pronunciados, el pelo sucio. Llevaban en la mano cuchillos y palos. El más alto dirigía al grupo y lucía una gran herida que le atravesaba la mejilla. Iban descalzos y apestaban como una colonia de ratas.

Fue el chico alto con la mejilla marcada el que se dirigió a Leonardo con la evidente intención de buscar pelea.

51

La banda

—Vos, señor —dijo el larguirucho—, parecéis un hombre rico. Y ya no digamos la señora que os acompaña, que podría encendernos el fuego todo el día, no sé si me explico. —Y, precisamente para ser más explícito, el muchacho se llevó la mano a la entrepierna.

Los que lo acompañaban se reían a carcajada limpia.

Leonardo no respondió y continuó avanzando hacia ellos. Sabía que no tenía otra elección. Si hubiera vacilado, aquellos chicos pensarían que tenía miedo. Cuando se encontró a pocos pasos de distancia, el jefe se acercó a él.

—¿Me habéis escuchado? —volvió a decir. La frialdad de Leonardo lo estaba irritando. Otro del grupo, visiblemente borracho, profirió amenazas e insultos con el único objetivo de caldear más los ánimos.

Leonardo continuó avanzando. Luego, imperturbable, cogió con la mano izquierda el brazo del muchacho y se lo retorció hacia atrás. Con la mano libre desplegó la pequeña ballesta contra otro miembro de la cuadrilla, el que parecía más peligroso que los demás.

El jefe gritó de dolor.

Entretanto, mientras uno de los agresores hacía brillar el filo de un cuchillo, Leonardo accionó el gatillo. El pequeño dardo salió disparado, en busca de la mano del adversario. Un chorro de sangre hizo arabescos sobre la calle. El muchacho se llevó la mano libre a la otra, herida, emitiendo un grito de dolor y soltando el cuchillo, que tintineó de manera siniestra al caer. El agresor acabó de rodillas.

El chico de la mejilla marcada se sujetaba la muñeca rota. Leonardo manipuló la cureña, extrajo otro dardo de la vaina que llevaba atada en el antebrazo y lo colocó a punto. La tuerca de la cuerda se tensó, lista para hacer diana.

—Y ahora —dijo Leonardo—, ¿alguno más de vosotros quiere tentar a la suerte? —El jefe de la banda tenía la voz rota de dolor. El otro chico gritaba a causa del dardo que le había atravesado la palma de la mano. Los cuatro restantes tenían los ojos abiertos de par en par por lo que habían visto.

También Lucrecia se había quedado sin palabras. Leonardo se había movido a tanta velocidad que la había dejado conmocionada. Había una elegancia en sus movimientos que hacía pensar, como mínimo, en un soldado. Parecía que danzaba; una danza letal.

Ninguno pensaba ofrecer resistencia. Dos de ellos se acercaron a auxiliar a los compañeros heridos, abriendo paso a Leonardo y Lucrecia.

En aquel momento las campanas del Palacio de la Señoría empezaron a tocar en señal de alarma, convocando al pueblo.

—Ahora sí que estamos en problemas —dijo Leonardo entre dientes.

—¿Por qué? —preguntó Lucrecia.

—¿Habéis visto a esos miserables que nos han agredido? Ella asintió.

—El pueblo acudirá a la plaza y será cada vez más numeroso. La ciudad se va a llenar de todo tipo de gente, incluso de lo peor. Agitadores e intrigantes azuzarán a la multitud contra los Pazzi. Asesinos y ladrones se aprovecharán de la confusión para cometer actos execrables. Y nosotros, si no nos apresuramos, nos vamos a encontrar justo en el meollo de todo eso.

—Dios tenga piedad de nosotros.

—Se han dado prisa, demasiada prisa. Confiaba en que las instituciones esperaran un poco antes de hundir la ciudad en la anarquía.

—¿Creéis que Lorenzo lo ha querido así?

—¡No lo pienso en absoluto! Es verdad que ha cometido errores en el pasado pero, a pesar de lo que algunos dicen, Lorenzo no es un tirano sanguinario. Creo más bien que está demasiado dolorido y débil como para ocuparse de todo esto, y que sus aliados tienen todo el interés del mundo en dejarse llevar...

—¡Dios mío!

—Basta de conversación. ¡Tenemos que movernos!

Don Jacopo de Pazzi había llegado al punto en que veía la Porta di San Gallo cuando había oído las campanas tocando a rebato. Entendió que todo estaba perdido y que, al escuchar aquel sonido, Niccolò da Tolentino comprendería que la conspiración había fallado. Y por lo tanto se retiraría a Roma, abandonando definitivamente su destino.

En ese momento ya no tenía tiempo de avisarle, a menos

que se expusiera a que lo mataran. De ahí a algunas horas, como mucho, las calles iban a hacer aflorar a los partidarios de los Médici, listos para matar y mutilar a cualquiera que fuera considerado amigo o siquiera aliado de los Pazzi.

Había sido muy afortunado al lograr salir a escondidas de la ciudad antes de que el Palacio del Podestà y la guardia se organizaran mejor.

En cuanto pasó el arco de piedra, lanzó a su caballo al galope para poner la mayor distancia posible entre él y Florencia.

Laura no había podido hacer nada más.

Se le rompía el corazón con solo pensarlo, pero sabía que al menos Ludovico iba con ella. En la catedral desierta había conseguido encontrar un manto ligero, que evidentemente alguien había abandonado. Se lo había puesto con grandes esfuerzos a causa de los golpes que recibió cuando estaba en el suelo. Se caló la capucha. Nadie sabía quién era, pero no era una gran ventaja: los partidarios de los Médici atacarían a todos aquellos de los que desconocían las preferencias. Y una mujer sola por las calles de Florencia era una invitación irresistible.

Cuando finalmente hubo salido, la carroza que la había llevado a la catedral aquella mañana ya no estaba allí. El cochero, al ver lo que ocurría, debía de haber decidido marcharse. O quién sabe qué es lo que le pudo haber pasado.

Si Laura hubiera descubierto que la había abandonado por pura cobardía, una vez de vuelta en Imola le haría arrancar la piel a latigazos.

Necesitaba un caballo.

Prosiguió en dirección a la calle del Castellaccio. Sabía que continuando por ese lugar llegaría a la Porta di Balla, y desde allí, de una manera u otra, podría continuar por Fiesole y luego ya hasta Imola. Es verdad que no podía hacerlo a pie. Llevaba con ella un extraño bulto que intentó ocultar entre los pliegues del manto.

A continuación se desvió por la calle del Fibbiai, puesto que la calle del Servi, la ruta principal hacia la Porta di Balla, estaría atestada de partidarios de los Médici.

Y Laura quería evitar encuentros desagradables. Cuando tomó la calle se percató de que las tiendas estaban cerradas. Estaba claro que los comerciantes habían considerado oportuno quedarse encerrados en casa.

Mientras deambulaba sin rumbo entre las viviendas y los talleres, finalmente tuvo un golpe de suerte. Frente a ella, atado por una correa a un poste de madera, alguien había dejado un caballo. Seguramente lo había abandonado a toda prisa para ponerse a salvo.

Laura sonrió. Por fin tenía una oportunidad. Se acercó lentamente. Se llevó el dedo índice a los labios, como si el equino pudiera comprenderla, y en cuanto llegó a su lado le acarició el pelaje brillante. Era un hermoso ejemplar color castaño. La crin rubia recordaba el color del cobre.

Intentó susurrarle al oído algo dulce. El caballo parecía entender sus intenciones y se limitó a soltar un relincho dócil de aprobación. Batió suavemente los cascos mientras Laura lo desataba del poste.

No era ciertamente una amazona experimentada, pero sabía lo bastante para meter con determinación el pie en el estribo y, haciendo fuerza con las piernas, darse el impulso suficiente para montar en la silla. Sufrió lo que no está escrito a causa de los hematomas y las heridas, pero no se dio por vencida.

Se había prometido a sí misma que llegaría a Imola y llevaría a cabo lo que se había propuesto, por eso no sería una marcha a caballo lo que iba a detenerla.

De hecho, aquel caballo era una señal del destino que la incitaba a proseguir.

Condujo al equino hacia la Porta di Balla.

A esa hora, los guardias se habían reunido en la entrada. No iba a ser fácil, pero inventaría algo. Mientras pensaba qué hacer se le ocurrió una idea.

Hizo retroceder al caballo hasta el punto en que lo había encontrado. Cerca de la estaca donde estaba atado vio estiércol fresco. Bajó de la silla. Cogió el estiércol con la mano y se lo frotó contra el manto y las ropas desharrapadas. Por más que fuera desagradable, se obstinó en llevar a cabo una labor concienzuda, de modo que cualquier trozo de tejido quedara lo suficientemente impregnado del hedor fétido de los excrementos del animal.

Cuando juzgó que era lo suficientemente rechazable, volvió a montar y se dirigió de nuevo hacia la Porta di Balla.

A medida que se acercaba, se aseguró de agachar la cabeza. La capucha del manto la ocultaba casi por completo de las miradas. Un guardia de la ciudad, al verla, se le aproximó.

Era un hombre grande y robusto. Apestaba a vino y carne asada. Sus largos cabellos negros sobresalían del yelmo sin visera. Llevaba una daga en el cinturón. La barba oscura contrastaba con los ojos claros e inquisitivos.

—Vamos a ver qué tenemos aquí —dijo con una risita que no presagiaba nada bueno. Pero cuando estaba a punto de tocar el caballo, el olor a mierda lo agredió sin piedad.

—¡Madre mía! —dijo con profundo disgusto—. ¡Cómo apestas!

—Lo siento, mi señor —dijo Laura—. Si puedo hacer algo por vos... —Alargó el brazo para tocar al guardia.

—¡Apártate de mí, maldita mendiga, que con ese olor a mierda que emanas nos acabarás matando a todos! —Se llevó la mano a la nariz y se apretó los orificios lo mejor que pudo.

—¿Qué ocurre, Capponi? —preguntó un sargento de guardia que inspeccionaba a una familia que se apresuraba a salir de la ciudad; eran cuatro personas que llevaban consigo todo tipo de utilería doméstica y bultos: los habían apilado sobre los lomos de un mulo tan flaco que parecía que iba a romperse con el peso.

—Nada, mi señor. Es solo una miserable peregrina que apesta a mierda de manera insoportable.

—Pues entonces lo mejor es que la dejes pasar para librarnos de su presencia lo antes posible.

—Era justamente lo que tenía intención de hacer.

Así, sin añadir nada más, el guardia levantó el brazo y le hizo señas a Laura de que avanzara.

52

El infierno en la tierra

—¡Roeles! ¡Roeles! ¡Roeles! —Los partidarios de los Médici repetían obsesivamente aquellas palabras por las calles de la ciudad, sumida en las sombras. El *gonfaloniero* de Justicia, los Ocho de Guardia y el alcalde habían ordenado que se mantuvieran todas las puertas cerradas. Florencia se había convertido en una gigantesca prisión en la que los partidarios de los Pazzi iban a ser perseguidos y exterminados del primero al último.

Las antorchas despedían una luz que tenía el color de la herrumbre. Los callejones inundados de fluidos corporales y montones de residuos regurgitaban legiones de ratas. Los edificios tenían los portones trancados, pero tal cosa no intimidaba a los partidarios de los Médici. Los vidrios despedazados, las bisagras rotas, las cerraduras reventadas: en todas partes lograban introducirse, llevando consigo la muerte.

Los cadáveres llenaban las calles y la lluvia había comenzado a caer, lo que aumentó el río de sangre que salpicaba Florencia.

Los campesinos consideraron ese hecho como una maldición que devastaría la cosecha; por esa razón, hasta ellos se enfurecieron contra los Pazzi.

Era el infierno en la tierra.

Las bandas de criminales y ladrones infestaron el centro como una plaga de langostas. Saqueaban a los cadáveres, mataban a los peregrinos, violaban a las mujeres. Florencia no era más que una enorme letrina, un puerto franco en el que todo podía ocurrir. Y donde las acciones, incluso las más aberrantes, nunca serían condenadas como tales si con ellas se conseguía perjudicar a los Pazzi. La conspiración se había convertido en la ruina de la familia de don Jacopo y se estaba transformando, poco a poco, en el triunfo de los Médici, aunque se fundamentara en la matanza y en el dolor.

Gentile de Becchi, Antonio Pucci, Cesare Petrucci y otros jefes de la facción de los Médici habían aprovechado aquel vacío temporal de poder para incluir en su apocalíptica visión de la venganza a todos aquellos que pudieran manifestarse como contrarios a los Médici o simplemente no leales. El cadáver de Giuliano se había convertido en el símbolo del martirio en el que fundar una nueva Florencia, completamente favorable a su política.

Lorenzo se mantenía encerrado en su dolor.

La justicia había perdido toda la dignidad y se había convertido en represalia; los principios promulgados en dogma, el rigor en crueldad, la disciplina en violencia y aquel mundo de horror estaban poblando, a ojos vista, de pesadillas la vida de los ciudadanos.

Después de haber condenado a muerte también a Jacopo de Pazzi, al que muy pronto colgaron de las ventanas del Palacio del Podestà, la orgía de rabia no se había aplacado, sino que había estallado en un volcán de locura en el que cada crimen era más cruento que el anterior.

Un puñado de partidarios de los Médici había entrado en la abadía de los monjes benedictinos frente al Palacio del Podestà y, tras haberla saqueado y destrozado, encontraron a Antonio Maffei y a Stefano da Bagnone, los curas responsables de haber atentado contra la vida de Lorenzo de Médici.

Los leales los cogieron de los pelos, los arrastraron hasta la calle y los dejaron a merced de las hordas.

Desde las filas de caldereros, prostitutas, campesinos, mendigos, artesanos y aventureros que se habían reunido en un cortejo de muerte, se destacó un hombre de largos cabellos plateados. Era una especie de líder popular conocido por el sobrenombre del Gris debido a su inconfundible melena. Había militado en el pasado en numerosos grupos de mercenarios y ahora, reducido a su calidad de mero ocioso, se aprovechaba de aquel caos para apoderarse de los bienes y sembrar violencia.

Mientras se acercaba a los dos aterrorizados curas, sacó de su cinto un largo cuchillo afilado. Se pasó la lengua por los labios, como si estuviera degustando un delicioso plato. Se puso de espaldas a Maffei, lo golpeó en la parte de atrás de las rodillas y lo hizo caer al suelo.

El cura comenzó a llorar, desesperado.

El Gris le escupió, asqueado. Le puso la mano izquierda encima de la cabeza. Dejó que la hoja del cuchillo brillara a la luz de las antorchas y de los braseros y, con un golpe seco, le rebanó una oreja al desgraciado que tenía a sus pies en un charco de orines y lágrimas.

La multitud rugió enardecida, complacida por ese acto atroz y dispuesta a presenciar más. Lo jalearon para que el Gris prosiguiera con su tortura, y él, para no decepcionar a su público, hambriento de crueldad, le rebanó la otra oreja, que cayó al suelo.

La sangre oscura se deslizaba por el rostro de Antonio Maffei.

Al ver el tipo de tortura que aquel loco del Gris le dispensaba a su propio compañero de conspiración, Stefano da Bagnone comenzó a chillar. Algunos entre la multitud se rieron violentamente. Otros lo cubrieron de insultos, augurándole un castigo ejemplar.

La masa de gente, ya excitada hasta lo inverosímil, se estrechó en torno al sacerdote. Un par de ellos, entre los más violentos de los partidarios de los Médici, la emprendieron a patadas. Otros los imitaron hasta que al menos una docena de hombres llenaron de puñetazos, escupitajos y bastonazos a esos dos desgraciados.

Los huesos crujían con un ruido seco mientras se rompían como huevos bajo la lluvia de golpes. El Gris se refocilaba en aquel horror: la sonrisa fulgurante, la mirada malvada y maliciosa que relampagueaba en una luz siniestra en la claridad pálida de las luces.

Terminado aquel espectáculo estremecedor, saltó a caballo, seguido por un compañero. Algunos de los leales habían puesto una soga al cuello de los conspiradores y entregaron el cabo de la cuerda a esos dos caballeros. Cada uno de ellos amarró la soga a la silla de montar, y después emprendieron el galope. Los dos curas terminaron arrastrados por el pavimento en esa loca carrera, mientras la multitud estallaba, una vez más, en gritos de júbilo.

En el trayecto hasta la Porta della Giustizia, más allá de la cual se hallaban las horcas, los dos desgraciados escucharon su osamenta romperse, perdieron los dientes, se partieron la lengua.

Al llegar a la Porta della Giustizia, el Gris y su compañero detuvieron la enloquecida carrera de sus caballos.

Dejaron a Alberto Maffei y a Stefano da Bagnone delante de los Ocho de Guardia.

Los magistrados, en una macabra parodia de juicio, condenaron a los dos curas a morir en la horca.

La multitud de hombres y mujeres que asistían al espectáculo estalló en un estruendo de gritos y aplausos. Los guardias de la ciudad arrastraron a los dos curas hasta el patíbulo.

Una bandada de cuervos levantó el vuelo, graznando. Los perros callejeros gruñían mientras los gritos ya inarticulados de Antonio Maffei y Stefano da Bagnone se alzaban al cielo meciéndose en una algarabía terrible y humillante.

El verdugo metió las cabezas en los lazos de unas nuevas y robustas cuerdas de cáñamo. Esperó a que el *gonfaloniero* de Justicia le diera la señal.

Alguien, aprovechando la confusión, empezó a lanzar a los condenados frutas podridas, que reventaron contra los cuerpos y los rostros, salpicándolos de una pulpa jugosa y amarillenta. La cara de Antonio Maffei parecía la máscara inquietante de un monstruo, cubierta de lágrimas, de mocos y de la pulpa apestosa de las frutas. Los agujeros sangrantes en el lugar de las orejas añadían un detalle macabro a ese espectáculo obsceno, arrebatándole al cura un último amago de misericordia y dignidad.

Cuando el *gonfaloniero* de Justicia asintió, el ejecutor accionó la palanca, haciendo que se abriera la trampilla.

Los pies de los condenados se sacudieron en el aire, las piernas pataleaban en el vacío. Los rostros contraídos en una mueca de dolor, gorjeos ahogados en la garganta. Antonio Maffei murió casi de inmediato, pero Stefano da Bagnone tardó más tiempo. La cara hinchada, los ojos a punto de salirse de las órbitas. El gentío imprecaba, gritándole que se muriera, mientras su cuerpo, por una broma tonta e incomprensible del destino, parecía querer oponerse a su propia naturaleza mortal, como si Dios, enojado con los hombres por lo que habían hecho, quisiera convertirlo en un ejemplo de resistencia a la injusticia, una advertencia sobrenatural hecha carne.

Al final, entre atroces tormentos, también expiró, pero aquel último baile suyo con la muerte quedó tan impreso en los ojos de los asistentes que más de uno empezó a temblar, como si por primera vez desde que había empezado aquella locura se hubiera dado cuenta de lo que realmente habían hecho.

53

El ajuste de cuentas

Aquella campesina lo hacía enloquecer de placer.

Cuando la montaba le parecía estar poseyendo a un animal. Su pasividad, su sometimiento, la convertían en un potrillo dócil, perfecta para darle todo tipo de satisfacciones eróticas. El hecho de que no se le resistiera, de que incluso soportara todo aquello que le hacía, lo conquistaba de una manera que lo dejaba extasiado. Podía castigarla, darle latigazos, penetrarla por cualquier orificio, y ella lo acogía con la misma sumisión dócil que él esperaba de una mujer.

Cuando estaba con Anna se sentía realmente el señor de aquellas tierras, porque podía degustarla como un fruto dulce. Era ella la que se ofrecía a él con una naturalidad desarmante, dejándose violar, depredar, sin desear nada a cambio que no fuera un plato de sopa y sábanas limpias. No era solamente el aspecto físico el que lo excitaba, sino aquella gratitud de mujer simple y absolutamente fiel. Sabía que tenía tanto poder sobre Anna como para quedarse fascinado: era la viva demostración de la superioridad vinculada a los que nacieron nobles, ejercida en su forma más primordial. El derecho del más fuerte.

Sin embargo, al actuar así se estaba transformando en un esclavo o, mejor dicho, en dependiente. Tener sexo con ella era tan satisfactorio que Girolamo Riario ya no podía prescindir de ello.

Siempre quería más. Y más. Y más.

Nunca se saciaba. La poseía cada hora del día y de la noche. Ella siempre estaba lista. No se lamentaba; es más, respondía con una energía sorprendente.

Sus suaves curvas, sus senos grandes, el rostro de expresión vacía, casi boba, pero precisamente por ello seductora en la medida misma en que hubiera podido ser la esencia misma del sexo.

Anna era el sexo.

Girolamo Riario la adoraba como a una diosa, en cierto sentido, a pesar de lo que hubiera podido pensarse hasta ese momento porque, obnubilando el raciocinio de él, con su vulva lo tenía en la palma de la mano, envolvía su voluntad, la succionaba.

Y en esa pérdida de sí mismo, en aquella negación del mundo que difuminaba sus propios límites para convertirse única y simplemente en una orgía de lujuria marcada por líquidos, fluidos, mordiscos, tumefacciones y gemidos, Girolamo se desvanecía, experimentando un sentido de libertad que lo hacía sentir ligero, vacío de pensamientos, de preocupaciones.

Justamente como en ese momento.

La tenía sobre sus rodillas como a una niña. Y ella estaba muy feliz, porque era el único lugar seguro donde refugiarse.

Emitió un susurro irresistible. Poco a poco, él le cerró los labios con el índice. Los sintió suaves y húmedos y rojos como cerezas.

—¡Chupa! —le dijo, empezando a mover el dedo arriba y abajo.

Anna lo envolvió con los labios, con avidez, dejando que él se lo introdujera hasta la garganta. Al mismo tiempo, sintió su miembro hincharse y apretarle el ano.

Girolamo Riario se estaba excitando ya. Tenía el pene duro y tumefacto hasta no poder aguantarlo. Metió también el dedo corazón y después el anular en aquella boca hermosísima, disponible, desbordante de placer.

Después de haberle chupado los dedos, Anna se arrodilló ante él y le puso la mano en el glande, estimulándolo suavemente para luego empezar a masturbarlo. Lo hizo con lentitud, con languidez, de manera casi distraída. El señor de Imola sintió cómo crecía su deseo por ella hasta aturdirlo.

¿Cómo lograba, de una forma tan inocente, hacer que se convirtiera en su esclavo y su amo el mismo tiempo? Aquella pregunta lo sobrecogía y lo sumergía en un delirio magnífico. Dejó que ella lo masturbara largamente. Cuando se vio próximo al orgasmo, Anna se volvió. Le dio la espalda y se puso a cuatro patas distendiendo las caderas. Él se corrió, llenando de fluidos calientes la raja encima del ano. La piel diáfana de ella, rebosante de esperma. Ella se untó el índice y se lo metió en la boca junto con los tres dedos de Riario.

Él se volvía loco.

El placer amenazaba con hacerle perder pie.

Estaba a punto de obligar a Anna a estirarse en la cama, cuando algo frío se insinuó, malévolo, en aquella escena ardiente, atenuando por un momento las llamas de las velas que salpicaban de luces la penumbra del dormitorio.

—Entonces, así es como esperabais noticias acerca del resultado de la conspiración, ¿verdad?

Conocía aquella voz, pero en ese instante, debido al exultante erotismo de Anna, no era capaz de asociarla a una cara. Y, sin embargo, debía de ser fácil, estaba seguro.

¿Quién demonios era?

—¿Tan esclavo eres de los placeres que te procura esta campesina que ni siquiera sabéis quién soy? ¿Tan joven te crees? Tenía que haberlo comprendido, qué idiota he sido...

—Laura...

—¡Ricci! —completó la voz a sus espaldas.

—¡Esperad...! —intentó decir él.

—Ya he esperado en exceso, ¿no os parece?

Girolamo Riario sintió que algo gélido le pinchaba la garganta. La brillante hoja de un cuchillo.

—Decidle a esta mujer que nos deje solos —continuó Laura.

No tuvo que repetírselo dos veces.

—Anna, ya te puedes ir...

La muchacha asintió. Mantuvo baja su dulce mirada, fue por su ropa y corrió hacia la puerta.

Cuando la oyó cerrarse, Laura espetó el siguiente comentario:

—Sigue siendo un misterio para mí qué encontráis en una mujer tan escuálida y ordinaria.

Riario se cuidó mucho de responder.

—Ahora —prosiguió Laura—, vais a quedaros desnudo como el gusano que sois y vais a hacer una cosa por mí.

—De acuerdo —confirmó él.

—No me hacen falta vuestras inútiles palabras. —Laura le apretó el filo contra la garganta. Unas gotas de sangre se derramaron desde el corte superficial que le había hecho. Entretanto, ella le pasó un fardo y le hizo ponerlo sobre la cama, frente a los ojos de su prisionero.

—Deshaced el nudo y abrid el envoltorio.

Riario no vaciló. La vida le iba en ello.

Se trataba de un objeto extraño e inquietante. Emanaba un hedor tan intenso que hacía casi imposible tenerlo cerca. Se hubiera dicho que era una esfera extraña envuelta en varios paños. Una vez deshecho el nudo, Riario se puso a desenvolver el largo pedazo de tela, empapado de un líquido negro.

A medida que avanzaba en aquella operación, el olor nauseabundo se hacía más insoportable. Estuvo a punto de vomitar, tanto que no fue capaz de evitar que le subiera a la boca parte de lo que había ingerido unas horas antes.

Cuando finalmente terminó aquella penosa tarea, descubrió lo que, inconscientemente, ya había intuido pero que su razón se había negado a aceptar.

La parte más interna de la tela blanca se había vuelto negra, y sus manos estaban ya completamente embadurnadas de aquel líquido repugnante que en parte se había secado y en parte había formado oscuras costras: sangre reseca.

Cuando por fin la tela estuvo completamente desenrollada, una cabeza rodó por la cama: los ojos muy abiertos, el pelo sucio reducido a repulsivos tentáculos; aquello que un día había sido un rostro estaba transformado en una máscara aterradora.

¡Era Ludovico Ricci!

Girolamo Riario no aguantó más. Sintió un golpe en el estómago y cayó de rodillas para luego vomitar hasta el alma.

Laura le propinó una patada a la altura de las costillas.

Riario rodó por el suelo, mezclándose con sus vómitos.

—¡Mi hijo! —exclamó Laura Ricci—. He sido tan imbécil... La única vez en que de verdad habría tenido que echar el tarot, no lo hice por miedo a la respuesta, y ahora mirad dónde estoy —dijo con una amargura que parecía venir desde muy lejos, de los intersticios más remotos del tiempo, como si la hubiera conservado en el transcurso de los años para soltarla únicamente en ese momento.

—Por favor... —volvió a decir él.

—¡Puaj! —exclamó ella, expresando todo su desprecio—. Dejad de usar palabras de las cuales ni siquiera sabéis el significado. No soy capaz de entender de dónde saco paciencia para escucharos. —Laura parecía ya completamente ausente. Miraba a su víctima de rodillas, y, sin embargo, al mismo tiempo parecía no verla, como si un velo la escondiera a sus ojos, como si ella no estuviera allí en absoluto, sino que se encontrara prisionera en una dimensión lejana.

En cierto sentido, su vida se había ido con la muerte de Schwartz. Aquel hijo que había tenido le había proporcionado una alegría que no creía posible, pero era, como quiera que fuese, un simulacro de vida, una visión de algo que había perdido para siempre y que ni siquiera Ludovico hubiera sido capaz de restituirle.

Había proyectado sobre el muchacho todo aquello que le había faltado: lo había convertido en su única razón de vivir, en su afecto, su consuelo, su alegría, incluso su amor.

Y ahora lo había perdido también a él.

De una manera mezquina.

De una manera que, una vez más, ella no lograba explicarse. De nuevo habían matado a la persona que más amaba, castigando su fracaso como mujer primero y después como madre. Porque no había sido capaz de proteger a los hombres que la habían querido.

Se odiaba por ello.

Miró a su víctima con aquellos ojos ya privados de luz y pensó que estaba cansada, que aunque lo matara no recuperaría a Ludovico, y hacerlo tampoco le devolvería a su gran amor, Reinhardt Schwartz.

Girolamo Riario estaba acurrucado en el suelo, en medio de su propio vómito. Era un hombre de una debilidad repugnante.

El aire era irrespirable.

Laura miró una última vez al señor de Imola.

Luego empuñó el cuchillo, apuntándose a la garganta.

—Prestad atención, maldito hijo de perra. Miradme bien, porque ahora vais a ver cómo muere una verdadera mujer.

Sin más preámbulos, Laura se hundió el filo en la garganta y dibujó con él un semicírculo, cortando de manera limpia y en profundidad. La sangre brotó a ráfagas e inundó todo lo que estaba alrededor: las blancas sábanas del lecho, las pieles de lobo que cubrían el suelo, el rostro emporcado de mucosidades y vómito de Riario.

El puñal cayó sobre la madera, rebotó y emitió un tintineo inquietante.

Laura miró por última vez a Girolamo Riario.

Después se apoyó en la cama, se deslizó hasta el suelo agarrándose a las sábanas y arrastrándolas consigo. Tenía unos ojos oscuros y brillantes que ya se iban apagando.

La vida la abandonaba, pero en el momento exacto en que el alma dejaba su cuerpo, una sonrisa le afloró en los labios.

Finalmente, después de tanto tiempo, había encontrado la paz.

Con los ojos desorbitados por el terror, Girolamo Riario se quedó mirándola. Estalló en un llanto sin fin.

Y luego empezó a gritar.

54

Soñando con los ojos abiertos

Había transcurrido un día entero desde que llegaron, y Lucrecia no alcanzaba a comprender la maravilla del lugar al que Leonardo la había llevado. El viejo edificio en el que había instalado su estudio se hallaba en Oltrarno y era algo simplemente increíble.

Recordaba lo sorprendida y también un poco sobrecogida que se quedó cuando, unos años antes, había descubierto las paredes del sótano llenas de dibujos, esquemas, proyectos de máquinas, estudios del cuerpo humano y cientos de otros aparatos. Pero ahora, al ver cómo estaba estructurada aquella casa, experimentó un sentimiento absoluto de fascinación.

Cada rincón parecía plasmar ideas nuevas e increíbles. Leonardo había construido una especie de máquina, que llamaba «elevador», para subir más rápidamente de un piso a otro del edificio, y que permitía acarrear también equipos pesados y voluminosos que ciertamente no se podían transportar a mano por la escalera. Funcionaba mediante un complejo sistema de ganchos y poleas que por medio de un cabrestante permitían al elevador moverse de arriba abajo, y viceversa. Se manejaba gracias a un timón colocado en el elevador, que Leonardo giraba en un sentido para subir y en el opuesto para bajar.

Lucrecia miró alrededor: la sala en la que se encontraba en ese momento estaba iluminada por luces extrañas que surgían de grandes cajas de madera tratada, en el interior de las cuales se metían las velas. Sobre una de las cuatro paredes de cada una de las cajas, Leonardo había fijado una gran lente de vidrio. De ahí que esos extraños candelabros adquirieran una capacidad y una intensidad lumínicas muy superiores a la de cualquier otra lámpara.

Detuvo la mirada; a poca distancia, una magnífica lira parecía observarla. Leonardo había empotrado el instrumento en una criatura fantástica realizada en bronce. El animal apoyaba sus patas en la lira; de hecho, para ser más exactos, el instrumento parecía alojado en las fauces mismas de aquella bestia, recubierta de grandes escamas y con enormes garras.

Pero lo que más le había extasiado era la habitación de los espejos.

Se componía de ocho paredes enteramente cubiertas de espejos. Mientras la superficie luminosa, perfectamente lisa y transparente que tenía al frente le devolvía su imagen, los otros siete espejos le permitían ver cada parte de su persona sin tener que moverse, multiplicando las perspectivas.

A Lucrecia le daba vueltas la cabeza.

Había vuelto más veces a esa habitación, llenando sus ojos de maravilla y quedándose sin aliento de puro estupor.

Se preguntó en cuáles y cuántos inventos más estaba trabajando Leonardo. Alguien lo había definido como pintor, pero cualquiera que hubiese visto ese lugar se daría cuenta de que ese hombre era mucho más.

Era un genio.

Lucrecia no habría podido imaginar una definición más apropiada.

—Señor Leonardo, me sobrecogéis —dijo mirando a aquel joven de largos cabellos rubios y barba rala, como si fuera una suave pelusa clara que le cubría apenas las mejillas hundidas.

Él se defendió.

—Venga, señora. Esto no es nada. Solo algunos juegos absurdos con los que paso el tiempo.

—No es verdad. Sois muy modesto.

—En realidad no lo soy para nada. Y, sin embargo, pese a toda mi arrogancia, ni siquiera soy capaz de acercarme a lo que querría de verdad hacer. Todo lo que veis, Lucrecia, no es más que un intento patético de estudiar la realidad.

—¿Cuál es vuestro mayor sueño? —le preguntó ella, extasiada una vez más por las fantásticas creaciones de ese hombre.

—¿Cuál es, desde siempre, el sueño más grande de un hombre?

Lucrecia no lo sabía.

—¿El amor? ¿La paz? —preguntó.

Leonardo se rio.

—¡El amor, claro! ¡La paz, más que claro! Qué razón tenéis... No obstante, dudo de que un hombre respondiera de ese modo. Lo que demuestra, una vez más, lo superior que es la inteligencia de la mujer.

Leonardo se quedó por un momento absorto en sus propios pensamientos, como si aquellas dos simples respuestas a su pregunta le hubieran tocado en lo más hondo.

—Qué hermoso es oíros reír de nuevo —dijo ella—. Me acuerdo de la última vez que estuve aquí. Parecíais la sombra del hombre que habéis vuelto a ser.

—El mérito les corresponde únicamente a mis amigos —respondió él.

—¿Y quiénes son? —preguntó Lucrecia.

—¿No lo adivináis?

—Sí, pero quiero oíros decirlo.

—Vos, Lucrecia, y Lorenzo de Médici.

—¿Veis, Leonardo? ¿No ha sido fácil, después de todo?

—¿El qué?

—Dejarse llevar por los sentimientos por una vez. Por la alegría de la amistad. Dando un poco de afecto a quien tienes cerca. Era hora...

—Sí —dijo él con una sonrisa—, tenéis toda la razón.

Lucrecia asintió.

—Pero, volviendo a nosotros —prosiguió Leonardo—, ¿os parece que al hombre le interesan de verdad cosas como el amor y la paz, teniendo en cuenta lo que está ocurriendo en Florencia en estos días?

En esa ocasión, Lucrecia se quedó en silencio.

—No quería quitaros la sonrisa, señora —dijo él, dándose cuenta demasiado tarde de aquella ocurrencia inoportuna—, pero creo que la respuesta a mi pregunta es «no». En cualquier caso, cuando os hice esa pregunta aludía a algo más simple.

—¿A qué cosa?

—A volar.

Los ojos de Lucrecia se abrieron con desmesura.

—¿Lo decís de verdad? ¿Lo creéis posible?

—Lo digo más que en serio —respondió Leonardo—. Es verdad que es complicado, pero la respuesta, Lucrecia, está en la naturaleza. Como siempre, por lo demás. Venid —continuó—, quiero mostraros algo.

Subieron al elevador, y accionado el timón, Leonardo empezó a girarlo para bajar; pronto se encontraron en el sótano.

Una vez que salieron de la plataforma, Leonardo la llevó al centro de un espacio lleno de máquinas y objetos hasta que, suspendido de una maraña de cuerdas, Lucrecia descubrió algo que le cortó la respiración.

Un par de alas o, mejor dicho, una especie de máquina en la que se habían insertado unas alas. Solo las alas.

Leonardo intuyó su estupor; por ello, como el verdadero artista que era, decidió no detenerse, y en lo que a Lucrecia le pareció un acto de magia, se puso una especie de corsé rígido fabricado con madera y cuero. A través de una serie de palancas que se bifurcaban, empezó a accionar las grandes alas membranosas que estaban conectadas a ellas y que comenzaron a batir el aire.

Lucrecia abría cada vez más sus ojos negros.

—¿Y funciona? —preguntó.

—Todavía no está completo. Estoy trabajando en ello, pero más tarde o más temprano encontraré el valor para probarlo, y entonces seréis la primera en saberlo.

Ella sonrió.

—Sería magnífico —dijo—. Sería una de las grandes conquistas del hombre.

Él asintió distraídamente, como si el solo hecho de haberle mostrado por un momento su invento lo hubiese hechizado y llevado a ese mundo que únicamente él podía ver.

—He decidido llamarlo Ornitóptero, porque, como bien podéis ver, he estudiado el vuelo de los pájaros, el del milano negro en particular.

—¿Y por qué el milano? —preguntó Lucrecia.

—Es una larga historia —dijo Leonardo—. Un día seguro que os la contaré.

El Gris esperó a que el chico regresara. Era delgado como un clavo, tenía los dientes negros y el rostro sucio de hollín. Pero era ágil como un gato y nadie era capaz de trepar a balcones y ventanas como él. Se movía veloz en la noche que ya había caído en Florencia como una lluvia de tinta. Alguna rara antorcha iluminaba a retazos las calles, pero allí donde se encontraban, en Oltrarno, la oscuridad era casi total.

Cuando, la noche anterior, la muchacha de rubios cabellos le había pagado aquella cantidad exorbitante para hacer ese trabajo, había pensado que bien podría pasar de todo: coger el dinero y desaparecer. Después de todo, ¿quién iba a controlar el resultado? Pero cuando ella le había explicado que una vez hecho el trabajo recibiría otros tantos florines, su codicia había tomado las riendas. Y entonces, a fin de cuentas, ¿de qué se trataba? Solo tenía que asustar a un pintor medio loco y hacer que le dijera dónde podía encontrar a Lucrecia Donati. Meter miedo a un hombre como aquel no parecía una empresa particularmente compleja, por eso el Gris había pensado que había tenido un gran golpe de suerte. El momento era ideal, porque Florencia estaba sumida en la anarquía más absoluta. Las familias se habían encerrado en sus casas y en varios lugares se oían estruendos y gritos, porque los partidarios de los Médici continuaban buscando aliados de los Pazzi para ajusticiarlos.

Aquella sed de sangre estaba hundiendo la ciudad en el abismo, y las instituciones no hacían nada para detenerla. De hecho, en ciertos aspectos la estaban alentando. Y ahora se volvían a encontrar con bandas de mercenarios y ladrones por las calles, que saqueaban las casas de los presuntos enemigos de los Médici.

Sonrió, ya que él pertenecía precisamente a ese tipo de hombres.

Había contribuido en modo notable a alimentar la locura desenfrenada para así poder sacar alguna ganancia de aquel estado de cosas; era una auténtica bendición. Y no iba a dejar pasar la oportunidad de ganar fácilmente otros cincuenta mil florines.

A fin de cuentas, aquella orgía de violencia a la que la ciudad estaba sometida era la única forma de volver a equilibrar el destino de la población, robando dinero y posesiones a los ricos para dárselos a los pobres, para que esos últimos lo fueran un poco menos. El Gris no conocía otra manera: los nobles y la clase alta eran codiciosos e insaciables, y a pesar de tanta cháchara y buenos propósitos, ni soñaban con conceder nada a las clases inferiores. Así que la rebelión, la subversión de todo orden, aunque fuera por un breve periodo de tiempo, adquiría los contornos de un rito de purificación colectivo. Por ello, el Gris no había titubeado en llevar aquella locura hasta sus consecuencias más extremas: porque esperaba que durase lo más posible, de modo que significara un desahogo adecuado para los muchos abusos y atrocidades que los pobres y los mendigos habían tenido que sufrir en aquellos últimos años. Solo de esa manera podrían luego aceptar de nuevo la vida de cada día, hecha de opresiones y de injusticias.

Observó la media luna; encendía el cielo nocturno con una sonrisa amarilla. Mientras esperaba, cerca de la casa de enfrente oyó el arrastrar de pies apenas perceptible de su emisario. Durante un instante le hizo señales con un farol que luego volvió a ocultar entre los pliegues de su amplia capa.

—Son dos —murmuró el chico.

—¿Estás seguro?

—Sí. Un hombre y una mujer.

—¿Los has visto?

—Exactamente igual que ahora os veo a vos.

—Muy bien.

El muchacho emitió una tosecita.

—¿Qué ocurre? —le preguntó el Gris.

—¿Estáis seguro que ese hombre es un pintor?

—¿Por qué me lo preguntas?

—Porque he visto algunas máquinas extrañas, cosas tan incomprensibles que no sabría decir de qué se trata, pero no me parece que tengan que ver con la pintura.

—¿Has pintado alguna vez en tu vida? —le preguntó el Gris con tono irónico.

—¿Yo? Pues no realmente.

—Entonces ¿qué diantre quieres entender?

—Os pido disculpas.

—¡Olvídalo! Mejor vete a avisar a los otros.

—De acuerdo.

Y sin tener que repetírselo, el chico echó a correr hasta el final de la calle.

El Gris miró a su alrededor: la situación era perfecta. Los perros callejeros gruñían en torno a un cadáver. De la calle de al lado emergían gritos y se podían ver destellos de fuego. Es verdad que la ocasión era propicia. Nadie le prestaría atención. Entrar en aquella casa sería un juego de niños y, en ese punto, de puertas para adentro, podría suceder de todo.

55

Escaramuza nocturna

Leonardo no les quitaba ojo desde hacía un rato.

Había visto al muchacho asomarse desde un balcón y luego espiar el interior de la casa. Había sido muy hábil y apenas lo había oído. Leonardo había continuado exhibiendo sus trabajos a Lucrecia. Quería evitar que se alarmara, al menos en la medida de lo posible, pero después, en cuanto se percató de que el joven espía se iba, había notado que una luz había resplandecido al otro lado de la calle. Había durado poco más de un instante y luego había vuelto la oscuridad, pero ese haz de luz había bastado para ver que la situación no hacía presagiar nada bueno.

Por ello, sin perder más tiempo, le había dicho a Lucrecia que se preparara para una noche movida. Temía que algunos saqueadores y ladrones que merodeaban por la ciudad, favorecidos por las represalias y la violencia desatada en esos días, intentaran aprovecharse para sustraer algo de valor en su casa. No tenía idea del motivo, y si había razones subyacentes ya no estaba a tiempo de averiguarlas. Lo que importaba llegado el momento era estar preparado.

Leonardo no creía que aquellos hombres pretendieran matarlo, pero casi con seguridad intentarían robarle, y él no se quedaría de brazos cruzados. Si podía, evitaría que causaran daño, y tenía un par de trucos para tratar al menos de espantarlos.

Había visto al chico correr al fondo de la calle. Se había limitado a escuchar las órdenes de aquel hombre, el de los largos cabellos grises.

Cuando por fin llegaron los demás, el Gris estaba ya totalmente listo. Se habían pertrechado con un ariete para echar abajo la pesada puerta de roble de la casa del pintor, y muchos de ellos llevaban guijarros en las manos, dispuestos a estrellarlos contra las ventanas.

Estaban tan ocupados organizándose que apenas se dieron cuenta de que, de repente, el primer piso de la casa se había iluminado rápidamente, después de lo cual ocurrió lo más extraordinario e increíble que el Gris había visto jamás.

Alguien abrió las ventanas, la luz inundó la calle y desde lo alto empezaron a llover unos objetos increíbles.

¿Pájaros?

En cuanto los vio, el Gris pensó que se trataba justamente de eso, y en efecto, la manera de batir las alas le sugerían que así era. Emitían, no obstante, un ruido extraño, una especie de zumbido amenazador, y parecían presa del delirio más absoluto. Algunos de ellos se abatían sobre otros y luego se precipitaban hacia abajo. Otros caían al suelo. Una parte, una vez más, se abalanzaba sobre ellos.

Hacían un ruido ensordecedor. Y en aquella oscuridad de

repente iluminada por faroles, ver aquellas figuras como flechas enloquecidas que producían aquel zumbido siniestro no dejaba de producir cierto efecto.

Algunos hombres del Gris empezaron a gritar. Un par de ellos sujetaba entre las manos uno de aquellos extraños arneses que continuaba batiendo las alas.

Chillaron como dementes, tirándolo al suelo, mientras aquella especie de monstruo de madera y muelles, y a saber qué más, se estrellaba contra el suelo.

Mientras el Gris intentaba poner orden en aquel desbarajuste, empezaron a caer dardos. Un número impresionante, como si en la casa estuviera atrincherada una legión entera de guardias.

No parecía que los arqueros tuvieran una gran puntería, ya que ninguna flecha daba en el blanco, pero tal vez los defensores intentaban tan solo espantarlos.

De todas formas, uno de aquellos dardos llegó a rozarlo, y eso acabó por darle miedo.

El Gris buscó con la mirada a aquel muchacho idiota que le había asegurado que dentro había dos personas. Lo vio justo a tiempo. Estaba escondido detrás de un barril de los que recogen agua de lluvia y ahora buscaba la manera de escapar antes de acabar lanceado como un animal.

—Tú, maldito espía. Pero ¿qué diantres has visto? ¡Ahí dentro por lo menos hay diez!

—Dejad... dejad... dejadme marchar, os lo ruego. Ahí dentro vive el demonio... ¿no habéis visto esos pájaros de madera?

—¡Puaj! —El Gris escupió—. Poco me importan esos cacharros. Lo cierto es que gracias a tu incompetencia nos encontramos bajo esta lluvia de flechas.

Y mientras lo decía, uno de los dardos fue a clavarse en el centro del barril con un ruido sordo.

—¡Van a acabar por matarnos si nos quedamos aquí! —gritó el chico, que ya parecía haber perdido la razón a causa del miedo.

—Sí —admitió el Gris. Estaba a punto de echarle el guante, cuando escuchó un ruido de cascos al final de la calle. Por un momento levantó los ojos, y aprovechando ese instante de distracción el niño se zafó de sus manos y huyó como alma que lleva el diablo.

—¡Pequeño hijo de perra! —gritó el Gris.

Vio que las figuras se volvían más nítidas a medida que los caballos avanzaban al galope.

No podía permanecer donde estaba o acabaría directamente en una de las celdas del Palacio del Podestà, o tal vez con una soga al cuello.

Paciencia, pensaba, al menos había cobrado los florines de anticipo. Renunciaría al resto. Ahora sería mejor poner pies en polvorosa y tratar de ponerse a resguardo.

Por eso, sin más dilación, empezó a correr en la misma dirección en la que se había escapado el muchacho.

Lorenzo había esperado tres días. Se había quedado en casa. Había hecho arreglar el cuerpo de su hermano y lo había enterrado con todos los honores en San Lorenzo. Habían sido horas de dolor y recuerdo, de llantos desgarradores y explicaciones, sin que pudiera entender nada realmente, ya que no podía tener sentido una muerte como la que había sufrido Giuliano.

Tampoco se pasaría el resto de la vida buscándolo.

Se sentía culpable por haber sobrevivido, esa era la verdad; porque su hermano era la única persona realmente inocente en toda aquella historia. No había tenido responsabilidades políticas ni había intentado acomodar los acontecimientos a los objetivos familiares, ni había traicionado a nadie, ni siquiera lo había intentado. Las guerras surgidas en Florencia no estaban marcadas para nada con su nombre; de hecho, cada vez que pudo se había opuesto con todas sus fuerzas para evitarlas.

Y, sin embargo, fue él el que cayó muerto a manos de un puñado de traidores.

Mientras el aire frío de la noche le cortaba la cara, montado en su caballo *Folgore*, Lorenzo intentaba aceptar la idea de que ya no se podía hacer nada. No lo conseguía. Pero pensaba que al menos tenía que intentar merecer la suerte que le había tocado.

Al final del tercer día había salido del palacio con escolta y había atravesado la ciudad. Se había quedado conmocionado al ver en qué se había convertido: una única pira con gritos de dolor y locura. Las casas ardían. Los perros callejeros devoraban cuerpos despedazados que se pudrían en las calles. Bandas de jóvenes delincuentes saqueaban las ruinas humeantes de los edificios como bandadas de cuervos.

Todas aquellas imágenes y otras más innombrables componían una visión apocalíptica que Lorenzo nunca habría imaginado que llegaría a ver con sus propios ojos.

Mientras intentaban llegar al taller de Leonardo, él y sus hombres se habían topado con partidarios de los Médici que se divertían pateando cabezas cortadas. Cuando lo vieron, huyeron como las ratas cobardes que eran.

En pocos días, al menos cien personas terminaron ahorcadas en las ventanas del Palacio de la Señoría o decapitadas en el patíbulo. ¿Quién podía tolerar tal grado de delirio y crueldad?

Se habían cumplido las predicciones más nefastas.

Esperó llegar a tiempo cuando finalmente detuvo a *Folgore* delante de la puerta del edificio que albergaba el taller de Leonardo. Bajó del caballo y se quedó perplejo al ver extraños objetos de madera en forma de pájaro que ocupaban la calle como si se tratara de carcasas mecánicas de criaturas fantásticas. Por no mencionar el hecho de que en la calle, sobre un par de escalones y en un recolector de agua de lluvia, se contaban por miles los dardos de ballesta.

Lorenzo corrió hacia la puerta y golpeó furiosamente la aldaba contra la madera.

—¡Leonardo! ¡Leonardo! —gritó. Miró hacia arriba y se percató de que las ventanas estaban abiertas y que de ellas emanaba una luz intensa.

Fue en ese momento cuando su amigo se asomó por el balcón.

—¿Pretendéis echarme abajo la casa? —preguntó.

—¡Estáis vivo! ¡Oh, gracias a Dios! ¿Y Lucrecia? —gritó Lorenzo.

—La puerta está abierta —respondió Leonardo lacónicamente—, juzgadlo vos mismo.

Sin hacérselo repetir, Lorenzo empujó el pesado portón. No había esperado encontrarlo abierto. Al pasar, ordenó a su cohorte que vigilasen la entrada y que lo esperaran fuera, en la calle.

Después entró.

Encontró un artilugio extraño del que no tenía memoria, una especie de plataforma. No había escaleras y no tenía ni idea de cómo hacer para subir. Ni cómo bajar tampoco. Pero estaba claro que Leonardo estaba en el piso de arriba.

—Montad en el elevador. —La voz de Leonardo venía de lo alto—. Girad el timón hacia la derecha para subir.

Lorenzo se acercó y vio una rueda insertada en una estaca de madera que hacía las veces de soporte, empezó a girarla como le había dicho Leonardo y se dio cuenta de que al cabo de un momento estaba subiendo. Vio rueditas y engranajes girar en aquella especie de puente móvil dirigirse hacia arriba. A medida que se alejaba del suelo, crecía en él una ligera inquietud. Se apoyó en el soporte, y en poco tiempo llegó al piso superior. La plataforma se detuvo con un chirrido, y acabó en una guía empotrada en el suelo.

Fue entonces cuando vio a Lucrecia.

Tenía los ojos luminosos, el rostro risueño, los cabellos que le bajaban por la espalda como un río.

No hizo falta hablar. Terminaron la una en los brazos del otro y, en un momento, todo se recompuso: las palabras negadas, las promesas incumplidas, las lágrimas y el dolor de todos aquellos días.

Leonardo, en silencio, los miraba con una sonrisa en los labios.

SEPTIEMBRE DE 1479

56

El amor no olvida

Por una vez, fue él quien fue a buscarla.

Había estado lejos de esa casa tanto tiempo...

Cuando llegó, volvió a reconocer el aroma de aciano, la esencia maravillosa que le había hechizado el corazón.

Entró en el salón; era muy hermoso, elegante, lleno de flores. Los grandes ventanales estaban abiertos, como si quisieran abarcar para siempre esa última panorámica del verano. El atardecer teñía de rojo el cielo sobre Florencia. Las velas de colores ardían alrededor, y en las primeras sombras nocturnas multiplicarían los puntos luminosos en la sala.

Una brisa traviesa acariciaba sus magníficos cabellos, brillantes, casi líquidos en su esplendor. Recordaban la seda más pura, la que procedía de Venecia y del Extremo Oriente.

Lorenzo contempló a Lucrecia largamente porque quería llenar su mirada con su belleza una última vez: los labios rojos como la sangre, la piel bronceada por el sol, los pómulos altos y esos ojos magnéticos, insolentes, perlas negras en las que reverberaba el resplandor de las velas y la llama roja de la pasión.

Cuando la tenía delante percibía netamente la inferioridad del hombre: la mujer era una criatura infinitamente más hermosa, orgullosa, inmaculada. La mujer parecía que volara más allá de los infortunios terrenales y las miserias efímeras de fama y poder.

Y Lucrecia era la esencia misma del infinito y del fascinante misterio de la mujer.

No fue capaz de hablar.

Habría querido decir mil cosas, pero su mirada se perdía en aquel vestido que le sentaba de maravilla: era de un color azul tan intenso que parecía un cielo despejado. Las perlas, que recorrían en hilos aquel mar de terciopelo, encendían en ella notas de luz. El escote amplio resaltaba sus pechos perfectos, y los hombros desnudos y seductores parecían querer capturar los últimos rayos de sol. Las mangas de brocado con cintas entrelazadas, ribeteadas de piedras preciosas que desembocaban en sus manos. Lucrecia era una visión.

Lorenzo pensaba en cuánto la había deseado, amado, traicionado y perdido, para luego volver a tenerla de nuevo, de milagro. Y ahora, en ese momento, mirándola, se dio cuenta de que le daba miedo decepcionarla una vez más, como si al tocarla pudiera arruinar no solo su belleza, sino también la integridad de su persona.

Porque ella siempre había sido sincera y justa con él; incluso cuando le había mentido, lo había hecho para salvar a su amigo más querido.

Y después pensó que lo que había entre ellos no podía ser más hermoso que de ese modo.

Cualquier cosa que hubiera ocurrido en ese momento no habría hecho más que adulterar esos instantes de belleza.

—Has venido a despedirme. —No era pregunta, sino la simple verdad. Después de todo lo que había pasado, después de aquella pasión sobrecogedora, después de las esperas y las palabras, después de la sangre y el perdón, ahora había llegado el momento de despedirse.

Pero no era un adiós, y la amargura de hacía un tiempo, cuando se habían vuelto a encontrar como extraños en la granja oculta del bosque, había desaparecido. Ni siquiera era menor la necesidad punzante de saber de la suerte del otro, esa sensación quebrada inmediatamente después de haberse separado tras la conspiración de los Pazzi.

Lucrecia traslucía un sentimiento de paz y reconciliación. A Lorenzo casi le daba miedo hablar, porque en el fondo las palabras eran traidoras, canallescas, fruto del momento y del estado de ánimo, mientras que el amor... El amor era para siempre.

Y ahora, en sus ojos oscuros leía realmente la confirmación de todo lo que sentía por ella. Volvió a ver su corazón bondadoso y grande, que jamás se había apagado en todos esos años a pesar de todo lo que había ocurrido, a pesar de las alegrías que se habían procurado y las que se habían negado.

Él la había salvado, arriesgando su propia vida.

¿Había algo más hermoso que un hombre pudiera hacer por una mujer?

—Si hoy estoy aquí, contemplando este atardecer desde el salón de mi casa, te lo debo solo a ti —dijo finalmente.

Lorenzo suspiró.

—¿Qué será de nosotros? —preguntó Lucrecia.

—Cada vez que vuelvo a pensar en ti, los ojos y el corazón se me cubren de una lluvia que no soy capaz de explicar. Cuando intento escribirte, la tinta se seca, y las palabras son hojas caídas, fantasmas, espectros cansados de lo que puedo explicar solamente con la mirada, con el amor que llevo dentro de mí y que ningún dolor, ninguna promesa podrán explicar. —Lorenzo se detuvo. Respiró profundamente, como si lo que había dicho lo hubiera sacado de los pliegues más ocultos y hondos de su alma. Pero luego prosiguió—: Soy la espera y la negación que hacen al amor más fuerte, y ahora creo que te quiero como nunca antes. Y todo lo que decía hace tiempo era tan cierto que solamente ahora me doy cuenta de que he vendido la felicidad con una vida sin ti, y me maldigo por haberlo hecho. Y no porque hayamos pasado poco tiempo juntos, sino porque he dejado que la política y el poder me lo quitaran todo sin dejarme nada a cambio.

Al oír esas palabras, Lucrecia lloró. Eran lágrimas de alegría y, al mismo tiempo, de pesar, por todo aquello que habían perdido y por lo que todavía podría ser.

—El tiempo dirá si aún merecemos amarnos. No quiero prometer lo que no puedo mantener. Sé, sin embargo, que hay una luz que, a pesar de lo sucedido, no se apagará nunca, y es como tu música, esa sensación de infinito en la que descubrí que podía mecerme un instante. ¿Te acuerdas?

Ella asintió.

—Era joven entonces —continuó él—, y un hombre mejor del que ahora soy. Pero si la vida me ha enseñado algo te lo debo a ti y a tu integridad, porque en todo lo que has hecho veo una coherencia y un valor que yo no tendré nunca, y es por eso por lo que te admiro.

—Siempre has sabido elegir las palabras precisas para hacerme llorar —dijo ella entre sollozos—, porque nadie me ha conocido mejor que tú, nadie ha sabido explicarme lo que soy, pero tú has salido airoso en esa difícil tarea, y es por eso por lo que te he amado y te amaré siempre.

Y al decirlo, se apartó de la ventana. Se sentó en un sillón y cogió el laúd.

Las notas llovían como pura armonía hecha música, como la más grande promesa de amor jamás escrita.

Lorenzo se quedó escuchándola, dejando que la melodía lo arrullase entre los brazos impalpables de la gracia, justamente como había ocurrido hacía mucho tiempo.

Entonces... era verdad.

El amor nunca moriría ni olvidaría.

57

Los viejos amigos

Dos hombres estaban sentados en lo alto de una colina. Observaban las trayectorias imposibles del vuelo de los pájaros.

Había en aquellos movimientos una perfección desconocida. Lorenzo miró a Leonardo. Tenía los ojos hechizados por el cielo.

Por un momento le pareció que había retrocedido diez años. Cuando, justamente en aquella colina, Leonardo le había mostrado su primera ballesta veloz. Desde entonces había construido ya otras tantas. Pero aquella que recibió como regalo aquel día, Lorenzo la llevaba siempre consigo.

Los días de locura y muerte habían pasado. Nadie le podría restituir a su hermano, así como nadie podría borrar ni el horror ni el exterminio perpetrado por hombres que eran partidarios suyos después de aquella Pascua sangrienta. Sabía que tenía gran parte de la culpa, pero había aprendido también que la única manera de sobrevivir al poder y a las responsabilidades era hacer el bien.

No sabría decir si se había convertido en un hombre mejor en ese último periodo, pero lo cierto era que lo intentaba.

Florencia estaba conociendo finalmente un periodo de paz, y ahora, todos sus esfuerzos se concentraban por completo en embellecer cada vez más la ciudad.

Él no había querido aquella conspiración y tampoco las represalias que se derivaron de ella; había ordenado a sus hombres que no se aprovecharan de la muerte de su hermano para cometer crímenes aún peores, pero le habían ignorado. Después de esos días había expulsado a muchos de ellos de sus puestos de poder y los había sustituido por otros.

—¿En qué estáis pensando? —preguntó Leonardo. No lo estaba mirando, mantenía la mirada fija en las nubes blancas que recubrían como cristales de azúcar el cielo.

—En todo lo que ha ocurrido desde aquel día.

—¿Cuando os regalé la ballesta?

Lorenzo asintió. Era increíble lo capaz que era su amigo de leer en su interior.

—Eso precisamente —dijo él.

—¿Qué pensáis de... nosotros?

—¿En qué sentido?

—Quiero decir como amigos. ¿Nos hemos hecho buenos amigos con el paso del tiempo? ¿Con todos nuestros errores e incomprensiones?

—Creo que así es —respondió Lorenzo.

—Yo también lo creo. Y, sin embargo, pienso que no ha sido fácil para mí. Tengo un carácter pésimo y en cuanto puedo alejo a las personas.

—Lo he notado.

—Sí. En todo caso, no me desdigo de lo que os dije hace ya tanto tiempo —dijo Leonardo.

—Y hacéis bien, puesto que teníais razón y yo estaba equivocado.

—Es verdad; creo que es muy difícil lograr ser lúcido en un momento como aquel. Es fácil ser idealista sin la responsabilidad de gobernar una ciudad.

—Pienso que he cometido muchos errores —confesó Lorenzo—. Pienso que si hubiera reaccionado de otra manera algunas cosas no habrían sucedido. Pienso que ojalá me sintiera a gusto con mi conciencia.

Leonardo meneó la cabeza. Los largos cabellos dorados se mecían en la brisa del verano.

—No hay conciencia, amigo mío. Existe tan solo lo que hacemos.

Lorenzo suspiró. Sentía que en aquellas palabras había mucho de verdad. Y era precisamente eso lo que lo atormentaba.

La campiña los contemplaba con sus colores vivos y vibrantes.

—Nada se compara a la naturaleza —dijo Leonardo—. Creo que deberíamos tan solo abandonarnos a ella para intentar imitar sus secretos y sus fórmulas para ser felices.

El sol resplandecía en lo alto del cielo. Había rasgado el manto de nubes e iluminaba la colina.

—Tengo un encargo para vos —dijo Lorenzo—. Sé que no debéis nada a Florencia; de hecho, sois acreedor, pero me gustaría que aceptarais.

—¿De qué se trata?

—Me gustaría que pudierais volver a pintar. Sé que son muchas las cosas que os fascinan y os ocupan, y no quiero interferir en lo que realmente es importante para vos. Pero cuando miro aquel cuadro...

—¿El de Lucrecia?

Lorenzo asintió, después prosiguió.

—Veo el talento en la captura de la gracia y una sensación de paz celestial, de belleza que se nutre de azules y verdes, y querría volver a contemplar obras semejantes. Me pregunto, pues, si podríais considerar aceptar un encargo...

Leonardo sonrió.

—No estoy seguro de poderlo hacer.

—Quizá podríais pensarlo. Tomaros un poco de tiempo y decirme cómo lo veis. Entretanto, si os parece, ¿por qué no os acercáis a la escuela de arte de Bertoldo di Giovanni, en el Giardino di San Marco? Lo conozco bien, es un escultor muy bueno y a lo mejor descubrís algo divertido.

—Pero ¿cuál sería el tema de la pintura?

Lorenzo parecía reflexionar.

—A decir verdad, preferiría decíroslo solamente si aceptáis volver a pintar. —Esbozó una sonrisa—. De todas formas, tengo en mente otra cosa más para vos.

—¿Otra más?

—Sí. Si aceptáis mi propuesta, me gustaría enviaros a Milán, con el duque Ludovico Maria Sforza, buen amigo mío. Allí podríais dar rienda suelta a vuestro talento y representaríais a Florencia como su emisario artístico más genial.

Leonardo guardó silencio.

—Lo pensaré —dijo—. ¿Habéis visto? —preguntó luego, señalando el cielo azul y un pájaro que planeaba, dominando el aire, como si fuera su dueño y señor.

—¿El qué? —preguntó Lorenzo.

—Aquel milano negro. Vuela como ninguna otra ave es capaz de volar.

—No lo sabía.

Leonardo volvió los ojos al cielo.

—Es un viejo amigo —dijo, mientras una lágrima rodaba por su mejilla—. Exactamente como vos.

Nota del autor

A medida que mi trilogía histórica dedicada a los Médici toca a su fin, tengo la idea de que he afrontado un tema y un periodo fascinantes, pero también extremadamente complejos. Esta segunda novela se proponía, entre otros muchos objetivos, intentar explicar dos personajes históricos de gran impacto como fueron Lorenzo de Médici y Leonardo da Vinci. Incluso al tener que reflexionar sobre un simple hecho, mi pobre mente vacilaba; por ello me incliné por utilizar la clave narrativa de la inconsciencia.

La mía, evidentemente.

He tratado, en suma, de explicar sus figuras sin dejarme condicionar demasiado por los clichés, intentando, cuando era posible, subrayar algunos aspectos menos conocidos de su andadura humana.

Sin olvidar que, a pesar de la creencia general, el Renacimiento fue, entre muchas otras cosas, también uno de los periodos históricos más oscuros y violentos.

En esta especie de investigación, algunos elementos han sido de inestimable ayuda: el hecho, por ejemplo, de que el Leonardo florentino no fuera todavía el genio en la cúspide de la fama, sino un artista ecléctico en busca de su propio camino; y que en los años de este relato —de 1469 a 1479— estuviera por tanto tan fuertemente preocupado por comprender cuáles eran sus verdaderos intereses y pasiones, ha sido ciertamente uno de ellos.

Un Leonardo muy joven, enigmático, que entre 1474 y 1478 llegará, además, a dejar de pintar y que se verá, en ese intervalo de tiempo, acusado de sodomía, pero también un Leonardo aprendiz, entusiasta, hambriento de conocimiento, que emprenderá el camino de su formación en el taller de Verrocchio.

Lo que siempre me ha impresionado en las muchas lecturas realizadas también para la preparación de esta segunda entrega de la trilogía, ha sido ver lo muy frecuentemente que se sumía el gran artista Da Vinci en el estudio de la naturaleza, en el titánico esfuerzo de imitar las soluciones que provenían de ella. Por ello he intentado dar cabida a episodios como los del vuelo del milano por una parte y el estudio de algunas simples técnicas de construcción por otra, intentando imaginar una hipotética noche de espera antes de la colocación del estandarte de los Médici en la linterna de Santa Maria del Fiore, encargada a Andrea del Verrocchio.

Se trata, en definitiva, de una narración expresamente troceada, que intenta reconstruir una figura contradictoria y enigmática a través de algunas teselas que mantengan presente la absoluta inefabilidad del personaje, exactamente igual de inefables que algunas de las figuras que ocupan el centro de sus obras maestras.

¿Y Lorenzo?

Tampoco en su caso han faltado los problemas.

A partir de los muchos documentos y escritos examinados ha emergido una figura mucho más turbia y cínica de lo que me esperaba: pienso en la guerra de Volterra o en las leyes que impiden a Beatrice Borromeo, mujer de Guglielmo de Pazzi, heredar una inmensa fortuna de su padre, o incluso en la difícil relación con su consorte, Clarice Orsini, cuando su amor pertenecía de lleno a Lucrecia Donati.

Por otro lado, mientras me formaba una opinión sobre el personaje, que iba a revisitar en clave de ficción, también he comprendido lo terrible que debió de haber sido para el Magnífico afrontar su tormento interior al tener que asumir a su pesar el poder y el gobierno de una ciudad como Florencia.

Y quizás es esa la clave de lectura que me parecía que cuadraba con Lorenzo; es decir, la de un hombre dividido entre el amor y la obligación de ejercer el poder, de hecho incluso la necesidad de hacerlo, ya que a él, y a ningún otro, se le pide convertirse en el señor de Florencia en cuanto su padre, Piero, falleció.

Lorenzo, que ya había tenido que aceptar perder a Lucrecia para casarse con Clarice, en nombre de una alianza entre los Médici y la noble familia Orsini, no pretendía convertirse en el nuevo líder de la facción destinada a gobernar la ciudad, al menos no con veinte años, y, sin embargo, eso era lo que todos esperaban de él.

No tuvo oportunidad de decantarse o elegir: las cosas fueron así y ya está. Y entonces ese conflicto interior, ese cansancio, ese peso, lo conducen muy pronto a convertirse en un personaje con luces y sombras, una figura que rozó en ocasiones los límites de la tragedia, del personaje que fascina precisamente porque está colocado en la frontera lábil y difícil de lo justo y lo injusto, y por lo tanto entre el bien y el mal.

En términos de modalidades narrativas he considerado oportuno optar por un relato en escenas, para no perder la continuidad de la narración. Para el lector será posible leer esta novela como una historia, o bien, si lo prefiere, degustarla una vez acabado el primer volumen, así tendrá una imagen completa de una época.

He elegido, una vez más, vertebrar este trabajo consultando, sin descanso, la *Istorie fiorentine (Historias florentinas)*, de Nicolás Maquiavelo, y la *Storia d'Italia (Historia de Italia)*, de Francesco Guicciardini, auténticas e insustituibles guías para no perder el horizonte de la verosimilitud, de modo que se creara una mezcla literaria que estuviera lo más contaminada posible de los hechos históricos.

Tampoco en ese caso han faltado los «peregrinajes» florentinos, ni he podido renunciar a conversaciones con mi buen amigo Edoardo Rialti, profundo conocedor de Florencia y refinado estudioso de las letras, al que le doy las gracias sinceramente.

Muchas de las sugerencias han sido dictadas por el estudio más azaroso y atento que me haya podido conceder.

De ahí la lectura de muchas fuentes, entre las cuales me parece correcto citar en primer lugar a Lorenzo de Médici, *Scritti scelti (Escritos selectos)*, a cargo de Emilio Bigi, Turín, 1996; para continuar con las monografías de Ingeborg Walter, *Lorenzo il Magnifico e il suo tempo (Lorenzo el Magnífico y su tiempo)*, Roma, 2005; Jack Lang, *Il Magnifico, vita di Lorenzo de' Medici (El Magnífico. Vida de Lorenzo de Médici)*, Milán, 2003; Ivan Cloulas, *Lorenzo il Magnifico*, Roma, 1988; Dimitri Mereskovskij, *Leonardo da Vinci. La vita del più grande genio di tutti i tempi (Leonardo da Vinci. La vida del mayor genio de todos los tiempos)*, Florencia, 2005; Bruno Nardini, *Vita di Leonardo (Vida de Leonardo)*, Florencia,

2013; Frank Zöllner, *Leonardo da Vinci, i disegni (Leonardo da Vinci. Sus dibujos)*, Colonia, 2014; Mario Taddei y Edoardo Zanon (editores), *Le macchine di Leonardo: segreti e invenzioni nei codici da Vinci (Las máquinas de Leonardo: secretos e invenciones en los códigos da Vinci)*, Florencia, 2004.

A estas y otras lecturas se han sumado luego las de los numerosos textos para una correcta reconstrucción de la conspiración de los Pazzi. Cito al menos a Lauro Martines, *La congiura dei Pazzi. Intrighi politici, sangue e vendetta nella Firenze dei Medici (La conspiración de los Pazzi. Intrigas políticas, sangre y venganza en la Florencia de los Médici)*, Milán, 2005; Franco Cardini, *1478. La congiura dei Pazzi (La conspiración de los Pazzi)*, Bari, 2014; Niccolò Capponi, *Al traditor s'uccida. La congiura dei Pazzi, un dramma italiano (Al traidor se le da muerte. La conspiración de los Pazzi, un drama italiano)*, Milán, 2014. Las dinámicas de la conspiración han requerido un estudio en profundidad, necesario aunque solo fuera para una exposición de los acontecimientos ordenada cronológicamente.

En ese sentido, la considerable cantidad de personajes en escena y la velocidad de las acciones llevadas a cabo por ellos me han obligado a preparar con infinito cuidado la larga secuencia de la conspiración de los Pazzi. Todo ello ha comportado un buen número de tentativas fallidas, con la consecuente «recomposición» de la tercera parte de la historia hasta conseguir una progresión narrativa, así como dramática, que fuera lo más clara y accesible posible para los lectores.

Con toda seguridad ha sido para mí la secuencia más difícil de realizar.

También por esa misma razón la novela se acelera al final: justamente para dar cuenta, aunque sea en términos perceptivos, de hasta qué punto la historia de la conspiración desembocó en una orgía de violencia y anarquía que sumió a Florencia en diez días de pura crueldad, de los cuales la ciudad se recuperó a duras penas al cabo de mucho tiempo.

Por supuesto, igualmente en la conspiración el lector hallará personajes históricos, la mayor parte de ellos reales, y algunos otros inventados, importantes para garantizar la continuidad entre las dos novelas, con la primera que juega, en cierta manera, con la segunda, exactamente como *Los tres mosqueteros* con *Veinte años después*, de Alejandro Dumas. Si el lector entiende lo que pretendo decir, que piense de nuevo en Milady de Winter y descubrirá a qué me refiero.

Por lo demás, el folletín es quizás el referente principal para esta obra mía, que inevitablemente bebe en las fuentes de la novela por entregas. Pienso en concreto en Alejandro Dumas, Robert Louis Stevenson, Théophile Gautier, Edgar Allan Poe, Victor Hugo y Emilio Salgari, y por lo tanto en aquel género que tanto me gustaba y que aún hoy no he dejado de frecuentar con gran placer, como lector, tratando luego de «adulterarlo», cuando intento escribir, con algún trazo de novela negra, de acuerdo a la gran lección de Emilio De Marchi. Pienso, en particular, en *Il cappello del prete (El birrete del cura)*.

Al igual que en la anterior novela, reitero que no hubiera podido hacer frente de modo satisfactorio a las secuencias de duelo y batalla sin manuales de esgrima histórica, y por lo tanto vuelvo a citar a los que me son imprescindibles: Giacomo di Grassi, *Ragione di adoprar sicuramente l'arme si da offesa, come da difesa, con un Trattato dell'inganno, & con un modo di essercitarsi da se stesso, per acquistare forza, giudicio, & prestezza (Razón de usar con seguridad las armas de defensa, como defensa, con un Tratado del engaño, & con ma-*

neras de ejercitar con uno mismo para adquirir fuerza, juicio y rapidez), Venecia, 1570, y Francesco di Sandro Altoni, *Monomachia. Trattato dell'arte di scherma (Duelo. Tratado del arte de la esgrima)*, editada por Alessandro Battistini, Marco Rubboli, Iacopo Venni, San Marino, 2007.

Agradecimientos

Y ya hemos llegado a la segunda novela de esta trilogía. He echado cuentas y, finalmente, creo que será cerca de mil cien páginas. No creo que hubiera podido abordar semejante reto sin contar con Newton Compton. Lo digo sin retórica ni panegíricos: han sido la contraparte perfecta, porque siempre han creído en las grandes potencialidades y en los grandes méritos de la literatura popular, esa misma que, con el tiempo, ha propuesto a los lectores historias extraordinarias y personajes memorables, y que a través de tales instrumentos —aún hoy— está destinada a formar el gran imaginario colectivo.

No sé si ese es mi caso; espero, sin embargo, haber hecho un buen trabajo. Sin duda, las fuentes de inspiración han sido formidables, pero si las condiciones han resultado ser óptimas en ese sentido, es todo mérito de mi editor.

Como he recordado en la primera novela, quería publicar una trilogía con Newton Compton desde hace mucho tiempo. Entre los diez y los quince años he crecido con novelas de la magnífica colección Newton Ragazzi, pero también, añado, con El Mamut, aquellos grandes volúmenes en formato elegante, con cubiertas retro, que me han permitido descubrir los clásicos, y releerlos. Pienso, por ejemplo, en la increíble trilogía de *Los tres mosqueteros*, *Veinte años después* y *El vizconde de Bragelone*, que acababa de ser publicada en una elegantísima edición en dos volúmenes de gran formato con la introducción y preámbulo de Francesco Perfetti en 1993. Recuerdo las portadas de los dos tomos de *I soldati che giocano a tric trac in un interno (Los soldados que juegan a tablas de mesa en el interior de una habitación)*, de Gerbrand van den Eeckhout, e *Il ritratto di gentiluomo con l'Ordine dei Cavalieri di Malta (El retrato de un caballero de la Orden de los Caballeros de Malta)*, de Michiel van Mierevelt.

Y, por tanto, también en esta segunda novela vayan mis agradecimientos más profundos y sinceros para el doctor Vittorio Avanzini, uno de los grandes padres de las casas editoras italianas. Gracias por haberme acogido en un catálogo tan prestigioso. Una vez más, sus sugerencias e ideas han resultado ser fundamentales para el desarrollo de la novela.

Agradezco por siempre a Raffaello Avanzini, que ha promovido y apoyado este proyecto demencial en cada uno de sus pasajes, con una atención y un rigor encomiables. Trabajar con él es una experiencia realmente magnífica. Codo con codo, en un diálogo continuo y extraordinario. ¡Qué maravilla! Gracias una vez más, capitán.

Junto con los editores, debo dar las gracias a mis agentes: Monica Malatesta y Simone Marchi que, como siempre, han estado a mi lado, estudiando detalles y soluciones, encontrando la fórmula perfecta para cada una de mis necesidades y exigencias. Desde siempre nos une el amor por la literatura, el diálogo y el debate. Soy un novelista afortunado.

Alessandra Penna es una editora increíble: es un privilegio pasar con ella días enteros centrados en las páginas. Detenerse en las palabras hasta que «suenan» como deben. Y ahora navegan con viento a favor hacia el volumen tres.

Gracias a Martina Donati por haberse prodigado en consejos, sugerencias, entusiasmo abrumador, cuidado y elegancia.

Gracias a Antonella Sarandrea, que cada día acude a las trincheras para dar la máxima visibilidad posible a mi trabajo. ¡Eres la bomba! *Chapeau!*

Gracias a Carmen Prestia y a Raffaello Avanzini, porque el número de países a los que llegará esta trilogía es verdaderamente impresionante.

Agradezco, en fin, a todo el equipo de Newton Compton Editori por su extraordinaria profesionalidad.

Gracias a Edoardo Rialti, hombre de cultura y de genio. Sin él conocería Florencia bastante menos que hoy y nunca hubiera gozado de sus valiosas sugerencias que han abierto nuevas perspectivas en la narración de esta novela.

Gracias a Patrizia Debicke van der Noot por haber escrito algunas novelas magníficas sobre la familia Médici.

Querría citar, en este segundo volumen de la trilogía, a dos autores italianos que han representado modelos de absoluta referencia para mi trabajo: Umberto Eco y Sebastiano Vassalli.

Agradezco, obviamente, a Sugarpulp, que nunca ha dejado de brindarme apoyo y energía: Giacomo Brunoro, Andrea Andreetta, Massimo Zammataro, Isa Bagnasco, Matteo Bernardi, Valeria Finozzi, Piero Maggioni, Chiara Testa, Martina Padovan.

Gracias a Lucia y a Giorgio Strukul, que me han ayudado a ser quien soy.

Gracias a Leonardo, a Chiara, a Alice y a Greta Strukul: siempre conmigo, cuando cuenta realmente.

Gracias a los Gorgi: Anna y Odino, Lorenzo, Marta, Alessandro y Federico.

Gracias a Marisa, a Margherita y a Andrea «el Bull» Camporese, que leen mis libros a velocidad supersónica y aún quieren seguir.

Gracias a Caterina y a Luciano, porque son desde siempre y para siempre un modelo de vida.

Gracias a Oddone y a Teresa, y a Silvia y a Angelica.

Gracias a Jacopo Masini & i Dusty Eye: sin vuestras fotos no habría placer.

Gracias a Marilù Oliva, Marcello Simoni, Francesca Bertuzzi, Francesco Ferracin, Gian Paolo Serino, Simone Sarasso, Giuliano Pasini, Roberto Genovesi, Alessio Romano, Romano de Marco, Mirko Zilahi de Gyurgyokai, porque representáis una tribu de escritores con los que compartir las imágenes de guerra y los colores de la amistad.

Para concluir, gracias infinitas a Alex Connor, Victor Gischler, Tim Willocks, Nicolai Lilin, Sarah Pinborough, Jason Starr, Allan Guthrie, Gabriele Macchietto, Elisabetta Zaramella, Lyda Patitucci, Mary Laino, Andrea Kais Alibardi, Rossella Scarso, Federica Bellon, Gianluca Marinelli, Alessandro Zangrando, Francesca Visentin, Anna Sandri, Leandro Barsotti, Sergio Frigo, Massimo Zilio, Chiara Ermolli, Giulio Nicolazzi, Giuliano Ramazzina, Giampietro Spigolon, Erika Vanuzzo, Thomas Javier Buratti, Marco Accordi Rickards, Daniele Cutali, Stefania Baracco, Piero

Ferrante, Tatjana Giorcelli, Giulia Ghirardello, Gabriella Ziraldo, Marco Piva (el Gran Balivo), Paolo Donorà, Alessia Padula, Enrico Barison, Federica Fanzago, Nausica Scarparo, Luca Finzi Contini, Anna Mantovani, Laura Ester Ruffino, Renato Umberto Ruffino, Livia Frigiotti, Claudia Julia Catalano, Piero Melati, Cecilia Serafini, Tiziana Virgili, Diego Loreggian, Andrea Fabris, Sara Boero, Laura Campion Zagato, Elena Rama, Gianluca Morozzi, Alessandra Costa, Và Twin, Eleonora Forno, Maria Grazia Padovan, Davide De Felicis, Simone Martinello, Attilio Bruno, Chicca Rosa Casalini, Fabio Migneco, Stefano Zattera, Marianna Bonelli, Andrea Giuseppe Castriotta, Patrizia Seghezzi, Eleonora Aracri, Mauro Falciani, Federica Belleri, Monica Conserotti, Roberta Camerlengo, Agnese Meneghel, Marco Tavanti, Pasquale Ruju, Marisa Negrato, Serena Baccarin, Martina De Rossi, Silvana Battaglioli, Fabio Chiesa, Andrea Tralli, Susy Valpreda Micelli, Tiziana Battaiuoli, Erika Gardin, Valentina Bertuzzi, Walter Ocule, Lucia Garaio, Chiara Calò, Marcello Bernardi, Paola Ranzato, Davide Gianella, Anna Piva, Enrico «Ozzy» Rossi, Cristina Cecchini, Iaia Bruni, Marco «Killer Mantovano» Piva, Buddy Giovinazzo, Gesine Giovinazzo Todt, Carlo Scarabello, Elena Crescentini, Simone Piva & el Viola Velluto, Anna Cavaliere, AnnCleire Pi, Franci Karou Cat, Paola Rambaldi, Alessandro Berselli, Danilo Villani, Marco Busatta, Irene Lodi, Matteo Bianchi, Patrizia Oliva, Margherita Corradin, Alberto Botton, Alberto Amorelli, Carlo Vanin, Valentina Gambarini, Alexandra Fischer, Thomas Tono, Ilaria de Togni, Massimo Candotti, Martina Sartor, Giorgio Picarone, Cormac Cor, Laura Mura, Giovanni Cagnoni, Gilberto Moretti, Beatrice Biondi, Fabio Niciarelli, Jakub Walczak, Lorenzo Scano, Diana Severati, Marta Ricci, Anna Lorefice, Carla VMar, Davide Avanzo,

Sachi Alexandra Osti, Emanuela Maria Quinto Ferro, Vèramones Cooper, Alberto Vedovato, Diana Albertin, Elisabetta Convento, Mauro Ratti, Mauro Biasi, Nicola Giraldi, Alessia Menin, Michele di Marco, Sara Tagliente, Vy Lydia Andersen, Elena Bigoni, Corrado Artale, Marco Guglielmi, Martina Mezzadri.

Seguro que habré olvidado a alguien. Como ya voy diciendo hace un tiempo: estaréis en el próximo libro, ¡lo prometo!

Un abrazo y un agradecimiento infinito a todos los lectores, los libreros, los promotores que depositaron su confianza en esta trilogía histórica tan llena de amores, intrigas, duelos y traiciones.

Dedico esta novela y la trilogía entera a mi mujer, Silvia, porque cada día vela por mí con el coraje de una guerrera y la belleza de un cielo estrellado.

Esta novela es también para mi hermano Leonardo, que me honra cada día con su afecto y estima.

Índice

FEBRERO DE 1469

1. El torneo 11
2. Riario 17
3. Lucrezia y Lorenzo 23
4. Leonardo 29
5. Lucrezia Donati 37

ABRIL DE 1469

6. La música 45

JUNIO DE 1469

7. Clarice 53
8. El retrato 63

DICIEMBRE DE 1469

9. El legado de los Médici 71

ABRIL DE 1470

10. Los interrogantes del poder 81
11. Jerarquías 85
12. Bernardo Nardi 91

MAYO DE 1471

13. La bola de oro 99

DICIEMBRE DE 1471

14. Capitán general de la Iglesia 109
15. Vientos de guerra 117
16. Federico da Montefeltro 123
17. La ballesta 129

JUNIO DE 1472

18. El saqueo de Volterra 137
19. Las primeras acusaciones 145
20. El milano negro 151
21. Tramas 155
22. El germen de la duda 163

OCTUBRE DE 1473

23. Enemigos y aliados 173
24. La cacería a caballo 181
25. La presa 187
26. Extrañas pinturas 197

FEBRERO DE 1474

27. Contra el papa 207

ABRIL DE 1476

28. La acusación 219
29. La conversación 229
30. Los Oficiales de la Noche 237
31. Recluida 243
32. El proceso 249
33. El testimonio 255
34. Rabia y conspiración 261
35. El perdón hay que ganarlo 269

DICIEMBRE DE 1476

36. La caída 279
37. La ley 283
38. Presagios 289

NOVIEMBRE DE 1477

39. Planes de palacio 297
40. La campesina 305

ABRIL DE 1478

41. La espera 311
42. Laura Ricci 317
43. Antonio Maffei 323
44. *Ite missa est* 329
45. Palacio de la Señoría 335
46. Los colores de la venganza 343
47. En el interior del palacio 349
48. Los primeros horrores 357
49. El plan de Clarice 363
50. Las palabras de Lorenzo 369
51. La banda 375
52. El infierno en la tierra 383
53. El ajuste de cuentas 389
54. Soñando con los ojos abiertos 397
55. Escaramuza nocturna 405

SEPTIEMBRE DE 1479

56. El amor no olvida 415
57. Los viejos amigos 421

Nota del autor 425
Agradecimientos 433

Los Medici II. Un hombre al poder de Matteo Strukul
se terminó de imprimir en agosto de 2023
en los talleres de
Impresora Tauro, S.A. de C.V.
Av. Año de Juárez 343, col. Granjas San Antonio,
Ciudad de México